말띠 부산 여자가 어때서

말띠 부산 여자가 어때서

ⓒ 배유경, 2026

초판 1쇄 발행 2026년 3월 31일

지은이   배유경
펴낸이   이기봉
편집   좋은땅 편집팀
펴낸곳   도서출판 좋은땅
주소   서울특별시 마포구 양화로12길 26 지월드빌딩 (서교동 395-7)
전화   02)374-8616~7
팩스   02)374-8614
이메일   gworldbook@naver.com
홈페이지   www.g-world.co.kr

ISBN   979-11-388-5690-4 (03810)

말띠 부산 여자가 어때서

배유경 지음

좋은땅

차례

축사 10

프롤로그 12

1 | 어린 시절에 대한 향수

나의 아버지 19

나의 어머니 24

출생의 비밀 29

야구 잘하는 누나 32

10년 만에 피아노를 그만둔 이유 37

간판장이로 먹고살 수 있겠다는 칭찬 41

해운대 외갓집 45

2 | 중고교 시절의 추억

걸 크러시 51

미션스쿨과 인연 54

학교폭력과 인권 57

두 번의 학생회장 경험 60

라디오는 내 친구 65

오래된 면 사랑 68

청소년 시절 교육관광　　　　　　　　　　71

3 | 격랑의 80년대와 대학 생활 ·································

사회 불평등에 눈뜨다　　　　　　　　　　77

스물한 살의 비망록　　　　　　　　　　81

미팅과 소개팅　　　　　　　　　　84

기숙사 101호　　　　　　　　　　88

여대 앞 골목길 하숙집　　　　　　　　　　92

남다른 고속버스 이용　　　　　　　　　　97

1980년대 프로야구 관람　　　　　　　　　　100

첫 해외여행의 기억　　　　　　　　　　103

4 | 미국에서 보낸 7년 ·································

결혼과 유학　　　　　　　　　　109

오스틴에 집을 구하다　　　　　　　　　　112

처음 미국인에게 속은 사연　　　　　　　　　　117

유학생과 유학생 부인　　　　　　　　　　120

일요일 오전 고속도로 위 교통사고　　　　　　　　　　128

영어 공부와 WIC 프로그램　　　　　　　　　　132

오스틴 한글학교 교사　136

나의 특별한 지도교수　138

유학 생활을 통해 달라진 소비 패턴　141

모든 활동을 접고 다시 미국으로　144

오리건에서 배운 슬로 라이프　148

오랜 친구들과 만남　153

5 | 나를 성장시킨 엄마의 시간

원정 출산이 아닌 귀국 출산　159

예기치 못한 일들　163

사라진 아이를 찾아서　167

아들을 어떻게 키울 것인가　171

긴급 돌봄이 필요해　174

나는 참여형 학부모　177

목동 생활을 마감하며　181

여덟 번째 집 구하기　184

여섯 번의 수험생 뒷바라지　188

3년 반 곰맘 생활　193

우리 집 제2의 주부　198

6 | 커리어를 위한 긴 여정

대학원 시절   203

석사 졸업 후 3개월의 직장생활   206

여성학 강의를 시작하다   209

마흔 살에 박사과정 입학   212

여성과 리더십 강의 조교 5년   215

여성학 강의를 다시 시작하다   219

박사논문을 위한 책 읽기   223

10년 공부에 마침표를 찍다   226

《커리어 그리고 가정》을 읽고   229

7 | 오십에 시작한 직장생활

풀타임 전문위원 10년   235

가 보지 않은 길, 다양성위원회 활동   238

다양한 외부활동   242

폭력예방교육 전문강사 활동   245

달라지는 근무 환경   247

미니 조직의 중간관리자   250

기록하는 습관   254

8 | 여행을 함께 한 가족의 시간

늘 가고 싶었던 그곳, 시카고 — 259

미국에서 세 번의 자동차 여행 — 262

유럽에 첫발을 내딛다 — 269

밴쿠버 호텔 한달살이 — 273

중국 대륙에 매료되다 — 277

유럽 미술관 투어 — 280

생애 첫 크루즈 여행 — 286

캘리포니아와 오리건 여행 — 290

캐나다 여행과 옐로스톤 국립공원 — 294

두바이와 그리스 여행 — 297

9 | 나를 다시 찾는 시간

인식과 현실의 간극 — 303

생일 자축 여행 — 307

아버지를 떠나보내고 — 310

건강의 적신호 — 315

나의 독서 편향 — 319

또 하나의 즐거움을 주는 TV — 322

나만의 레시피 326

사회 변화에 적응하기 330

노후를 위한 준비 333

에필로그 338

얌전했던 동생과 달리 나는 언제나 탐구심으로 들끓는 자유로운 영혼의 소유자였다. 물론 이는 부모 속을 꽤나 썩여 본 천둥벌거숭이였다는 것을 매우 좋게 얘기한 것이지만, 나는 적어도 나의 과거 만행들에 대하여 엄마만큼은 나를 질책할 자격이 없다고 생각한다. 잠시도 가만히 있지 못하는 그 거친 성정이 어디에서 왔겠는가? 말띠 여자가 역마살을 타고난 아들을 키우게 되는 것은 필연이 아닌가, 하고 자식 된 입장에서 비겁한 변명을 해 본다.

이제 속수무책으로 싸돌아다니기에는 내 몸뚱이가 부풀고 둔해져 옛날만큼 동에 번쩍 서에 번쩍하며 엄마에게 운동을 강제하는 말썽쟁이는 아니게 되었다. 대신, 나를 항상 분주하게 만들었던 그 역동적인 에너지는 팔다리에서 머리와 가슴으로 옮겨 갔다. 이 회고록을 읽다 보면 팔자도 혹시 유전이 가능한 실체가 아닐까 하는 터무니없는 의문이 당신의 머릿속을 맴돌게 될지도 모른다.

66년생인 엄마는 96년에 나와 처음으로 배 밖에서 마주했다. 96년생인 나는 이제 곧 엄마가 나를 만났던 그 나이를 향해 간다. 첫째를 만나기까지 살아왔던 세월과 그 첫째와 인생을 함께한 시간이 같아진다는 것은 참으로 오묘한 삶의 분기점일 것이다. 그 시점 즈음에 나오는 회고록에 아들로서 축사를 쓴다는 것은 매우 의미가 깊은 일이다.

이견의 여지 없이 나는 페미니스트로 자랐다. 젠더 갈등이 이보다 더 가시적일 수 없는 작금의 세태에서 90년대생 남자가 주저 없이 세간에 널리 퍼진 페미니즘의 오명을 감수할 수 있는 것은 나를 키워 낸 엄마를 내가 진심으로 존경하기 때문이다.

앞 세대 여성들의 고통의 대가로 주어진 보상을 당연시하는 일부 페미니스트와 달리 엄마는 페미니즘의 정도를 지난 삶으로 증명하였다. 나는 그 역경을 모두 지켜봤기에, 내게 페미니스트는 한 치의 손해도 용납 못 하는 이기주의자가 아닌 선택의 대가를 치르려는 자의 자기 선언으로 받아들여질 수 있었다.

이 책을 읽는 당신은 도움의 손길이 너무나 절실했던, 시대를 잘못 타고난 커리어 우먼의 여정을 면면히 들여다보게 될 것이다. 그리고 그 과정 속에서 아들인 내가 어떻게 짐이 되었는지, 또 동시에 어떻게 힘이 되었는지도 확인할 수 있을 것이다.

나의 가장 절친한 친우이자, 멘토이자, 롤 모델인 엄마의 회고록 출간을 진심으로 축하한다. 어눌하고 산만한 아이에게 항상 인자하고 존중하는 태도로 대화를 시도했던 위대한 어미의 족적이 당신에게 좋은 영감을 줄 수 있으리라 믿어 의심치 않는다.

엄마 아들이

소위 성공하지도 유명하지도 않은 내가 자서전을 쓰기로 마음먹은 것은 내 개인의 역사를 기록하고 그것의 사회적 의미를 찾아보고 싶었기 때문이다. 특히 다양성위원회 책임전문위원으로 10년의 활동 기록을 남기기 위해 책을 쓰게 되면서 내 개인의 역사도 기록으로 남기고 싶었고, 여성주의자로 살면서 느꼈던 고민과 즐거움도 함께 나누고 싶었다.

책 제목은 약간 도발적인데 언젠가 남편이 애들에게 부산 여자랑 결혼하지 말라고 한 말이 생각나서 잡은 것이다. 하지만 비슷한 이야기는 나도 많이 했다. 나는 주변 젊은 여성들에게 되도록 경북 남자와 결혼하면 안 된다고 했다. 남편이 중학생 때부터 부산에 살았지만, 원래 경북 출신이기 때문이다. 그러니 지역과 성별이 교차하는 이러한 편견 발언은 피장파장이다.

또한 말띠 여성은 기가 세고, 특히 백말띠가 그렇다는 소리를 어릴 때부터 많이 들었다. 하지만 나중에 알고 보니 내가 태어난 해는 백말띠가 아니었다. 이 또한 띠와 성별이 교차하는 편견 발언일 따름이다.

누군가는 아직 젊은 나이에 왜 회고록을 쓰는지 의문을 가질 수도 있겠지만 내가 육십을 출간 시점으로 잡은 데는 몇 가지 이유가 있다. 우선 육십은 정년을 맞이하는 시점이다. 물론 지금 상태로는 앞으로 5년은 문제없이 더 일을 할 수 있다고 자신하지만, 욕심을 내려놓기로 했다. 내가 아니더라도 내가 하던 일을 할 사람은 많기 때문이다.

둘째로 결혼한 지 30년이 넘는 시점이라 내가 어렵게 지켜 낸 결혼 생활도 한번 되돌아보고 싶었다. 50대로 접어들면서 남편과 싸움도 거의 없어졌지만 정말 서로 다른 두 사람이 만나 다름을 인정하는 게 쉽지 않았다. 다름을 이야기할 때는 항상 나는 옳고 너는 틀렸다는 식의 논리가 팽팽하게 맞섰다. 또 지난 30년 동안 엄마로서 고군분투한 시간도 정리해 보고 싶었다.

셋째로 어머니가 돌아가시기 전에 회고록을 써야겠다는 생각이 들었다. 아버지는 2년 전 하늘나라로 가셨다. 작은 소망이지만 어머니에게 내가 살아온 이야기를 들려드리고 싶었다. 부모님과 많은 추억담이 있지만 회고록은 나의 시점에서 내 이야기를 중심으로 썼다. 지나고 보니 내 인생의 절반은 부모님의 영향이 크고, 결혼 이후 30년은 엄마로서의 새로운 삶에 방점이 찍혀 있다.

또 한 가지, 나는 회고록을 내기 전에 엄마의 두 번째 수필집을 만들어 드리기로 결심하고 실행에 옮겼다. 2000년에 나온 엄마의 첫 수필집 제목은 《피아노 소리》다. 엄마는 1994년 수필 작가로 등단하신 후 지난 30년간 꾸준히 수필을 쓰셨고, 일 년에 몇 편씩 여러 문학지에 글을 발표하셨다. 엄마가 손글씨 원고를 내게 보내면 타이핑해서 출판사로 보내는 방식이라 내 드라이브에 엄마 수필이 차곡차곡 쌓였고, 엄마가 두 번째 수필집을 내고 싶어 하는 걸 오랫동안 지켜봐 왔기 때문이다. 12월 초에 나온 엄마의 두 번째 수필집 제목은《엄마집》이다.

50대를 통과하면서 바뀌어 가는 나의 외모가 내가 원하는 모습으로 나이 들지 않는다는 것을 인정하고 받아들이는데도 긴 시간이 걸렸다. 처음 만나는 사람이 "미인이십니다"라고 말하는 외모 권력의 소유자는 아니지만 말이다. 나는 주변에서 그런 말을 하는 사람들을 볼 때마다 '미인'이라고 순간적으로 판단하는 기준이 무엇인지 몹시 궁금했다.

어릴 때 드라마에서 많이 들었던 '인생무상'이라는 단어가 왜 그리 머릿속을 맴돌았는지 이제야 알게 되었다. 하지만 나이가 들어갈수록 내 생각이 점차 성숙해지고 내가 자유로워지고 있다는 것을 느낀다는 점에서 나이 드는 것이 싫지만은 않다.

이 책은 한 개인의 자서전이자 산문이다. 거창한 성공 스토리도 없고 가슴 저미는 역경도 없다. 나는 운이 좋게도 비교적 순탄하게 살아왔지만, 개인적으로 늘 크고 작은 전쟁을 치르며 살았다. 심리적으로 힘들 때도 많았고 어쩔 수 없이 잠을 줄여야 할 때도 많았다. 내가 심리적으로 힘들었을 때는 내 이야기를 들어주는 몇 명의 친구가 있었기에 나는 그 힘든 시기를 지나갈 수 있었다.

다행히도 점차 나이 들어 가면서 작은 것에 감사할 줄 알게 되었고, 주변을 보다 따스한 눈으로 바라볼 수 있게 되었다. 연민의 눈으로 주위를 둘러보면 이해되지 않는 사람이 없다. 큰애는 그런 내가 '인류애 과잉'이라고 지적하기도 한다.

이 책에서 나는 개인사를 기록하면서 어쩔 수 없이 남 보기 부끄러

운 이야기도 담았다. 하지만 이 책은 전반적으로 밝고 건강한 한 여성
주의자의 성장 이야기다. 60년대 중반에 태어난 또래 여성들이 이 글
을 보며 얼마나 공감할 수 있을지는 미지수다.

  짬짬이 자서전을 쓰면서 기억의 숲을 거닐었고, 바쁘게 사느라 잊고
지냈던 추억들과 마주할 수 있었다. 그동안 한 번도 생각하지 않았던
이름들, 얼굴들, 풍경들이 떠올라 반가웠다. 다들 잘 지내고 있는지 지
면으로나마 안부 인사를 전하고 싶다.

1

어린 시절에 대한 향수

나의 아버지

나는 삼 남매 중 둘째로 태어났다. 열아홉 살까지 부모님과 부산에 살았고, 대학에 입학하면서 서울에서 혼자 살다가 27세 중반에 부산에 내려가 2년 반 정도 부모님과 함께 살았다. 결혼하고 나서 1996년 8월 미국으로 건너가서 1999년 6월에 둘째를 출산하기 위해 한국에 와 출산 전후로 6개월가량 친정에서 지냈다. 내가 부모님과 긴 시간을 함께 보낸 마지막 시기다.

성인이 된 후 친지들로부터 내가 어릴 때 아버지 껌딱지였다는 얘기를 많이 들었다. 나는 아버지와 사이가 좋았고, 어머니와도 둘도 없는 친구 사이였다. 나는 엄마와 옷도 사러 다니고 맛집도 다니는 등 친한 자매처럼 늘 함께 다녔다. 결혼하고 나서도 어머니와 매일 통화하면서 일상을 공유했는데 미국으로 유학을 가면서 소소한 대화는 더 이상 할 수 없게 되어 아쉬웠다.

아버지의 고향은 경남 양산이고, 내가 어릴 때 가끔 우리 집에 놀러 오시던 할아버지는 지주 집안 세 아들 중 막내셨다. 할아버지는 일제강점기에 일본에 유학 가 정치학을 전공하셨고, 이승만 정권 시절에 고향에서 야당 후보로 국회의원 선거에 나가 몇 번 떨어지셨다고 한다. 아버지의 증언에 의하면 선거 기간에는 매일 집에서 엄청난 손님들을 대접했다고 한다.

고1 때 〈사회문화〉 수업이 끝나고 선생님이 나를 교무실로 부르셨다. 내가 말을 잘해서 혹시 집안에 정치하는 사람이 있냐고 뜬금없이 물어보셨고, 나는 할아버지 생각이 나서 정치학을 전공하셨고 국회의원 선거에서 몇 번 떨어진 적이 있으시다고 말했다. 선생님이 재밌어하시면서 웃으셨던 기억이 난다.

아버지는 서울에서 대학을 졸업하고 삼양타이어(금호타이어 전신)에 취직하셨다가 대리점을 차리면서 독립하여 40년 넘게 타이어 도소매 판매업을 하셨다. 7남매 중 셋째였고, 형님들과 동생들을 두루 챙기는 집사 같은 역할을 하셨다. 아버지는 할아버지 노후에 바둑을 좋아하신다고 엄마 몰래 기원도 차려 주셨다고 나중에 들었다.

우리 가족이 할머니를 만나러 큰집에 놀러 가면 몇 시간씩 할머니 바로 옆에 앉아서 소곤소곤 집안 대소사에 대해 얘기를 나누셨다. 그러다 아버지가 집에 간다고 하면 할머니가 서운한 얼굴을 하시며 '갈라꼬?(가려고?)'라고 하시던 모습이 지금도 눈에 선하다.

아버지는 내가 친할머니를 닮았다는 이야기를 자주 하셨다. 친할머니는 아버지가 초등학교 다닐 때 육성회장도 하셨는데 사람들 앞에 나와 연설을 잘하셨다고 했다. 그 점이 내가 할머니를 닮았다는 거였다.

왼쪽부터 큰고모, 작은삼촌, 아버지와 나

　사진을 보면 아버지가 머리에 피마자기름을 바르고 계신데 아주 어릴 때 안방 서랍장에 있던 피마자기름 냄새가 어렴풋이 생각이 난다. 아버지는 호남형으로 당시 또래 여성들에게 인기가 많았다고 들었다. 아버지는 영화를 좋아하셔서 내가 초등학교 때 주말마다 아빠와 안방에서 〈주말의 명화〉를 시청했고, 극장에도 자주 영화를 함께 보러 갔다.

　아버지는 특히 중국 무술영화를 좋아하셔서 동네마다 있던 비디오 가게의 중국 무술영화를 빠짐없이 다 대여해 보셨다. 한 가게에 더 이상 볼 비디오가 없으면 다음 가게로 옮겨 가는 식이었다. 그래서 비디오를 빌려오는 심부름도 많이 했고 저녁 시간이나 주말에 아버지가 무술영화를 볼 때마다 오며 가며 시청해서 줄거리를 아는 영화도 꽤 많았다.

동네 비디오 가게가 사라질 때까지 아버지는 계속 무술영화를 보셨고, IPTV 서비스가 개시되면서 옛날 영화들을 찾아서 보셨다. 특히 인기 드라마였던 〈야인시대〉는 아마 수십 번은 보셨을 것이다.

아버지는 술은 안 드셨지만 몇십 년간 골초셨는데 당시는 방에서도 담배를 피우던 시절이라 어머니가 나가서 피우라고 늘 잔소리를 하셨다.

경상도 남자지만 무뚝뚝하지 않았고, 어머니에게는 늘 살갑게 대하셨다. 계절이 바뀔 때마다 어머니가 의상실에 가서 새 옷을 맞추라고 따로 용돈을 챙겨 주셨고, 그때마다 내 옷도 사라고 하면서 넉넉하게 돈을 챙겨 주셨다.

생선을 좋아하셔서 하루에 한 번은 반찬으로 생선요리를 먹었다. 매일 생선을 먹다 보니 엄마의 생선 조리법은 매우 다양했고, 지금도 가끔 먹고 싶은 요리가 생각날 때가 있다.

동래시장 생선 가게에서 좋은 생선이 들어왔다고 집으로 전화 오면 생선을 대량 구매해 냉동실에 쟁여 두고 드셨다. 아버지는 내가 결혼하고도 20년 넘게 친정에 갈 때마다 냉동실에 쟁여 둔 생선을 아이스박스에 싸 주셨다.

나의 외모는 아버지를 닮았다. 어머니는 평생 살이 찌지 않는 날씬한 몸매로 사셨지만, 나는 아버지 쪽이라 살이 잘 찌는 체질이다. 중학생 때 어느 날 길을 걸어가는데 모르는 중년 남성이 내게 다가와 혹시 배○○ 딸 아니냐고 해서 놀란 적이 있다. 내가 아버지를 너무 닮아서 바로 알아보고 물어본 것이었다.

아버지 노년에 내가 친정에 다니러 가면 옛날 이야기도 참 많이 나누었다. 60년도 더 된 군대 이야기도 엊그제 일처럼 생생하게 들려주셨고, 사업하면서 만났던 악연들(주로 부도를 내고 도망갔던 거래처 사장님들), 그리고 친척들 이야기도 참 많이 들었다. 술을 안 드셔서 그런지 친구는 별로 없으셨다.

나의 어머니

어머니는 오 남매의 맏이로 태어났고, 외할아버지와 외할머니는 일제강점기에 동래고보(현 동래고)와 일신여학교(현 동래여중과 동래여고)를 나오셨다. 참고로 친할머니도 일신여학교를 나오셨고, 친할머니와 외할머니는 같은 성씨를 가지셨다. 외할아버지가 철도공무원이라 전국으로 전근을 다니셔서 어머니는 대전과 묵호, 청주에 살았던 얘기를 가끔 들려주셨다.

부산의 명문 여고를 졸업하고 부산에서 대학을 나오셨다. 서울로 대학을 보내달라고 얘기했지만 외할아버지가 반대하셨다고 했다. 대학을 졸업하고 학교 연구소에서 조교 일을 하셨는데 친구의 소개로 만난 아버지와 결혼하면서 그만두셨다. 그때 함께 일했던 선배는 계속 공부해서 모교 교수가 되셨고, 그때 일을 그만둔 것을 두고두고 아쉬워하셨다.

내가 어릴 때 기억하는 어머니 모습은 늘 안방에서 책을 읽고 계셨다. 그 당시에는 가정부가 상주하는 집이 많아서 내가 태어날 때부터 중학교 때까지 가정부가 있었고, 그 이후로는 출퇴근하는 가사도우미 (당시에는 파출부)가 있었다. 그렇다고 엄마가 집안일로부터 자유로웠던 것은 아니고 식사 준비는 엄마가 주도적으로 하셨다.

옛날에는 학교 급식이 없었기 때문에 도시락을 들고 다녔는데 오빠와 내가 고등학생이고 막내가 초등학생일 때는 엄마가 도시락 다섯 개를 싸셨다. 고등학생은 야간 자율학습 때문에 도시락을 두 개씩 가지고 다녔기 때문이다. 엄마는 도시락 준비를 위해 아침 6시 전에 일어나서서 밤 10시만 되면 TV 드라마를 켜 놓고 졸고 계셨다.

나는 중학교와 고등학교 때 가사 과목 교과서에 나오는 음식들은 집에서 그대로 따라 해 보는 실험 정신이 있었다. 교과서 대로 몇 가지를 만들었는데 대체로 성공적이었지만 만두는 만두피가 두꺼워 식구들이 먹기 힘들어해서 버리기 아까워 내가 많이 먹고 배탈이 났던 적이 있다.

엄마가 외출해서 가끔 내가 오빠와 남동생 식사를 챙기는 경우도 있었는데, 어느 날 내가 볶음밥을 만들었는데 그날따라 내가 먹어 봐도 맛있었다. 항상 나랑 투닥거리던 오빠가 웬일로 "나중에 너랑 결혼하는 사람은 좋겠다. 네가 요리를 잘해서"라고 칭찬했던 기억이 난다.

1층 거실은 한 벽면 전체가 책장이었고, 또 유리로 된 문이 달린 큰 책장이 따로 있었다. 한국문학과 세계문학 전집이 있었고 아동, 청소년 문학전집도 있어 나도 책을 많이 읽을 수 있었다. 얼마 전 미국에서 온 초등학교 친구와 만나 어린 시절 얘기를 하다가 내가 살던 집 거실 벽면 하나가 책장인 것이 참 신기했었다는 얘기를 들려주었다.

어머니는 신문사나 여성잡지에 글을 꾸준히 기고하셨고, 1994년 《수필문학》 잡지를 통해 수필 작가로 등단하셨다. 내가 대학을 다니던 시절에는 〈코끼리 여성문학회〉에 가입해 매달 서울에 올라오셔서 대학로에서 문학 수업을 들었고, 그때 활동한 회원들의 원고를 모은 두 권의 수필집이 나중에 출판되기도 했다.

곰곰이 생각해 보면 살아오면서 내가 어머니를 닮았다고 생각하는 지점이 몇 있다. 첫째로 약속 시간을 잘 지키는 것이다. 엄마도 나처럼 정시에 가야 마음이 편하고, 친구들이 약속 시간을 안 지킨다는 얘기를 자주 하셨다. 요즘은 이러한 특징을 MBTI에서 J 유형이라고들 한다.

친구들과 사적인 약속이든 공식적인 모임이든 시간 약속은 꼭 지키려고 한다. 넉넉하게 출발했음에도 불구하고 불가피한 사정으로 약속에 조금이라도 늦게 되면 엄청난 스트레스를 받는다. 모임에 자주 늦게 오는 사람들은 이런 스트레스가 없는지 궁금하다.

둘째로 나도 책 읽기를 좋아한다. 어릴 때부터 늘 책 읽는 어머니를 보며 자랐고, 집에 책이 많다 보니 책을 자주 접하게 되었다. 지금도 우리 집에는 책이 많고 애들 방 책장에도 내 책들이 가득하다. 애들은 내 책들을 제발 좀 가져가 달라고 하지만 따로 둘 곳이 없다.

몇 년 전부터 평생 다시는 안 볼 것 같은 책은 하나씩 버리기 시작했고, 깨끗한 책은 온라인 중고 서점에서 팔기도 한다. 50대에 들어서면서 책 목차 페이지에 읽으면서 중요하다고 생각되는 키워드들을 적기 시작했다. 단기 기억력이 떨어져 책을 다 읽고 나면 무슨 내용인지 기억이 잘 안 나서다.

셋째로 주변 사람들에게 듣기 싫은 소리를 잘 못하는 것도 엄마를 닮았다. 나는 자라면서 엄마가 친구들이나 이웃들에게 그런 말을 못하는 것을 보며 늘 답답했었다. 그런데 어른이 되고 보니 나도 그런 성격이었다.

신기하게도 요즘 나는 큰애로부터 비슷한 얘기를 듣고 있다. 내가 주변 사람들에게 싫은 소리를 잘 못하는 것이 너무 답답하다고 얘기한다. 역시 모전여전인가 보다.

누구에게나 친절하려고 노력하는 것도 엄마의 성품을 닮았다. 또한 감정의 기복이 크지 않고 평정심이 잘 유지되는 편인데 이것도 엄마를 닮았다.

주변 사람에게 친절한 것과 관련해서 떠오르는 일화가 있다. 첫째가 중3 때 1학기를 마치고 가족이 미국으로 1년간 살러 가게 되어 담임 선생님을 만나러 중학교에 간 적이 있다. 교무실에 들어가 담임 선생님을 찾으니 누구 엄마냐고 물어서 박○○ 엄마라고 했다.

그랬더니 당시 교무실에 있던 선생님들이 내 주변으로 모여들어 첫째 칭찬을 하기 시작했다. 선생님들과 청소하는 아주머니분들께 너무 인사를 잘해서 도대체 엄마가 누구인지 궁금했다는 거였다. 나도 어릴 때 인사를 잘한다는 칭찬을 많이 들었던 터라 역시 내 아들이라는 생각이 들었다. 그날 나는 정말 뿌듯한 마음으로 집으로 돌아왔다.

마지막으로 나는 엄마의 요리 솜씨를 조금은 물려받았다. 내 입으로 얘기하는 건 우습지만 나는 요리를 그런대로 잘하는 편이다. 어릴 때 엄마가 해 주시던 맛있는 음식들 맛을 기억하고 지금도 그런 맛을 내려고 노력한다.

하지만 몇 가지 요리는 아무리 해도 그 맛이 나지 않는다. 비법을 물어보고 따라 하는데도 그 맛이 아니다. 재료만큼 중요한 게 손맛이라는 것을 절감하게 된다. 예를 들면 사위가 오면 늘 만들어주셨던 해삼무침이나 동래파전은 흉내를 낼 수는 있지만 맛이 다르다.

엄마는 친구들이나 친지가 놀러 오면 30분 만에 뚝딱 한 상을 차리셨다. 손이 빠른 편인데 나는 그것도 닮았고, 요리하면서 그릇을 치우는 것도 엄마를 닮은 것이다.

출생의 비밀

어린 시절 누구나 자신의 출생에는 뭔가 비밀이 있을 거란 생각을 한 번쯤 하게 된다. 출생의 비밀을 다룬 드라마나 소설이 많기도 하고 가끔 부모에게 혼이 날 때면 내 친부모는 다른 어딘가에 있지 않을까 상상의 나래를 편다. 부모들은 어린 자녀들에게 어디서 데려왔다는 농담을 하며 아이들을 놀려먹기도 한다.

아무튼 나도 그런 의구심이 있었다. 그렇다고 내가 불행한 어린 시절을 보냈을 거란 짐작은 틀렸다. 나는 아주 유복한 가정에서, 자녀들에게 사랑을 듬뿍 주는 부모 밑에서 자랐다.

그런데 내게도 출생의 비밀이 있었다. 그걸 나는 대학교 4학년에서야 알게 되었다. 내가 다니던 여대는 당시 재학 중에 결혼하면 퇴학하게 되어 있었다. 그래서 졸업을 앞둔 시점인 4학년 때 학교에 호적등본을 제출해야 했다. 결혼한 사실이 없다는 것을 증명하기 위해서였다. 검색해 보니 금혼 학칙은 2003년에 폐지되었는데, 1946년에 만들어진 이유는 조혼 풍습에서 여학생의 학습권을 보장하기 위해서였다고 한다.

아무튼 고향에 계신 부모님께 전화해서 호적등본을 하숙집으로 보내 달라고 했고, 며칠 후 등본이 도착했다. 그런데 내 눈을 의심하는 일이 벌어졌다. 나는 등본에서 처음 보는 여자 이름을 발견했다. 그리고 그 이름은 내 이름과 중간 글자 하나만 달랐다. 그 이름 위에 빨간색으로 ×가 그어져 있고 사망이라고 적혀 있었다. 도대체 이 아이가 누구란 말인가. 나는 너무 혼란스러웠다. 하지만 바로 부모님께 전화로 물어볼 용기가 나지 않았다.

며칠을 망설이다 둘째 이모에게 전화했다. 둘째 이모는 약간 울먹이다가 말을 이었다. 내가 쌍둥이였고, 그 아이는 돌이 되기 전에 병에 걸려 죽었다고 했다. 처음 듣는 얘기였고 난 당시 충격을 많이 받았다.

나는 자매가 있는 친구들이 늘 부러웠고, 그래서 나도 자매가 있으면 좋겠다는 얘기를 자주 했는데 사실 자매가 있었던 것이다. 오빠와 남동생은 백일 사진과 돌사진이 있는데 나는 백일 사진이 없는 것이 늘 이상했는데 그 이유도 드디어 알게 되었다.

내가 출산 예정일보다 한 달 일찍 태어나 인큐베이터에 있었다는 얘기는 몇 번 들은 적이 있는데 쌍둥이여서 조산이 된 것은 몰랐다. 부모님은 그 얘기를 왜 내게 한 번도 하지 않으셨을까. 자식을 떠나보낸 상처가 너무 커서 입 밖으로 꺼내는 것조차 힘들어서였을까.

사실 나는 지금까지도 그 얘길 부모님과 나눈 적이 없다. 차마 꺼내지 못했다. 지나가는 말처럼 툭 던질 수도 있는 말인데 이상하게 나오질 않았다. 자식을 키우는 엄마가 되고 보니 자식을 앞세워 보내는 게 어떤 마음인지 짐작이 된다.

결혼하고 보니 여형제가 있는 친구들이 그렇게 부러울 수가 없다. 예외적인 경우도 있겠지만 남자 형제는 결혼 전에 아무리 돈독한 사이였어도 결혼하면 남이 된다. 나도 남동생과 아주 가까운 사이였는데 결혼하고 나서 멀어졌다. 무엇보다도 자신의 근황이나 속마음은 전혀 이야기하지 않고, 왕래도 뜸해졌다.

명절도 시댁 중심으로 지내다 보니 친정에 가는 날짜도 엇갈렸고, 이제 1년에 한두 번 보는 것도 힘들어 가끔 엄마를 통해 소식을 듣는다. 멀리 살아서 그럴 수도 있지만 서로 안부를 챙기지 않는 사이가 된 것은 못내 아쉽다. 여형제가 있는 친구들은 거의 모든 것을 공유하며 챙기는 모습이 늘 부럽다.

결혼하고 나서 언젠가 남편이 처제가 있는 사람이 참 부럽다고 했다. 처제가 '형부'라고 부르는 것이 부러웠던 모양이다. 그래서 어느 날 나는 남편에게 당신도 처제가 있기는 했다고 출생의 비밀을 들려주었다. 내가 그것을 숨기지 않고 남편이나 애들에게 말할 수 있는 것은 그게 부끄러운 과거가 아니고 하나의 사실로 담담하게 받아들여졌기 때문이다. 애들도 이모가 있을 뻔했고 남편도 처제가 있을 뻔했다고.

야구 잘하는 누나

나는 오빠, 남동생이 있는 삼 남매의 둘째다. 여형제가 없어서인지, 외향적인 성격을 타고 나서인지 나는 어릴 때 밖에서 동네 아이들과 뛰어놀았다. 그때는 아이들이 방과 후에 동네 공터에서 운동과 놀이를 하며 신나게 놀았다. 살던 동네 뒤편에 금정산 자락이 있어 아이들은 가끔 산 위로도 올라가서 동굴도 탐험하고 모험을 즐겼다. 산에는 조그만 암자도 있어서 엄마와 몇 번 암자에 가서 주지 스님과 차를 마신 적도 있다.

내가 살던 동네는 넓은 마당이 있는 이층집들이 대부분이었고, 도둑이 많던 시절이라 집집마다 큰 개를 키웠다. 내가 살던 집에도 여러 번 도둑이 든 기억이 있다. 당시에는 마당에서 개를 키웠고, 학교에서 집으로 돌아오는 길에 다른 집 대문 앞에 나와 있던 개들이 가끔 따라오기도 해서 무서울 때도 있었지만 다행히 한 번도 개에게 물린 적은 없다.

나는 태어나서 명륜동 단독주택에서 8년 동안 살다가 8살 때 온천2동 이층집으로 이사했다. 대지가 100평짜리 집이어서 넓은 앞마당과

뒷마당이 있었고, 앞마당에는 온갖 종류의 나무들이 있었다. 내가 기억하는 나무들은 태산목, 동백나무, 향나무, 소나무, 호랑이발톱나무, 모과나무, 단풍나무 그리고 야자수처럼 생긴 나무도 있었다.

온천2동 집 앞마당 목련꽃

앞마당에 있던 네 그루의 태산목(목련나무 일종)에 봄이 되면 하얀 목련꽃이 흐드러지게 피어 멀리서도 우리 집을 단박에 알아볼 수 있었다. 그 집은 내가 결혼하고 미국에 살 때 동래구청에서 바로 옆에 큰 지하차도를 내기 위해 매입했다. 마당에 좋은 나무가 많아 구청에서 나무값만 몇천만 원을 별도로 지불했다고 들었다.

그 집에 20년 넘게 살았기 때문에 지금도 가끔 꿈에 그 집이 나온다. 1층에 큰 거실과 방 2개, 주방과 다이닝룸이 있었고, 2층에 안방과 내 방이 있었다. 뒷마당에는 우물, 장독대, 그리고 큰 기름탱크가 있었다.

겨울이 다가오면 아버지는 기름탱크에 기름을 한가득 채우셨고, 주방 옆문을 지나 계단을 내려가면 지하실에 거대한 기름보일러가 있었다. 생각해 보니 아버지가 지붕 위에 있던 큰 물탱크 안에 들어가서서 물때 청소를 하시던 모습도 기억난다.

동네 한 가운데에는 큰 공터가 있었다. 공터의 크기는 초등학교 운동장의 절반 정도였고 축구나 야구를 하기에 충분한 공간이었다. 나는 나보다 어린 남자아이들과 어울려 축구와 야구를 자주 했고, 여자아이는 언제나 나 혼자였다.

우리 집에는 가죽으로 된 포수와 야수 글러브, 고무와 가죽 야구공, 나무 배트와 알루미늄 배트, 심지어 포수가 쓰는 얼굴 보호용 마스크도 있었다. 동네 꼬마들은 내가 지나가면 '저 누나가 바로 야구 잘하는 누나'라고 수군거렸다.

야구는 하면 할수록 재미도 있고 실력이 늘었고, 홈런을 칠 수 있을 만큼 타격 감각도 갖게 되었다. 그 타격감은 대학교 때까지 살아 있어서 동전을 넣고 기계가 던져 주는 공을 치는 야구장에 들어가면 거의 놓치지 않고 야구공을 정확하게 맞추었다.

야구공을 자주 던지다 보니 멀리 던지기도 누구보다 잘했다. 내가 다니던 초등학교는 4, 5, 6학년을 대상으로 몇 가지 체육 종목을 매월 시합해서 10등까지 그 등수를 붙여 두는 큰 게시판이 있었다. 나는 키가 작은 편이었지만 던지기 종목에서 여학생 중 전교 1등이었다. 야구를 하면서 야구공을 멀리 던지는 연습을 통해 공을 던질 때 어깨와 손목을 쓰는 훈련을 자연스럽게 했기 때문이다.

중3 때 체력장을 보러 타 학교에 가서 멀리 던지기를 했을 때 '그날의 기록'이라는 얘기를 감독하던 선생님들로부터 들었다. 예전에는 고등학교에 입학하기 위해 중3 때 '연합고사'와 '체력장'시험을 봤다. 연합고사가 180점, 체력장이 20점으로 총 200점 만점이었고, 그 점수 분포에 따라 인문계열 합격 커트라인이 결정되었다.

초등학교 체육 시간에 나는 물 만난 고기였다. 구기를 잘했던 나는 체육 시간의 피구나 발야구에서 맹활약을 했다. 피구나 발야구는 남녀를 나누지 않고 함께 시합을 했다. 내가 피구공을 잡게 되면 상대 팀원들이 엄청 긴장하는 게 보였다. 발야구도 내가 타석에 들어서면 상대편 수비들이 모두 멀리 물러섰다. 내가 공을 멀리 찼기 때문이다.

중년이 되어 초등학교 동창회를 하는데 한 남자 동창이 내게 들려준 이야기는 충격적이었다. 체육 시간 피구를 할 때 내가 공을 잡으면 너무 공포스러웠다는 것이었다.

나는 상대방을 공격할 때 상반신이 아닌 다리를 주로 맞췄다. 상반신으로 공을 던지면 공을 잡아 버리기 때문이었다. 다리 쪽으로 던지면 피할 수는 있어도 공을 잡기는 어려웠다. 내게는 즐거운 피구 시간이 누군가에게는 공포의 시간이었다는 것이 새삼 충격이었다.

그런데 나는 축구, 야구 등 구기 종목에는 아주 강했지만, 기록경기(달리기, 매달리기, 멀리뛰기, 오래달리기 등)는 보통이었다. 내가 다닌 초등학교는 등교하면 큰 운동장을 두 바퀴 뛰고 같은 반 친구인 체육부장에게 확인을 받는 0교시 체육활동이 있었다. 지금 생각하면 학생들의 건강에 정말 좋은 활동이었지만 그 당시는 아침부터 달리기를 하는 것이 쉽지 않았다.

요즘도 초등학교 체육 시간에 그렇게 활발하게 운동을 시키는지 모르겠지만 당시에는 체육 시간에 빡세게 운동을 시켰다. 그리고 남녀가 나뉘어서 하는 운동보다 나는 혼성으로 하는 피구나 발야구가 더 재미있었다.

물론 운동을 싫어하거나 못하는 사람들에게는 힘든 시간이었을 것이다. 당시는 어렸기 때문에 그런 것까지 헤아리지는 못했다. 그때도 남자든 여자든 운동을 잘하는 사람은 인기가 많았다. 달리기를 잘하는 친구들, 축구를 잘하는 친구들은 유명했고 부러움을 샀다.

10년 만에 피아노를 그만둔 이유

내가 다니던 초등학교는 상을 받으면 '기능장'이라는 배지를 상장과 함께 학생들에게 주었다. 학생들은 교복에 기능장을 달고 다니기도 했는데 내가 기억하는 한 전교에서 내가 기능장이 제일 많았다. 지금도 서랍장에는 기능장이 몇 개 남아 있다. 그때는 기능장을 하나씩 모으는 재미가 쏠쏠했다.

내가 태어나서 제일 먼저 뭔가를 전문가에게 배운 것은 피아노다. 나는 여섯 살에 피아노를 배우기 시작했다. 유치원 다닐 때는 피아노 선생님이 나를 유치원에 데리러 오기도 하고, 내가 혼자서 피아노 선생님 집으로 찾아가기도 했다. 나는 유치원 때부터 혼자 버스를 타고 다녔고, 가끔 아빠 차를 타고 유치원에 가기도 했다.

나중에 내가 두 아이의 엄마가 되고 놀랐던 것이 초등학생인 자녀가 버스를 혼자 타고 학교 체험활동을 간다고 했을 때도 데려다줘야 하나 계속 고민이 되었는데, 엄마는 유치원생인 내가 혼자서 버스를 타고 다니는 것이 걱정되지 않으셨을까 궁금해졌다.

우리 집에는 내가 태어난 해부터 자동차가 있었다. 아버지는 내가 태어난 해부터 사업이 잘되어 내가 복덩이라고 자주 말씀하셨다. 당시에는 국산 차가 없어 군인들이 타고 다니는 차처럼 생긴 지프(Jeep)차가 있었고, 자가용 기사가 있었다. 아버지는 25년 동안 자가용을 타고 다니셨지만 운전을 못 하셨고, 엄마가 중년에 친구분들이 운전면허증을 따기 시작했을 때 운전을 배우고 싶다고 하셨을 때도 위험하다고 못 배우게 하셨다.

25년 동안 타던 차의 계보는 지프, 피아트(Fiat), 포니 그리고 대우 로얄이었고, 피아트는 십 년 넘게 타서 차를 팔 때 나도 많이 울었던 기억이 난다. 기사 아저씨가 고속도로에서 시속 150km 이상 밟으면 피아트 차의 진가를 알 수 있다고 여러 번 말씀하셨다.

유치원에서 피아노 선생님 집까지 걸어가면 20-30분이 걸리는 거리였는데 나는 선생님 집까지 혼자 걸어가기도 했다. 어릴 때 아주 씩씩하고 용감했던 모양이다. 피아노 선생님이 가끔 만들어 주시던 생면 칼국수도 기억난다.

그렇게 계속 피아노를 배웠고 초등학교 2학년 때부터 경연대회에 나가기 시작했다. 2학년 때 처음 나갔던 대회는 진주에서 열린 〈개천예술제〉였고, 나는 저학년부에서 2위로 당선되어 내 키보다 조금 작은 큰 트로피를 받았고, 항상 피아노 위에 올려져 있었다.

1년에 두 번 정도 큰 대회에 나갔는데 항상 지정곡과 자유곡이 있었고, 나는 몇 개월 동안 같은 곡을 매일 지겹도록 연습해야만 했다. 지금도 어디선가 어릴 때 치던 곡들이 들리면 그렇게 반가울 수가 없다.

내가 다니던 초등학교도 매년 피아노 대회가 있었고, 늘 상을 도맡아 받았다.

초4 때 시민회관 피아노 발표회

중1 땐가 피아노 치는 게 너무 지겨워서 몇 개월 쉬기도 했는데 결국 피아노를 그만두게 된 것은 중3 때였다. 피아노 선생님이 어느 날 이제 피아노과를 갈 준비를 시작하자고 말했기 때문이다. 나는 피아노를 취미로 생각했지 한 번도 전공하겠다는 생각을 해 본 적은 없었다. 그런데 피아노과를 가야 한다는 얘기를 듣고 나서 며칠을 고민하고 피아노 선생님께 그만두겠다고 말했다.

당시 피아노 선생님은 우리 동네에 피아노 학원을 크게 열어 잘 운영하고 계셨다. 10년 동안 함께 했던 선생님과의 친밀했던 사제 관계가 끝나는 것은 아쉬웠다. 피아노를 그만두고 한동안 내가 잘한 결정인지 돌아보기도 했다.

내가 피아노과를 가고 싶지 않았던 것은 피아노 치는 것이 싫어서가 아니라 피아노를 평생 칠 만큼 좋아하지는 않았기 때문이고, 손이 작아서 피아노 건반 도에서 도가 잘 닿지 않은 것도 결정적인 이유 중 하나였다.

간판장이로 먹고살 수 있겠다는 칭찬

또한 나는 초등학교 6년 동안 미술반에 속해 있었다. 당시 초등학교 미술 선생님이 부산에서 활동하던 화가였는데, 미술반을 만들어 1학년 때부터 일주일에 두 번 정도 방과 후에 미술 수업을 받았다.

미술 수업을 하기 전에 미술반 친구들과 운동장 정글짐에서 신나게 놀았는데 당시 TV에서 인기 있었던 외화인 〈타잔〉 놀이를 주로 했고, 내가 타잔 역할을 하고 미술반의 유일한 남학생이 침팬지인 치타 역할을 했다. 치타 역할을 했던 친구는 성인이 되어 만난 동창회에서 어릴 적 내가 타잔이고 자기가 치타였던 것이 생각해 보면 참 우스꽝스럽다고 했다.

당시 초등학교에 교내 미술대회가 있었고, 각종 신문사가 주최하는 학생 사생대회가 있었다. 나는 학내는 물론이고 학외 사생대회에서도 상을 많이 받았다. 6학년 때 학교 대표로 부산에서 열린 사생대회에 나가기도 했는데 그때 상 받은 그림은 학교 복도에 걸리게 되었다.

고3 때 학력고사를 치고 나서 초등학교 친구들 십여 명이 동창회를 하면서 모교를 방문하게 되었는데 졸업한 지 6년이 지난 시점인데도 복도에 내 그림 액자가 걸려 있어 다들 신기해했다. 그림은 약간 색이 바래져 있었는데 그래도 단박에 내 그림이라는 것을 알아보았다. 액자 아래에 〈6-1반 배○○〉이라는 이름표가 붙어 있었기 때문이다.

그림을 잘 그리다 보니 매년 교실 환경미화 심사 시즌이 되면 나는 교실 뒤 게시판에 붙일 포스터 등 홍보물을 만들어서 붙였다. 생각해 보면 포스터는 대부분 반공통일이 주제였던 것 같다.

6학년 때 담임 선생님은 내게 게시판에 붙일 포스터를 그려달라고 하면서 나중에 간판장이를 해도 먹고살 거라고 했다. 그게 초등학생에 게 할 수 있는 칭찬이었는지는 잘 모르겠다. 나의 교실 환경미화를 위 한 게시판 꾸미기 활동은 고등학교 때까지 쭈욱 계속되었다.

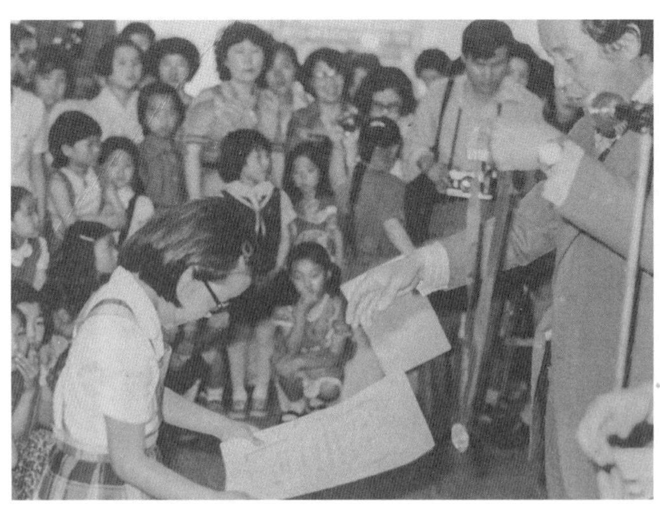

교외 대회 시상식

나의 두 아들 중 첫째는 어릴 때부터 그림을 잘 그렸고 결국 미대를 갔다. 둘째도 학교에서 그린 그림들을 보면 미술 재능이 보였지만 계속 그림을 그리지는 않았다. 첫째가 미대에 입학했다고 하면 내 어린 시절을 아는 친구들은 '첫째가 엄마를 닮았구나'라고 이야기한다.

첫째는 어릴 때 동네 미술학원에 2년 정도 다닌 게 전부고 미대 입시 준비를 한 적이 없다. 5학년 때인가 미대를 가고 싶냐고 물어보니 그림 그리는 게 좋다고 해서 홍대 앞 미술학원을 알아본 적이 있는데, 당시 초등학생임에도 불구하고 하루에 4-5시간씩 그림을 그려야 한다고 했고 첫째에게 물어보니 그렇게 할 자신은 없다고 해서 관두었다.

그래도 혼자서 계속 그림을 그렸고, 고등학교 때는 알아서 동아리 미술부 활동을 했다. 큰애가 미대에 들어갔다고 하면 친구들이 미대 입시 뒷바라지하느라 고생했다고 인사하는데 실제로 미대 입시 준비를 한 적은 없다. 첫째가 들어간 미대는 입시전형에 실기가 없고 내신과 수능 점수, 그리고 미술활동보고서가 평가 기준이었다.

미술활동보고서는 미술과 관련된 10개 활동을 기재하고 학교 미술 선생님의 확인을 받아 제출하는데, 신기하게도 교내 캐릭터 공모전 수상, RCY 벽화 그리기 봉사, 미술부 부장 활동, 대한민국 공익광고제 출품 등 10개 활동을 알차게 작성할 수 있었다.

미술 재능과는 별개로 첫째는 미대생이지만 영어를 잘해 군대에서도 통역병을 했고, 지금도 동시통역에 가깝게 통역이 가능하다. 물론 어릴 때 미국에서 자라 모국어처럼 영어를 배웠고, 초등학교 때도 귀국 자녀를 위한 영어학원인 폴○어학원을 몇 년 동안 다녔다. 영어로 소통이 가능한 영어 스피킹 실력이 사라질까 걱정되어 신경을 많이 쓴 덕분이다.

재미난 얘기를 하나 덧붙이면 2002년 8월 미국에서 돌아와 수지에 자리 잡았을 때 7살인 큰애는 우리말보다 영어가 편한 상태라 자기도 모르게 영어가 불쑥 튀어나오는 경우가 많았다. 아파트 엘리베이터나 버스에서 영어로 얘기를 하면 주변 엄마들이 어느 학원을 보내느냐고 묻는 경우가 종종 있었다.

해운대 외갓집

내게는 특별한 외갓집 추억이 있다. 시골 외갓집은 아니고 지금의 해운대구청 가까운 곳에 외갓집이 있었다. 외할머니, 외삼촌, 이모들, 그리고 집안일을 도와주시던 언니도 있었다. 초등학교 때부터 방학만 되면 기다렸다는 듯이 외갓집으로 달려가 며칠을 묵었다. 외갓집에서 걸어서 10분만 가면 해운대 해수욕장이 있어서 여름에는 수영복에 수건만 걸치고 바닷가로 달려간 적도 있다.

외갓집은 일반 주택이 아니고 2층 상가 건물이었다. 1층에는 슈퍼마켓과 시계방 등 가게가 여럿 있었고, 2층에는 중국집과 외갓집이 있었다. 1층과 2층 가게들로부터 나오는 임대료가 외갓집의 주요 수입원이었다.

건물 귀퉁이에 있던 1층 현관문을 들어서면 바로 2층으로 올라가는 계단이 나오는데 계단 옆으로 작은 방이 하나 있었고, 아주 어릴 때는 노할머니(엄마의 친할머니)가 그 방에 계셨다. 도착하자마자 노할머니께 인사를 드리면 엷은 미소를 지으시며 허리춤 주머니에서 사탕을 꺼내 먹으라고 주셨다.

어릴 때 극동호텔 풀장이 있었고, 손목에 스탬프를 찍으면 해수욕장으로 출입이 가능해서 풀장과 바다를 번갈아 오가며 수영을 했다. 다른 사람들은 수영장이나 해수욕장에 있는 샤워장에서 샤워를 했지만, 나는 수건이나 옷을 덮어쓰고 뛰어서 외갓집까지 와서 샤워를 할 수 있었다. 내가 외갓집에 머무는 며칠 동안 내가 좋아하는 음식들도 만들어 주어 행복한 시간을 보냈고, 저녁에는 시원한 바닷가를 산책하며 수다를 떨었다.

엄마는 4녀 1남의 맏이로 내게는 세 명의 이모가 있다. 세 분은 다 선생님을 하셨다. 큰이모는 중학교 국어 선생님, 둘째 이모는 큰 병원 간호사로 일하시다 교련 선생님, 그리고 막내 이모는 무용을 전공해서 고등학교 무용 선생님을 하셨다. 내가 초등학교 다닐 때는 방학 과제물 중 만들기 숙제가 있었는데 이모들이 풍차도 만들고, 잠자리도 만들어 주어 우수 과제물 상도 받았었다. 어린 나이지만 양심의 가책을 느꼈던 순간이었다.

초등학생 때 어느 크리스마스 이브에는 누가 초인종을 눌러 나가 보니 막내 이모가 대문 손잡이에 조카들 크리스마스 선물을 걸어 두고 가서 감동을 받았고, 나랑 열 살 밖에 차이가 안 나는 막내 이모가 우리 집에 놀러 오는 날이면 내 방에서 같이 자면서 온갖 귀신 이야기를 해 주어 무서워하며 들었던 기억이 난다.

큰이모는 결혼해서 외갓집 근처에 사시다가 1979년인가 가족이 미국으로 이민을 떠나셨고, 둘째, 셋째 이모가 결혼해서 사는 집에는 내가 결혼하기 전까지 자주 놀러 갔다. 사촌 동생들은 나와 나이 차이가 많이 나서 아기 때부터 커 가는 모습을 지켜볼 수 있었다.

외할머니는 내가 결혼하기 전 2년 반 동안 부산에서 부모님과 살 때 일요일마다 우리 집에 오셔서 하루를 주무시고 가셨다. 일요일마다 동래에 있는 원불교 교당에 다니셨는데 나는 할머니 덕분에 원불교라는 종교에 대해서도 알게 되었다. 외할머니는 내가 피아노 치는 것을 좋아하셔서 어릴 때 피아노를 치면 특별 용돈을 주셨다.

외할머니는 아주 부지런하셨고 재주도 많으셨다. 옷도 직접 만들어 입으셨고, 가을이면 우리 집에 와서 간장, 된장, 고추장을 담아주셨다. 고등학교 땐가 할머니가 고추장을 담아주시는 모습을 보며 내가 엄마에게 물었다. 외할머니가 평생 엄마에게 고추장을 담아 주시는데 나중에 내 고추장은 누가 만들어 주냐고 하니 엄마는 '사 먹으면 되지'라고 웃으며 말씀하셨다.

일제강점기에 여학교를 다녀 일본어를 잘하셔서 내게 일본 노래도 몇 개 가르쳐 주셨다. 우리 집이 마당 넓은 주택이다 보니 마당에는 늘 잡초가 많았는데 할머니는 오실 때마다 한두 시간 땀을 흘리며 마당 잡초를 뽑으셨다. 나중에 엄마가 쓴 〈잡초〉라는 수필을 보고 잡초 뽑기가 얼마나 고된 노동인지 알았고, 할머니가 엄마를 대신해서 잡초를 뽑으셨다는 것도 알게 되었다.

2

———

중고교 시절의 추억

걸 크러시

언제부턴가 걸 크러시라는 말이 들리기 시작했고, 요즘은 테토녀라는 말이 유행한다. 내가 중·고등학교 다닐 때는 그런 용어가 없었지만 지금 생각해 보면 여학생들 사이에서 내 인기(?)는 걸 크러시에 가까웠다.

나는 초등학교 3학년 때 부반장을 하면서 학급 임원 활동을 시작했다. 당시 한 학급은 60명이었고, 반장과 부반장이 있었는데 대체로 남학생이 반장, 여학생과 남학생 각 1명이 부반장이었다. 선거에 나가면 개인 포스터도 만들어 붙이고, 투표하기에 앞서 친구들 앞에서 앞으로 반을 어떤 방식으로 이끌겠다는 정견(?) 발표도 했다.

반장은 학기 초 투표로 뽑았는데 6학년 1학기에 드디어 투표에서 1등을 하게 되었다. 하지만 나는 그날 집에 가서 울었던 기억이 난다. 투표에서 1등을 했지만 여자라서 담임 선생님이 틀림없이 부반장을 시킬 거라고 생각했기 때문이다.

그런데 다음 날 학교에 가니 담임 선생님이 나를 불러 반장을 하라고 하셨다. 나는 속으로 뛸 듯이 기뻤다. 전교 조회 시간에 학급 임원들에게 임명장을 수여했는데 당시 여자 반장은 나를 포함해서 전교에 2명이었다. 또 한 명은 4학년 후배였고, 그 친구는 내 고등학교 2년 후배이기도 하다. 이름이 특이해서 검색하면 바로 나오는데, 지금은 부산에서 의사 생활을 하고 있다.

나는 여중과 여고를 다니면서 계속 반장을 했다. 학기 초에 투표로 반장 선거를 하면 압도적인 1위로 항상 당선되었다. 그러다 보니 중학교와 고등학교 3학년 때 담임 선생님의 끈질긴 권유로 학생회장도 하게 되었다.

나는 공부도 운동도 잘했기 때문에 여학생들에게 인기가 많았다. 지금 생각하면 중성적인 매력이 있지 않았을까 싶다. 고등학교 때는 내 책상에 몰래 선물을 갖다 두는 친구들도 있었다. 아침에 등교하면 책상 안에 예쁘게 포장된 선물이 있었는데 주는 사람 이름은 적혀 있지 않았다. 그것이 어떤 종류의 감정이었는지는 물어보지 않아서 모르겠다.

갑자기 자습 시간이 생기면 나는 친구들의 요청으로 교단으로 불려 나와 당시 주말에 TV에서 아버지와 함께 봤던 영화를 내 방식으로 재구성해서 들려주었고, 친구들은 그 이야기 듣는 것을 좋아했다.

나는 체구가 작은 편이어서 교련 사열 시간에 학생회장임에도 불구하고 연대장을 하지 못하고 중대장을 했다. 1980년대에는 여학생도 군사훈련을 받았는데 교련 사열과 간호 실습을 했다.

운동장에서 줄을 맞춰 행진을 하고 교장선생님과 육성회장님 등이 앉아 계신 상석을 지나갈 때 중대장이 '우로 봐!' 구호를 외치면서 고개를 오른쪽으로 돌려 군인처럼 경례를 했다. 교련 사열이 끝나고 교무실에 갔는데 선생님들이 내가 외친 '우로 봐'를 듣고 가슴이 뭉클했다고 하셨다. 우렁찬 목소리에 마음이 경건해졌다는 것이다.

매 수업 시간에 선생님이 들어오시면 반장이 차렷, 경례 구호를 했는데 내 목소리가 너무 커서 옆 반도 차렷, 경례를 함께 했다는 소리를 옆 반 친구들에게 들었다.

나의 우렁찬 목소리는 초등학교 때 반장과 부반장을 계속하면서 "조용히 하세요!"를 하루에도 수십 번씩 외치다 보니 목소리가 점점 굵어진 것이 아닌가 생각한다. 당시에 반장과 부반장이 주로 하던 일은 선생님이 안 계신 자습 시간에 앞에 나와 칠판에 떠드는 사람 이름을 적는 것이었다.

고3 때 담임 선생님은 총각 선생님이셨다. 20대 후반이었으니까 학생들과 나이 차이가 십 년이 채 안 되었다. 우리 반에 담임 선생님을 좋아하는 친구들이 몇 명 있었는데 내가 반장이다 보니 교무실에 자주 불려 다녔고, 그 친구들이 그걸 질투하기도 했다.

여고 시절에 있을 수 있는 풋풋한 감정인데, 그런 얘기를 하면 당시 어른들이 대학에 가면 담임 선생님은 생각도 나지 않을 거라고들 말씀하셨다.

미션스쿨과 인연

나는 현재 종교가 없지만 내가 다닌 중학교와 대학교는 미션스쿨이다. 중학교 때 〈성경〉이라는 과목이 있었고, 성경 과목에서 '우'를 받으면 학업 우등상도 받을 수 없었다. 주말에는 교회에 가서 〈주보〉를 받아 월요일에 학급 종교부장에게 제출하여 교회에 갔다 왔다는 것을 증명해야 했다.

주 1회 성경 수업도 있어 교목 선생님이 들어오셨다. 교목 선생님은 내가 다니던 교회의 목사님이셨고, 우리 반 친구의 아버지이기도 했다. 나는 그 친구와 친해 그 집에 놀러 간 적도 있다. 그 목사님은 유머가 남다르셨는데, 수업 시간에 항상 자신의 딸에게 아버지는 잘 계시냐고 물어보셔서 친구들을 웃게 하셨다.

나는 어쩔 수 없이 주말마다 교회를 다니기는 했지만 싫지는 않았다. 엄마는 1년에 몇 번 절에 다니시는 분이셨지만 내가 교회를 다니는 것에 큰 거부감이 없으셨다. 또한 중학교 2학년과 3학년 2년 동안 학교 합창단 활동을 했는데 주로 성가곡을 불렀다. 나는 알토 파트였고, 합창단은 외부 대회에 나가 상을 받을 만큼 실력이 좋았다. 합창단에서 부르던 찬송가는 지금 들어도 가사가 기억날 만큼 연습을 열심히 했다.

중학교 3학년 여름방학에는 반장, 부반장으로 구성된 20여 명 학생들과 선생님 여러분이 시골 교회에 가서 일주일간 여름성경학교를 열었다. 가기 전 한 달 동안 찬송가 안무도 연습하고 초등학생들에게 들려줄 성경 이야기도 스케치북에 그림을 그려 가며 준비했다.

우리가 갔던 경남의 시골 마을은 1981년이었지만 전기가 들어오지 않는 오지였다. 밤에는 교회 마루에 이불을 깔고 잤는데 모기가 너무 많아 모기향을 주변에 피워 두고 아침에 일어나면 여름 이불 위에 모기가 수두룩하게 죽어 있었다. 수돗물도 없어 냇가에 가서 세수해야 했고 화장실도 재래식이라 힘들었지만 지나고 보니 소중한 경험이었다.

초등학생들을 한 반씩 맡아 일주일 동안 성경 수업을 했는데 아이들과 매일 만나다 보니 정이 들어 헤어질 때는 모두 펑펑 울었다. 몇 개월 후 학교 측에서 시골 아이들을 부산으로 초대해 홈스테이도 제공했던 기억이 난다.

당시 시골에서 마을을 지키는 큰 나무 아래에서 아이들과 성경 수업을 하고 있는데 할머니 한 분이 다가오셔서 내 나이를 물어보셨고, 당신 손주며느리로 삼고 싶다고 해서 당황했던 기억이 난다.

대학교도 미션스쿨이라 주 1회 예배에 참석해야 했다. 4년 동안 예배 참석은 아주 좋았던 시간으로 기억 속에 남아 있다. 무엇보다도 중학교 때 3년간 교회를 다녀 찬송가가 친숙했고, 예배 시간에는 목사님

설교보다는 유명한 연사의 초청 강연이 많아 다양한 분야 사람들로부터 귀한 말씀을 들었고, 음악가들을 초청한 연주나 성악도 좀처럼 만나기 힘든 소중한 경험이었다.

가장 기억에 남는 연사는 이어령 당시 국문과 교수였다. 재미있고 유익하면서 통찰력이 있는 이야기를 들려주어 감탄하면서 강연을 들었다. 우리나라 지성사에 한 획을 그은 분이라는 것을 당시에는 잘 몰랐지만.

나는 인생에서 두 번이나 기독교와 깊은 인연이 있었지만 결국 기독교인이 되지는 않았다. 지금도 국내 다른 지역에 놀러 가면 오래된 사찰을 찾아가는데 이상하게 절에 가면 마음이 평온해짐을 느끼게 된다. 성당에 가도 비슷한 느낌을 받는다. 그런데 교회에 가면 그런 느낌이 들지 않는다. 내가 기독교인이 되지 못한 것은 아마도 뭔가 나와 맞지 않는 부분이 있었기 때문이리라.

학교폭력과 인권

내가 다니던 초등학교는 여름에 오수 시간이 있었다. 개인 사물함에 여름 이불과 베개를 갖다 두고, 점심 먹고 교실 청소를 한 다음 30-40분 정도 책상 위나 교실 바닥 위에서 낮잠을 잤다. 낮잠을 자고 깨면 새로운 하루가 시작되는 것처럼 머리가 개운했다. 당시에 파격적인 교육 실험이 아니었을까 생각한다.

그런데 오수 시간에 아이들이 잠을 자지 않고 옆 사람과 떠드는 경우가 많았고, 한번은 아이들이 너무 떠들어서 반장과 부반장을 나오라고 하더니 담임 선생님이 세차게 뺨을 때렸다. 왜 아이들을 조용히 시키지 못했냐고 꾸짖으면서.

나는 태어나서 처음으로 뺨을 맞았다. 키가 큰 선생님이셨고 평소에도 아이들이 말을 듣지 않으면 〈사랑의 매〉라고 적힌 두꺼운 몽둥이로 아이들 엉덩이를 자주 때리던 분이었다. 뺨을 맞아 너무 억울하고 수치스러웠지만 선생님께 대들지는 못했다.

생각난 김에 고등학교 때도 선생님께 뺨을 맞은 적이 있다. 두 번째로 선생님께 뺨을 맞은 것이다. 학생들을 자주 때리는 선생님으로 유명하셨고, 수업 시간에 딴짓을 하거나 책상 위에서 필통 같은 것이 바닥에 떨어져 소리가 나면 학생들을 때렸다.

하루는 수업 시간에 선생님이 교실에 들어왔는데 우리 반 아이들이 계속 떠들고 있었다. 그랬더니 "반장 일어나"라고 하면서 내 앞으로 오더니 애들이 왜 이 모양이냐고 하면서 내 뺨을 세게 때렸다.

초등학교 때와 비슷한 상황에서 뺨을 맞았다. 당시에는 선생님들이 학생들을 많이 때렸고, 여중·여고도 예외가 아니었다. 학생을 때리지 않는 선생님이 더 많았지만, 동료 선생님의 폭력 사실을 알면서도 아무런 조치를 취하지 않았던 점은 지금 생각해 봐도 안타깝다.

당시에는 '인권'이란 개념도 없었고, 그냥 학생들을 훈육하는 불가피한 방법이라고 생각했던 모양이다. 지금은 학생들 간 학교폭력이 큰 이슈지만 당시에는 교사들의 학생 대상 폭력이 아주 심각했다.

고2와 고3 때 우리 반에서 선생님들에게 심하게 폭력을 당했던 친구들을 생각하면 당시에도 지금도 너무 미안한 마음이다. 선생님이 말씀하시는데 피식 웃었다거나, 수업 시간에 딴짓을 했다는 것이 맞은 이유였다. 친구들이 다 같이 말렸더라면 폭력을 멈출 수 있었을까. 그 친구들이 나쁜 기억을 잊고 잘 살고 있기를 바란다.

갑자기 학교폭력 이야기로 심각해졌는데 당시 교장선생님은 여학생의 품행에 대해서 전교 조회 시간에 항상 설교하셨다. 담임 선생님도 아침 조회 시간에 비슷한 말씀을 자주 하셨다. 내가 다닌 고등학교는 역사가 오래된 학교라 자랑스러운 역사와 전통에 대한 이야기를 자주 들었고, 역사가 오래된 만큼 엄청나게 많은 졸업생이 우리 주변에 있어 후배들의 행동을 어디에서나 지켜보고 있으니 조심해서 행동하라는 논리였다.

고등학교 2학년 때인 1983년에 교복이 자율화되어 1학년까지만 교복을 입었다. 초등학교 때도 교복을 입었기 때문에 총 10년의 교복의 역사가 끝이 났다. 고등학교에 입학할 때 이미 교복 자율화가 예정되어 있었기 때문에 교복을 새로 맞추지 않고 대부분 주변 선배들에게 물려받아 입었다. 나도 엄마의 동네 인맥으로 인해 여고 선배 몇 사람에게 교복을 물려받았다. 지금 생각하면 매우 실용적인 아이디어였다고 생각한다.

두발도 자유화되어 머리를 길게 기르는 사람이 많았지만 나는 주로 단발이나 커트 머리였고, 대학교에 입학할 당시에는 어깨까지 머리를 길렀다. 염색이나 파마는 금지였는데 나는 반곱슬이라 선생님들이 가끔 파마했냐고 물어보는 경우도 있었다.

고등학교 때 교복은 여름에는 흰색 반팔 셔츠와 검정 치마, 봄가을에는 흰색 긴팔 셔츠와 검정 치마, 그리고 겨울에는 검정 상의에 검정 치마였다. 검정 상의에는 흰색 카라가 붙어 있었다.

두 번의 학생회장 경험

중학교와 고등학교에서 계속 반장을 하다 보니 자연스럽게 학생회장을 하게 된 것은 아니고, 내가 원해서 선거에 나간 것도 아니었다. 중학교, 고등학교 모두 담임 선생님의 강력한 권유가 있었다. 고등학교 때는 담임 선생님이 사흘 정도 끈질기게 설득하셨고 내가 계속 거절하자 엄마에게 전화해서 설득해 달라고 하셨다.

내 기억으로는 두 번 다 임명이 아니라 반장들이 참여하는 학생회에서 투표를 통해 학생회장을 선출했다. 고등학교 때 계속 거절한 이유는 학생회장을 하게 되면 공부에 지장이 있을 것으로 염려되었기 때문이다.

내가 다닌 중학교는 미션스쿨이었고, 기독교와 관련된 활동이 많았다. 나는 성가대의 성격을 띤 합창단 활동을 2년간 했고, 2학년 때는 모든 반이 참여하는 반 대항 합창대회도 열려 몇 개월간 열심히 연습해야 했다. 선곡은 물론 찬송가였는데 〈주는 저 산 밑에 백합〉이었던 것으로 기억한다. 반장이다 보니 나는 합창대회에서 지휘를 했고, 지휘자에게 주는 상도 받았다.

다른 학교는 중2 때 수학여행을 갔는데 우리는 중3 때 속리산으로 수학여행을 다녀왔다. 수학여행 가서 전체 오락 시간을 어떻게 구성할지 반장들과 미리 프로그램을 짜야 했다. 그때 반별로 장기자랑을 했는데 우리 반은 담임 선생님과 친구들이 함께 당시 유행했던 팝송인 〈Eye of the Tiger〉에 맞춰 춤을 추어 큰 박수를 받았다.

고등학교 3학년 때는 학생회장으로서 다른 임무가 주어졌다. 당시 고3들은 야간 자율학습(야자)을 의무적으로 했는데, 고3 담임 선생님들이 돌아가면서 야자 감독을 하셨다. 감독하시는 선생님들을 위해 일주일에 한 번씩 외부 식당에서 맛있는 저녁을 배달시켜 드리는 일을 학력고사 칠 때까지 했다. 반별로 돌아가면서 순번을 정해 반장이 비용을 모아서 내게 주면 내가 일식집이나 고깃집 도시락 같은 것을 주문했다.

반별로 모은 현금을 내게 건네주었기 때문에(당시에는 인터넷 뱅킹 같은 것이 없었기 때문에) 내 가방 뒷주머니에 늘 현금이 많았는데 한 번은 점심 먹고 교실 청소를 하고 보니 가방에 있던 10만 원이 넘는 현금이 사라지고 없었다. 담임 선생님께 얘기해서 반 친구들 가방을 뒤지기도 했지만 결국 돈은 찾지 못했고, 아버지가 공금이니 채우라고 하시면서 돈을 주셨다. 그때 부모님께 미안하기도 하고 속상해서 많이 울었던 기억이 난다.

또한 졸업하기 전 담임 선생님들께 보은의 의미로 좋은 양복을 맞춰 드리는 전통이 있었다. 이 또한 반별로 반장들이 무리해서 돈을 모으고 있었는데 어느 반 학부형이 교육청에 신고를 했다. 그래서 그 전통은 사라지지 않을까 생각했지만, 교장선생님께서 그만두라는 말씀을 따로 안 하셔서 결국 예정대로 진행하였고, 양복을 맞춰 드린 기억이 난다.

어른이 되어 생각해 보니 학생들이 돈을 모아 선생님 저녁 도시락을 시켜 드린 일은 꼭 필요한 일이었는지 모르겠다. 내가 시작한 일은 아니었고 그것도 누군가가 그렇게 해야 한다고 말을 해 줘 어쩔 수 없이 하게 된 것이다. 고3 스승의 날에는 교내 방송으로 전교생을 나오라고 해서 학교까지 올라오는 언덕길 양쪽에 줄지어 서서 출근하시는 선생님들께 박수를 치면서 꽃을 달아 드리는 이벤트도 했었다. 학창 시절을 통틀어 스승의 날 이벤트를 그렇게 거창하게 한 것은 그때가 처음이었다.

고3 때 학생회장을 하면서 반장도 했는데 우리 반에는 몸이 아픈 친구들이 몇 명 있었다. 야자 시간에 몸이 아픈 친구들이 있으면 담임 선생님께서 택시비를 주시며 나더러 아픈 친구를 집까지 데려다주고 오라고 해서 평균 일주일에 한 번은 친구들을 데려다주는 일도 했다.

친구 집에 다녀오면 야자 시간이 거의 끝나는 시간이어서 그날 하루는 공부를 할 수 없었다. 우리 반에 왜 그리 아픈 친구들이 많았는지, 혼자서 집에 갈 수 없을 만큼 몸 상태가 안 좋았는지는 알 수 없다.

학생회장을 두 번 경험하면서 개인적인 시간을 많이 할애해야 했고, 더러는 부정적인 경험도 해야 했지만 아마도 내게는 리더십을 키울 수 있는 시간이 아니었을까 생각한다. 특히 많은 학생들 앞에 나가 발표하는 기회가 많았기 때문에 그것이 나중에 여성학 강의를 하는데 큰 자양분이 되었을 것이라 생각한다.

또한 선생님들과 가깝게 지내면서 학교 운영이나 선생님들의 고충에 대해서도 다른 학생들보다는 조금 더 깊은 이해를 할 수 있지 않았을까 생각한다. 하지만 어른이 되어 생각해 보니 나는 매우 체제 순응적인 학생이었다. 폭력적인 선생님이 몇 분 계셨고 반 친구들이 심하게 폭력을 당했을 때 한 번도 대항하지 못한 것은 두고두고 마음의 빚으로 남았다.

고3 때 학력고사를 치고 나서 주어진 많은 시간을 교장선생님께서 미리 준비하신 영화 테이프를 반마다 설치된 TV로 자주 본 것이 기억에 남고, 어느 날은 화장품 회사에서 나와 화장법을 가르쳐주는 행사도 있었다.

당시에 학력고사를 친 고3들의 반팅이 유행이었다. 남자 고등학교 한 반과 단체로 미팅을 하는 것이었다. 다른 반들의 반팅 소식이 들려오면서 우리 반 친구들이 우리 반은 왜 안 하냐고 내게 불평을 하기 시작했다. 그래서 엄마에게 부탁해 엄마 친구 아들을 소개받아 반팅을 주선했다. 반팅에는 우리 반 친구들 대부분이 참여했고, 워낙 사람이 많다 보니 10개 팀으로 나누어 부산대 앞 열 개의 카페에서 미팅을 하도록 준비했다. 나중에 반팅 사실을 담임 선생님께 들켜 혼이 나기도 했다.

또 연말에 학예회를 준비하게 되면서 우리 반에 있던 연극배우 지망생인 친구가 연출하여 셰익스피어의 작품인 〈당신이 좋으실 대로, As you like it〉를 무대에 올렸는데, 나는 남자 분장을 하고 남자 귀족 역할을 코믹하게 하여 선생님들과 친구들로부터 괜찮은 평가를 받아서 기뻤다. 대학교 1, 2학년 때 친구들로부터 연극반에 들어가 보라는 제안을 여러 번 받았는데, 연극 배우가 될 자신이 없어 실천에 옮기지는 못했다.

라디오는 내 친구

앞서 얘기한 대로 어릴 때부터 피아노를 치기 시작하면서 음악과는 가깝게 지내게 되었다. 피아노를 오래 치다 보니 음악 시간에 음정과 박자를 맞추는 것이나 계명으로 노래하는 것은 자신이 있었지만, 가창력을 타고나지는 않았다.

어릴 때 동요를 부르면 고음이 잘 올라가서 여러 번 큰 무대에서 공연할 기회가 있었지만, 십 대 후반으로 갈수록 중저음의 목소리로 자리를 잡게 되었다. 중학교 때 학교 합창단으로 활동할 때도 나는 알토 파트였다.

내가 팝송을 의식적으로 듣기 시작한 것은 초등학교 5학년 때다. 그때 같은 학교 친구들 몇 명이 모여 영어 과외를 받게 되었고, 영어 공부도 할 겸 외국 팝송을 듣기 시작했다. 아주 어릴 때는 외삼촌이 함께 살았는데 삼촌 방에서 늘 외국 팝송이 들렸기 때문에 나중에 들어 보면 귀에 익은 곡들이 많았다.

내가 좋아한 첫 팝송은 린다 론스태드의 〈Long long time〉과 에블리

브라더스의 〈Bye bye love〉다. 어린 나이임에도 불구하고 두 노래의 멜로디와 가사가 내 마음에 와닿았다. 또한 아빠와 주말마다 해외 영화를 보다 보면 영화 주제가가 너무 아름다워서 영화 음악의 중요성도 깨닫게 되었다. 그때부터 본격적으로 해외 팝송을 듣기 시작했다.

70-80년대 팝송은 대부분 라디오를 통해 들었고, 좋아하는 가수의 카세트테이프를 구입했다. 또한 빈 테이프를 사서 라디오에서 나오는 곡들을 녹음해 친구들에게 선물하는 게 유행이었다. 중학교 때는 한국에서 〈Wanted〉란 곡으로 인기 있었던 둘리스(Dooleys) 부산 공연을 보러 가기도 했다. 내 부탁으로 아버지가 표를 구해서 아버지와 함께 시민회관에 보러 갔는데, 좌석의 위치도 기억이 난다. 하지만 중학교 때 제일 좋아했던 가수는 뭐니 뭐니 해도 아바(ABBA)였다.

우리 집 TV는 부산이라 그런지 안테나만 조정하면 일본 방송도 볼 수 있었다. 안방에 있던 TV가 일본산 컬러TV였기 때문에 일본 방송은 컬러로 시청이 가능했고, 우리나라는 1980년에 컬러 방송으로 전환되었다.

미군 방송인 AFKN도 시청이 가능했다. 나는 AFKN에서 미국 음악 프로그램인 〈Soul Train〉도 즐겨 보았고, 해마다 열리는 〈Grammy Awards〉도 챙겨 보았다. 당시는 팝송을 많이 듣던 시절이라 시상식에서 상 받는 곡들은 대부분 아는 곡이었다. AFKN에서 음악 프로그램뿐 아니라 미국 인기 드라마인 〈General Hospital〉도 가끔 본 기억이 난다.

내가 몇 년 동안 명절에 친척들에게 받은 용돈을 모아 고등학교 때 꽤 비싼 스테레오 카세트 플레이어를 구입했다. 내 방에는 항상 라디오가 켜져 있었는데 엄마는 공부에 방해된다며 특히 시험 기간에는 라디오를 끄라고 자주 말씀하셨다. 하지만 나는 요즘 말하는 백색소음처럼 라디오가 켜져 있어야 마음이 안정되었다. 친구들이 라디오에 사연을 보내서 내 이름이 몇 번 불린 적도 있다.

대학 다닐 때도 하숙방에서 밤마다 〈별이 빛나는 밤에〉를 들었다. 당시는 해외 팝송뿐 아니라 한국 발라드의 전성기여서 가사와 멜로디가 좋은 곡들이 정말 많았다. 대학교 때는 좋아하던 가수가 너무 많아 일일이 열거할 수도 없다.

대학원 다닐 때는 KBS FM에서 방송 모니터를 모집한다길래 지원해서 서류 심사에 통과해 방송국에 면접을 보러 갔다. 당시 지원서에 즐겨 듣던 라디오 프로그램에 대해 분석한 글을 썼던 기억이 난다. 많은 사람들이 면접을 보러 왔는데 대부분 여성이었고 학벌도 다 좋아서 놀라웠다. 다행히 합격을 했다.

방송 모니터는 매일 같은 프로그램을 듣고 꼼꼼하게 평가서를 작성하는 일을 했는데 다른 사람보다 늦게 프로그램 선정에 참여하게 되어 아무도 선택하지 않은 밤늦은 시간 국악 프로그램을 맡게 되어 한 달인가 두 달인가 모니터링을 하다 그만두었다. 너무 늦은 시간이었고, 좋아하지도 않는 국악을 듣는 것이 힘들었기 때문이다.

오래된 면 사랑

면을 좋아하는 사람이 많겠지만 나도 누구 못지않게 면을 사랑한다. 중고등학교 시절 내가 정말 사랑한 국숫집이 몇 군데 있다. 지금은 사라지고 없어 어렴풋이 그 맛을 기억하는 집도 여럿 있는데 이제 그 어디에서도 먹어 보지 못하는 것이 살면서 아쉬운 점 중 하나이다.

내가 사랑한 첫 번째 면은 부산에만 있는 비빔당면이다. 서울에도 비빔당면을 파는 곳이 몇 군데 있지만 부산에서 먹는 그 맛이 아니다. 그래서 부산에 가면 기회가 될 때마다 비빔당면을 사 먹는다. 물론 집집마다 맛이 달라 선호하는 집이 따로 있다.

내가 살던 온천동에 있던 백화점 지하 1층에 엄마와 자주 가던 비빔당면 집이 있었고, 해운대 재래시장 건물과 건물 사이 좁은 공간에 있던 비빔당면 집도 참 맛있었다. 비빔당면 양념은 고추장 맛이 강하면 맛이 없고, 간장 양념에 고추장을 살짝 넣어 비비는 것이 훨씬 맛있고, 당면을 어떻게 삶느냐에 따라 식감이 완전히 달라진다. 그리고 토핑은 부산식으로 오뎅, 부추, 당근, 단무지가 들어가야 맛있다.

두 번째 면은 온천시장에 있는 소문난 손칼국수 집이다. 이 집은 유명해서 손님이 정말 많았고, 원조집 옆에 몇 개의 국숫집이 더 있을 정도였다. 수제 칼국수 면도 굵지 않게 식감이 부들부들했고, 무엇보다도 진한 멸치 국물이 예술이었다. 또한 칼국수 집은 무조건 김치가 맛있어야 만족도가 올라간다. 부산은 칼국수가 대부분 멸치 국물이지만 서울에서는 사골 국물도 많은데 나는 개인적으로 멸치 국물을 좋아한다.

내가 사랑한 세 번째 면은 중학교 구내식당에 있던 쫄우동이다. 그런 쫄우동을 먹을 수 있는 곳은 그곳밖에 없었다. 뜨끈한 멸치 국물에 쫄면 면이 참 잘 어울렸고, 토핑은 거의 들어가지 않는 데도 쫄깃쫄깃한 면이 정말 맛있어서 하굣길에 거의 매일 그걸 사 먹었다.

당시에 우동을 간식처럼 먹었는데 활동량이 많아서 살이 찌지는 않았다. 내가 다니던 중학교 길 건너편에 우동집도 자주 갔는데 그 집도 우동 면이 부드럽고 국물이 참 맛있었다. 큰 솥에 10여 가지 재료를 넣고 푹 끓인다고 중년의 여사장님이 자랑하던 게 생각난다.

또한 엄마와 남포동만 나가면 가던 곳이 유명한 냉면집이다. 나는 주로 함흥냉면을 먹었는데 중고등학교 시절에는 꼭 사리를 추가해서 먹었다. 함께 나오는 육수도 참 맛있었다. 서울에 살면서 냉면집을 갈 때마다 그 집 냉면과 맛을 비교하게 되는데 비슷한 집은 있어도 더 맛있는 집은 아직 못 찾았다. 그 집은 손님이 워낙 많아 나중에 크게 건물을 지어 가게를 확장했고, 지금도 부산을 대표하는 냉면집으로 자리 잡고 있다.

나는 지금도 새로 나오는 라면이 있으면 사서 먹어본다. 혹시 내가 좋아하는 면발과 국물을 찾지 않을까 기대하면서 말이다. 라면 중에서 내가 기억하는 최애 라면은 고등학교 때 한정판으로 나왔던 〈장수면〉이다.

장수면은 1983년에 농심 창립 18주년을 기념하여 출시되었는데 쫄깃하면서 약간 굵은 면발이었고 특히 국물의 풍미가 깊었다. 라면은 저렴하게 먹을 수 있는 대표적인 서민 음식이지만 당시 좋은 재료를 써서 다른 라면보다는 비쌌고, 먹어 보니 맛있어서 주변에 먹어 보라고 많이 권유했었다. 하지만 한정판이라 몇 개월 후 단종되어 아쉬웠다. 장수면을 기억하는 사람이 얼마나 있을지 모르겠다.

그 외에도 중학교 때 동래시장 근처에 있던 MSG 맛이 많이 나던 밀면집, 남포동에 지금도 있는 종각집과 비빔국수가 맛있는 할매집, 또 국수는 아니지만 남포동의 18번 완당집 등 엄마랑 남포동에 나가면 먹고 싶은 면이 너무 많아서 오늘은 뭘 먹어야 할지 늘 심각하게 고민해야 했다.

청소년 시절 교육관광

내게는 청소년 시절 특별한 여행 추억이 있다. 중고교 시절 방학 때마다 초등학교 친구들과 함께 관광버스를 타고 3박 4일 정도 여행을 다녔다. 그 여행을 주도하셨던 분들은 6학년 때인가 결성된 엄마들의 계 모임이다. 70년대 말에 결성된 그 학부모 모임은 중고교를 다니던 시절 방학마다 관광버스를 대절해 엄마들, 친구들, 그리고 동생들과 함께 전국으로 여행을 다녔다.

당시 부산에 있던 중고등학교 중 남녀공학은 드물어서 대부분 남녀 분리된 단성학교를 다녔다. 그러니 방학 때마다 초등학교 동창들과 어울려 여행을 다니는 것은 특별한 경험이기도 했다. 몇 시간 동안 버스로 이동하는 경우 몇몇 엄마들이 마이크를 잡고 오락 시간을 진행하면서 아이들에게 돌아가면서 노래도 시켰다.

숙소에는 남학생 방, 여학생 방이 따로 있었는데 엄마들은 애들이 서로 내외하는 모습을 재미있어하셨고, 밤에는 큰 방에 애들을 집어넣으면서 함께 재미있는 시간을 보내라고 하셨다. 지금 생각하면 참으로 깨인 분들이셨다.

중학교 입학을 앞두고 간 첫 여행지는 제주도였다. 그때 태어나서 처음 비행기를 타 보았다. 당시 사진을 보면 중학교 입학 전이라 여학생들은 모두 짧은 단발머리, 남학생들은 까까머리를 하고 있다. 그때 제주도에서 보았던 이국적인 풍경들은 오랜 기간 머릿속에 남아 가끔 재생되곤 했다.

그 외에도 서울 관광, 지리산 여행, 용평 스키장 등 전국을 누비고 다녔다. 눈이 귀한 부산에서 자라서인지 강원도 지역에 놀러 갔을 때 눈이 많이 쌓여 무릎까지 다리가 푹푹 빠지는 경험도 신기하기만 했다.

눈이 많이 쌓여 관광버스가 출발하지 못하고 몇 시간 대기했는데 당시는 눈길 운전이 얼마나 위험한지 몰랐기 때문에 그 위기의 상황도 설레기만 했다. 중학교 때 스키도 처음 타 보았는데 스키복도 제대로 갖추지 않은 채 추위에 떨면서 스키를 탔던 기억이 생생하다.

나이가 들고 나서 생각해 보니 당시 엄마들은 40대 중반의 젊은 나이였다. 일을 하시는 분도 계셨지만 대부분 전업주부셨는데 며칠이지만 집을 떠나 또래 엄마들과 여행을 간다는 것만으로도 사실 아이들보다 엄마들이 그 여행을 더 기다리셨을 것이다.

그리고 80년대 초반이면 지금보다 훨씬 가부장적 가족 질서가 강하던 시절이었는데 아내와 자녀들이 방학 때마다 전국을 돌아다니며 여행을 떠나는데 그걸 흔쾌히 동의해 주셨던 아버지들도 대단하다는 생각이 든다. 그때는 어려서 아버지들에 대한 고마움은 몰랐지만.

놀랍게도 70년대 말에 결성된 엄마들의 계모임은 지금도 이어지고 있다. 그동안 몇 분의 어머니가 돌아가셨지만, 정정하신 분들은 모임을 하고 계신다. 재작년에 아버지가 돌아가셨을 때 그분들이 모두 조문하러 오셨는데 너무 오랜만에 만나 많이 변하셨지만 눈물이 핑 돌 정도로 반가웠다. 오랜 기간 여행을 함께 다녔던 추억이 생각나서였다.

초등학교 동창 중 교육관광을 함께 다녔던 친구들은 엄마도 알고 동생들도 알기 때문에 더욱 친밀하게 느껴진다. 대학에 들어가면서 특별했던 교육관광은 끝이 났지만, 동창들끼리의 모임은 계속 이어져 지금도 연락이 되는 친구들은 가끔 만나고 있다. 그 친구들과 옛날얘기를 하다 보면 함께 갔던 여행에서 있었던 에피소드도 꼭 등장하는데 서로 기억하는 부분이 달라 조각조각을 맞추다 보면 당시의 여행 풍경이 조금씩 되살아난다.

3

격랑의 80년대와 대학 생활

사회 불평등에 눈뜨다

학력고사를 쳤는데 점수가 기대에 못 미쳤다. 여대를 한 번도 생각한 적이 없었지만, 나는 여대에 진학하기로 하고 학과를 선택하기 위해 대학 전공을 안내하는 책자를 하나 구입해 꼼꼼하게 읽었다.

고등학교 생활기록부에 내 희망 학과는 항상 영문과로 적혀 있었다. 영어를 잘했고 좋아했기 때문이다. 희망 직업은 어릴 때부터 외교관이었는데 아마도 해외를 많이 다니는 모습이 멋있어 보였던 모양이다. 신기하게도 몇 년 전 MBTI 검사를 하니 내게 제일 잘 맞는 직업이 외교관이었다.

그런데 이상하게 안내 책자를 읽으면서 사회학과 소개글이 내 마음을 움직였다. 나중에 사회학과 소개글을 쓴 분이 모교 교수님이라는 걸 알게 되어 3학년 때 수업을 듣게 되었고, 대학원 때는 그분이 석사 논문 지도교수가 되셨다. 대학 입학 후 사회학은 너무나 매력적인 학문으로 내 이십 년 인생을 송두리째 흔들어 놓았다.

나는 초중고를 다니면서 다양한 배경의 친구들과 사귀기도 했지만 내 주변에는 나와 비슷한 처지의 사람들이 더 많았다. 친척 중에도 어렵게 사는 분이 거의 없었는데, 1학년 때 사회학 개론을 배우기 시작하면서 〈도시 빈민〉이라는 단어를 처음 듣게 되었고, 온갖 사회 불평등과 부조리에 눈 뜨게 되었다.

중학생 시절에 일어났던 광주 사태도 잘 몰랐는데 대학 1학년 때 관련 도서를 읽고 충격을 많이 받았다. 1980년대 중후반에 대학마다 총학생회가 부활하면서 학생 운동이 점차 맹렬해져 갔고, 86년과 87년 민주화 운동 시기를 통과하고 있었다.

사회학과라 그런지 주변에 학생 운동을 하는 사람들이 유난히 많았고, 내가 입학하자마자 법학과 2학년이던 여고 선배가 나를 운동권 학회에 넣으려고 3개월가량 따라다녔다. 그 선배는 학회에 들어오라고 내게 여러 번 이야기했지만 나는 결국 거절했다.

당시 고향에 계신 아버지가 나를 볼 때마다 절대로 학생 운동에 참여하지 말라고 신신당부를 하셨기 때문에 망설이기도 했고 선두에 나설 용기도 없었다. 데모를 하면 학생들이 전투경찰을 향해 화염병을 던졌는데 여학생들이다 보니 멀리 던지지 못했다. 그걸 볼 때마다 나라면 훨씬 멀리 던질 수 있을 텐데 여러 번 생각했었다.

나는 2학년 말까지 학과 선배들이 운영하는 학회 활동을 하면서 당시 금서에 해당하는 서적을 많이 읽었다. 내 하숙방에도 금서가 몇 권 있었는데 어느 날 경찰이 찾아와서 내방을 뒤지지는 않을까 걱정하기도 했다. 시위하다 잡혀 구치소에 가는 동기들을 볼 때마다 마음의 빚을 진 느낌이었다.

1학년 때 사회학 개론을 가르친 분은 한국 여성운동의 대모로 불리는 고 이효재 교수님이셨다. 이효재 교수님은 독신이셨는데 수업 시간에 결혼은 무덤에 걸어 들어가는 것이라고 말하신 게 충격적으로 다가왔다. 여성에게 차별적이고 불합리한 결혼 제도를 알면서 결혼하는 것은 무덤에 스스로 걸어 들어가는 것이라는 의미였다.

나는 스무 살이라 결혼에 대해 별다른 생각은 없었지만, 무덤처럼 부정적으로 바라본 적은 한 번도 없었기 때문에 뒤통수를 세게 맞는 기분이었다.

또 한 번 내가 알던 세상이 송두리째 흔들린 것은 3학년 때 여성학 수업을 듣게 되면서부터다. 당시 여성학 수업은 우리나라 최초의 여성학과 교수셨던 장필화 교수님으로부터 들었다. 나는 어린 시절부터 톰보이로 자랐고, 부모로부터 딸이라는 이유로 차별받지 않았다. 오히려 딸이 하나였기 때문에 과분한 사랑과 지원을 받았다.

초등학교에 다닐 때도 남녀 차별을 별로 경험하지 않았고, 여중과 여고는 단성 교육이라 성차별보다는 성별 고정관념으로 인해 전통적인 성역할이 강요되었지만, 그것도 큰 문제의식을 느끼지 못했다. 그런데 여성학 수업을 들으면서 역사적이고 구조적인 성차별과 여성 억압에 대해 눈을 뜨게 된 것이다.

사회학과 여성학은 내가 세상을 바라보는 프레임을 바꾸어 놓았다. 나는 서서히 불평등을 포함한 사회 문제에 관심이 커졌고, 4학년 때는 당시 의무 사항은 아니었지만 혼자서 학사 졸업논문을 써서 학교에 제출했다.

졸업논문 주제는 〈랄프 다렌도르프(Ralf Dahrendorf)와 갈등이론〉이었다. 독일의 사회학자인 다렌도르프가 설명하는 사회 갈등과 계층 이론이 매력적으로 느껴져 책과 논문을 찾아 읽고 정리했다.

대학원에 입학해서도 계급과 계층에 대한 국내외 연구자의 책을 두루 읽었고, 당시 만들어진 여러 대학 대학원생들이 참여하는 학문공동체인 〈한국산업사회연구회〉의 계급분과에 들어가 타 대학 대학원생들과 계속 공부를 이어 나갔다. 계급분과장은 서울대 대학원을 다니던 공○○ 선배였다. 내가 만약 박사과정에서도 계속 사회학을 공부했더라면 아마 계급 쪽으로 논문을 썼을 것이다.

나의 석사논문 제목은 〈사무자동화가 노동과정에 미치는 영향〉이었다. 당시 대기업을 중심으로 보급되기 시작한 퍼스널 컴퓨터(PC)가 사무노동의 노동과정과 조직관리를 혁신적으로 바꾸고 있는 현상에 주목하여 사무자동화가 앞서 있는 정보 산업 세 군데(삼보컴퓨터, 한국통신, 한국IBM)의 관리자와 사무직 근로자를 대상으로 심층 면접을 진행했다.

당시 주변 인맥을 총동원하여 기업별로 5명씩 면접을 했는데, 후배 오빠 친구 등 주변에 아는 사람들에게 계속 부탁하다 보니 면접 목표 인원인 15명을 채울 수 있었다. 지금 생각해 보면 어디서 그런 용기가 났는지 신기하다. 면접을 15명이나 하다 보니 조사 기간이 길어져 결국 석사 졸업은 5학기 만에 했다.

면접을 진행하다 보니 나의 면접 기술이 점차 느는 것을 스스로 느낄 수 있었고, 나중에는 상대방에게서 더 많은 정보를 얻을 수 있을 정도로 나날이 화술이 좋아졌다.

스물한 살의 비망록

이 노래 제목을 아는 사람은 옛날 사람이다. 대학교 다닐 때 이 노래를 들으면 가슴 깊숙이 공감되는 무언가가 있었다. 아마도 나이로부터 오는 공감이었을 것이다. 당시 나는 대학교 4학년이 지나가면 청춘이 끝난다고 생각하고 있었다. 다른 사람은 몰라도 나는 자주 그런 생각을 했다.

술자리에서는 최백호의 노래 〈입영전야〉를 애창했다. 후렴구에 "자, 우리의 젊음을 위하여 잔을 들어라"가 술을 마실 때 분위기를 띄우기에 딱 좋았다. 나는 남녀공학에 다니지는 않았지만, 당시 아는 남학생이 단기 군사훈련이나 군대에 입대하는 사람이 있으면 술자리에서 이 노래를 즐겨 불렀다.

안타깝게도 부계, 모계 모두 술을 잘 못하기 때문에 술은 약한 편이다. 대학생 때부터 맥주를 마셨지만, 아직도 주량은 별로 늘지 않았다. 한 잔만 마셔도 얼굴이 붉어지는데 타고난 체질은 어쩔 수 없다. 친가, 외가 모두 명절에 친척들이 모여 술을 즐겨 마시는 모습을 거의 본 적이 없다.

그런데도 엄마는 가을마다 진하고 달달한 포도주를 집에서 담그셨다. 아마 손님 접대용이었던 모양이다. 나중에 대학 진학 후 엄마가 담그시던 포도주와 비슷한 맛의 기성품을 찾았는데 그게 바로 〈진로 포도주〉였다. 맛은 비슷한데 바디감은 집에서 담근 것이 훨씬 진했다.

대학 시절 좋아하는 가수와 밴드가 많았다. 1학년 때 해바라기, 정태춘·박은옥 노래가 잔잔하고 서정적이었다면 들국화의 노래는 애절하면서도 파워가 넘쳤다. 김광석, 동물원, 이문세뿐 아니라 수많은 발라드 가수들이 있었다. 그중 변진섭, 이승철, 신승훈은 나와 동갑이다.

들국화는 대학교 1학년 때 부산 무궁화관에 왔을 때 초등학교 친구와 공연을 보러 갔고, 동물원은 신촌 어딘가에서 공연을 봤다. 해바라기는 동숭아트센터에서 콘서트를 보았고, 대학원 때는 친한 선배와 정동에 있는 세실극장에서 김광석 콘서트를 본 것이 기억에 남는다.

하지만 그 시절 가슴이 뜨거워지는 노래는 역시 운동가요였다. 아침 이슬도 많이 불렸지만 가장 많이 불렸던 노래는 〈임을 위한 행진곡〉이다. "사랑도 명예도 이름도 남김없이… 앞서서 나가니 산 자여 따르라"던 노래 가사는 들을 때마다 비장함을 느낄 수 있었다.

그 외에도 〈솔아 솔아 푸르른 솔아〉, 〈광야에서〉, 〈그날이 오면〉 등 주옥같은 곡들이 많았다. 김민기 노래 〈친구〉 또한 마음을 울리는 곡이었다. 친구의 죽음을 노래한 곡으로 노래라기보다 한 편의 시를 읊조리는 듯했다.

2005년에 목동에 살던 고등학교 친구와 노래를 찾는 사람들(노찾

사) 20주년 기념 공연을 보러 간 적이 있다. 당시 공연은 이대 대강당에서 열렸다. 중년이 된 노찾사 멤버들을 보니 반가웠고, 운동가요를 듣는 순간 1980년대 중후반 대학생 시절로 타임슬립을 하는 강렬한 느낌을 받았다. 공연을 보는 두 시간 동안 가슴이 먹먹했고 20대 시절이 주마등처럼 지나갔다. 그게 노래의 힘인가 보다.

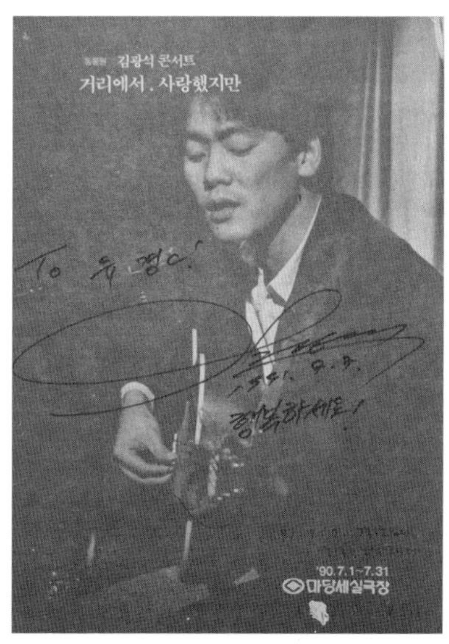

1991년 김광석 콘서트 가수 싸인

미팅과 소개팅

당시 학생 운동으로 일주일에 한두 번은 학교 정문에서 시위가 있어 최루탄이 터지는 상황이었지만 학생들은 그 엄혹한 시절에도 미팅과 소개팅을 열심히 했다. 나는 1학년 때 딱 열 번만 미팅을 해 보자는 생각으로 미팅에 임했다. 미팅 불변의 법칙은 혹시나에서 역시나였다.

열 번의 미팅을 했지만 내 마음에 드는 상대는 찾지 못했고 나는 열 번이면 충분하다는 결론을 내렸다. 당시에 연애하면 결혼해야 한다는 보수적인 생각이 내면화되어 있었고, 그러다 보니 상대가 눈에 찰 리가 없었다. 완벽한 사람은 없으니 더욱 그랬고, 20대 초반이었으니 내가 선호하는 이상형의 외모를 주로 찾게 되었다.

중고등학교 때는 지금처럼 아이돌 팬덤 문화는 없었고, 몇몇 친구들은 일본 가수를 좋아했다. 내 기억 속에 남아 있는 일본 가수는 사이죠 히데키다. 나는 배우 중에는 중국 무술 배우인 이연걸을 좋아했다. 고등학교 때 내 방 벽에 붙여 두었던 큰 브로마이드 주인공이다. 키가 크지 않은 다부진 몸매에 이쁘장한 얼굴이었다. 물론 나를 사로잡은 것은 그의 무술 솜씨였다.

이연걸은 원래 중국 본토 출신이지만 나중에 홍콩 영화계로 무대를 옮겼고, 당시 홍콩 액션영화가 유행이었다. 당시에는 한국 배우들보다 홍콩 배우들이 더 인기가 많았고, 할리우드 영화 덕분에 미국이나 유럽 출신 배우들도 다들 좋아했다.

다시 미팅 얘기로 돌아가서 당시 3:3 또는 4:4로 미팅을 하게 되면 처음에는 다 함께 얘기를 나누다, 소지품이나 단어 맞추기로 짝을 만들면 일대일로 대화하는 방식으로 진행되었다. 주로 카페에서 미팅을 했고, 커피값이나 이후 2차로 자리를 옮겨 식사를 하게 되면 남학생들이 돈을 냈다.

나는 다 같은 학생인데 무슨 돈이 있냐는 생각에 내가 먹은 것은 항상 내가 냈다. 그런데 의외로 나처럼 여자가 비용을 내는 사람이 드물었다. 심지어 저녁을 얻어먹으러 재미 삼아 미팅을 한다는 사람들도 주변에 있었다.

또 하나의 남다른 행동은 여대 앞에서 미팅을 하고 일대일 대화를 한 다음 헤어질 때 상대방을 지하철역이나 버스 정거장까지 바래다주었다. 보통 남자들이 여자 집까지 바래다주는 게 관행이었는데 나는 멀리서 여대 앞까지 미팅을 하러 온 사람들이 돌아갈 때 배웅하는 게 맞다고 생각했다.

기숙사나 학교 앞에 살기 때문에 굳이 나를 바래다줄 필요도 없었고, 또 내 하숙집을 공개하는 게 싫기도 했다. 지금은 스토킹이라는 용어가 있어 해서는 안 되는 행동이지만 당시엔 하숙집 앞에 죽치고 기다리는 남학생들이 있었다.

나는 미팅 10번을 통해 더 이상 무의미하게 미팅을 하지 않기로 결심하고 1:1 소개팅을 시작했다. 1학년 11월에 했던 첫 소개팅을 시작으로 4학년 졸업 때까지 10번 정도 소개팅을 했다. 소개팅에서 만난 사람은 한 번 만난 사람부터 최대 10번 만난 사람까지 다양했지만, 그 이상 길게 가지는 못했다.

길게 가지 못했던 가장 큰 이슈는 스킨십 때문이었고, 손잡는 것부터 쉽지 않아 몇 번 싸우다 관계가 끝이 나곤 했다. 소개팅으로 만나 두 달 정도 사귀었던 한 남학생은 나에게 헤어지면서 절대로 연애하지 말고 선봐서 결혼하라고 말했다.

어리석게도 연애하면 결혼해야 하는 줄 알았고, 실제로 주변에 연애하던 친구들도 공개하지 않고 대부분 숨기던 시절이었다. 요즘은 연애를 몇 번 했는지 스스럼없이 말하고 횟수가 적으면 그것밖에 못 했냐는 식으로 반응하니 세상이 참 많이 달라졌다.

4학년 때 하숙집 친구가 선을 보고 몇 번 만난 사람과 밤을 함께 보내고 들어온 적이 있는데 그때 나는 내심 충격을 받았지만, 겉으로는 별로 티를 내지 않았다. 그 친구 인생은 그 친구가 알아서 할 텐데 내가 왈가왈부할 필요가 없었기 때문이다.

지금 생각해 보면 가끔 미팅에서 무례하게 행동한 적도 있었다. 1학년 때 4:4 미팅을 나갔는데 상대 남학생 중 1명이 유난히 나이가 들어 보였다. 교양 과목으로 무슨 수업을 듣느냐고 물었는데 대답도 제대로 못 하는 것이 수상했다. 나중에 알고 보니 복학한 4학년인데 나이를 속이고 나온 것이었다.

나는 당시 기분이 나쁘다며 내 찻값만 테이블 위에 올려놓고 나와 버렸다. 그 복학생이 함께 나온 후배들에게 얼마나 미안했을지 지금 생각해 보면 신중하지 못한 행동이었다.

소개팅과 관련된 추억도 있다. 1학년 가을 첫 소개팅을 한 사람과 〈첫눈 오는 날 만나자〉는 노래 가사처럼 약속을 하고, 얼마 후 첫눈이 왔다. 나는 첫눈을 보자마자 약속 장소인 경복궁으로 달려갔지만 결국 만나지는 못했다. 휴대폰이 없던 시절이었다.

이후 어찌어찌하여 그 사람과는 몇 번 더 만나기는 했다. 그 사연을 알고서 친구들이 매년 첫눈만 오면 내게 경복궁에 안 가냐고 놀려 대며 즐거워했다.

기숙사 101호

앞서 말한 대로 나는 어릴 때 운동을 좋아했고 많이 했다. 그래서 대학에 가면 여유시간이 있으니 운동을 실컷 할 수 있으리라 기대했다. 그런데 여건은 그렇지 않았고 주변에 운동에 관심이 있는 사람도 별로 없었다.

예를 들면 농구를 하고 싶어도 같이 할 사람이 없었다. 지금은 여대에 축구부도 있고 운동 동아리가 많은 것으로 안다. 당시에 축구부나 야구부가 있었다면 나는 당연히 가입했을 것이다.

80년대는 운동선수나 체육 전공생을 제외하고 여학생들이 운동을 즐겨 하지 않았다. 그래도 1학년 때 운동 수업이 필수 교양 과목이라 1학년 1학기에는 배드민턴과 에어로빅, 2학기에는 수영을 배웠다.

배드민턴은 내가 잘하는 구기와 비슷한 활동이라 잘하는 편이었고, 에어로빅은 고등학교 점심시간에 전교생이 운동장에 나와 에어로빅을 하는 시간이 있었는데 무용 선생님 호출로 전교생 앞에서 무용 선생님 옆에서 시범을 보이던 실력이라 자신이 있었다.

문제는 수영이었다. 따로 배운 적이 없어서 자유영과 배영이 생각만
큼 쉽지 않았다. 어릴 적 계곡이나 해수욕장, 풀장에서 수영할 때는 항
상 튜브를 사용했기 때문에 물속에서 호흡하면서 25미터 풀을 헤엄쳐
가는 것이 생각만큼 쉽지 않았다. 그래도 부산 출신으로서 자존심을
지키기 위해 주말에 사설 수영장에 가서 연습한 결과 기말 실기시험에
서 괜찮은 성적을 받았다.

내가 수영할 때 약간의 공포를 느끼는 것은 초등학교 3학년 여름의
기억 때문이다. 부산에서 가까운 내원사 계곡에 놀러 간 날 가족들이
보이지 않던 곳에서 나 혼자 수영하다 튜브가 뒤집어져 물에 빠졌다.
그런데 발이 바닥에 닿지 않았고, 한참을 물속에서 허우적거리며 죽음
의 공포를 느꼈다.

겨우 튜브를 붙잡고 물 밖으로 나와서 바위 위에 유유자적하게 앉아
있던 가족에게 다가가 죽을 뻔했다고 말하면서 한참을 울었던 기억이
난다. 그때 느꼈던 죽음의 공포는 꽤 오래 내 머릿속에 남아서 물에 몸
을 담그면 허우적거리던 그 장면이 떠오르곤 했다.

대학에 입학하면서 기숙사 입주를 신청했지만, 경쟁률이 높아 추첨
에서 떨어져 1학기에는 학교 앞에서 하숙을 했다. 그러다 대기 순번이
돌아와 2학기에는 기숙사에 들어가게 되었다. 내가 1년 동안 살았던
곳은 4인실인 101호였다. 내 룸메이트는 체육교육과, 불어불문학과,
유아교육과 학생이었고 모두 1학년이었다. 그들의 고향은 부산, 삼천
포(지금의 사천), 그리고 안동이었다. 룸메이트들과는 매우 사이좋게
지냈다.

몇백 명이 함께 사는 기숙사에 통화 가능한 전화번호가 두 개인가 세 개인가 있었으니, 외부인이 기숙사생과 통화하는 것은 하늘에 별따 기였다. 조교실에서 전화를 받으면 각 방에 있는 스피커에서 누구에게 전화가 왔으니 전화 받으러 사무실로 오라는 알림 목소리가 들렸다. 우리 방에서 조교실은 꽤 멀었기 때문에 전화를 받기 위해서 긴 복도 를 있는 힘을 다해 달려가야 했다. 지금은 휴대폰이 있으니 상상할 수 도 없는 번거로운 일이다.

기숙사 생활은 재미있었다. 기숙사는 다른 학교 기숙사와 방팅도 들 어왔다. 예를 들면 A대 기숙사 101호에서 우리 101호로 방팅을 신청하 는 학보가 왔다. 그러면 룸메이트들과 신중하게 의논해서 방팅 여부를 결정하는데 실제로 방팅을 나간 적은 없다. 기숙사는 아침과 저녁 식사 를 제공하는데 나는 아침에 가끔 나오는 모닝빵과 크림 스프를 좋아했 다. 당시 가정집에서는 그런 식사를 하는 경우가 드물었기 때문이다.

공동 빨래방(세탁기가 아닌 손으로 빨래하는 곳)도 있었고, 미용실 처럼 머리를 손질하도록 거울이 많던 방도 있었다. 소등 후에 공부나 과제를 하는 사람을 위한 열람실도 층마다 따로 있었고, 외부에서 친구 들이 찾아와 면회를 신청하면 만나 수다 떠는 널따란 휴게실도 있었다.

내 기억으로 기숙사는 2학년 말까지 거주할 수 있었는데 나는 2학년 1학기를 마치고 자진해서 기숙사를 나왔다. 룸메이트 중 한 사람이 내 가 하는 행동을 반복적으로 따라 했기 때문이다. 처음에는 사이가 좋 았는데 어느 날부터 내가 사는 물건들을 말도 없이 계속 똑같이 구입 했다. 나중에는 그러지 말라고 했는데 말이 통하지 않아서 그냥 기숙사를 나가기로 결심했다.

당시 부모님께 기숙사를 나와 하숙을 하겠다고 하니 부모님이 이유를 물어보셔서 그 친구 때문에 힘들다고 말했다. 초중고를 다니면서 친구 문제로 한 번도 속을 썩인 적이 없는 나였기에 부모님은 의아해하셨지만 내 뜻을 존중해 주셨다. 그렇게 나는 1년간의 기숙사 생활을 마치고 다시 하숙집에 들어가게 되었다.

기숙사 하면 떠오르는 한 친구가 있다. 1년 동안 나와 같은 방을 썼던 안동 출신 친구다. 작은 체구에 매력적인 얼굴은 아니었지만, 말도 이쁘게 하고 참 성격이 좋았다. 기숙사를 나오고도 대학을 졸업할 때까지 가끔 그 친구와 만났다.

졸업한 이후로 소식을 모르다가 결혼하고 얼마 후 TV 저녁 뉴스에서 삼풍백화점 사고 희생자로 그 친구 사진을 보게 되었다. 참사 당시 두 어린 자녀와 여동생이 함께 참변을 당한 사연이 뉴스에 소개되고 있었다. 뉴스를 보고 너무 놀랐고 한동안 마음 아파했던 기억이 난다.

여대 앞 골목길 하숙집

기숙사를 나와 내가 6년 가까이 살았던 하숙집은 〈이화의 집〉이다. 지하 1층부터 지상 2층으로 된 건물에 층마다 복도를 사이에 두고 방이 줄지어 있었다. 총 수용 인원은 33명으로 여학생만 입주할 수 있었다. 내 기억으로는 서강대 다니던 여학생이 한 명 있었다.

지하 1층에는 주방과 기다란 두 개의 식탁, 그리고 주인방, 하숙방이 있었고, 지상 1층과 2층에는 층마다 1인실과 2인실 10여 개가 복도를 사이에 두고 마주하고 있었다. 모서리에는 화장실이 있었는데, 변기랑 세면대 2~3개, 그리고 빨래 건조기(짤순이)가 있었다.

화장실 앞 복도에는 받기만 하는 전화기(인터폰)가 놓여 있어 외부에서 전화가 오면 복도에 나와 전화를 받았다. 휴대폰이 없던 시절이고 하숙집 전화번호는 하나인데 33명이 살다 보니 부모님과 친구들이 하숙생과 통화하는 것이 쉽지 않았다.

하숙생이 33명이었다는 것을 기억하는 이유는 당시에 독립선언문 33인과 같은 숫자라고 연상했기 때문이다. 당시 여대 앞에도 남학생이

사는 하숙집이 더러 있었는데 내가 살던 곳은 금남의 집이었고, 그래서 딸 가진 부모들이 선호하는 곳이었다.

여성잡지에 난 하숙집(가운데 흰색 건물)

학교 앞 하숙집 중 하숙생이 가장 많은 편이어서 나름 유명했고, 위 사진은 여성잡지에 기사가 난 적이 있어 그 페이지를 스크랩해 둔 것을 찍었다.

나는 1층 복도 끝방 1인실에 6년 가까이 살았다. 내방 창문 바로 앞이 골목에 접해 있는 담장이었는데 자정이 되면 주인아주머니가 대문을 안쪽에서 걸어 잠갔고, 자정 넘어 귀가하는 친구들은 담장 바로 앞 내방 창문을 향해 내 이름을 부르며 대문을 열어 달라고 했다. 그래서 자다 깬 적이 한두 번이 아니었다.

내가 책을 좋아해서 교양 과목은 다 교재를 구입했고, 하숙생들은 교재를 구입하지 않고 내 책을 많이 빌려 갔다. 대학원 다닐 때도 계속 살았기 때문에 나중에는 진로 상담이나 연애 상담도 많이 해 주었다. 그래서 스스로 〈B사감과 러브레터〉에 나오는 B사감 같다고 생각했다. 마침 이름 이니셜도 B로 시작하고.

전국에서 올라온 다양한 전공과 나이의 여학생들이 모여 살다 보니 별일이 다 있었고, 기숙사의 방팅처럼 하숙팅도 있었다. 10여 명이 단체로 하숙팅을 한 적도 있다. 사람이 많다 보니 끼리끼리 어울렸는데 나는 1층에 살다 보니 1층에 사는 부산 출신 하숙생들과 친하게 지냈다.

전주 출신의 다른 과 동기와도 친하게 지내서 놀랍게도 지금까지 가끔 하숙생들과 모임을 하고 있다. 한 번은 도난 사고가 나서 파출소에 찾아가 신고한 적이 있고 이후 나는 내 방문 안쪽에 잠금장치를 하나 달았다.

1인실인 내 방은 정말 작았다. 책상, 책장, 비닐로 된 옷장(비키니장), 3단 수납장이 전부였고, 매일 밤 음악을 듣는 라디오와 가끔 라면을 끓여 먹는 전기포트가 있었다. 대학원 다닐 때는 거금을 들여 세운 상가에서 〈286 컴퓨터〉 조립 제품을 사서 방에 두고 쓰기도 했다. 나의 석사논문은 286 컴퓨터로 직접 타이핑을 하여 완성했다. 컴퓨터를 구입하기 전에는 전기 타자기도 있었다.

하숙집 주인아주머니는 젊은 분이셨다. 초등학생 아들이 둘 있었고, 남편분은 직장을 다니셨다. 지금 생각하면 매일 33명 하숙생의 아침과 저녁 식사 준비를 어떻게 하셨는지 대단하다는 생각이 든다. 주인아주머니가 전라도 출신이라 엄마가 해 주던 반찬과는 종류도 맛도 달랐다. 나는 아침과 저녁을 거의 빼먹지 않고 챙겨 먹었는데 음식이 맛있었기 때문이다.

오래 살다 보니 주인아주머니가 예뻐해 주서서 가끔 내방에 놀러 온 친구들도 저녁 식사를 함께 먹도록 허락해 주셨다. 친구들이 당시 하숙집에서 먹었던 저녁이 맛있었다는 얘기를 지금도 가끔 한다. 저녁 약속이 있는 경우는 하숙집에 들어와 밥만 먹고 나가는 경우도 있었다.

매달 내는 하숙비는 선불이었고, 아침과 저녁 식사비가 포함되어 있어서 한 끼라도 못 챙겨 먹으면 아깝기도 했고, 또 나는 하숙집 밥을 좋아했다. 밥이 맛이 없었다면 6년 가까이 살지는 못했을 것이다. 방학 때는 방을 비워두기 위해서 짐 관리비를 따로 냈다. 하숙집 주인 입장에서는 월수입이 현격히 줄어들기 때문에 관리비를 안 내는 경우는 단기 하숙생을 받기도 했다.

하숙집 바로 옆으로는 기차 철로가 있어 기차가 하루에도 수십 번 지나다녔다. 처음 며칠은 기차가 지나갈 때마다 시끄러웠고, 하숙방에 놀러 온 친구들도 기차가 지나가는 소리가 나면 시끄러운데 어떻게 사냐고 물었다. 신기하게도 며칠이 지나니 더 이상 기차 소리가 들리지 않았다. 아마 기찻길 옆이나 비행기가 자주 지나가는 동네에 살아본 사람은 비슷한 경험이 있을 것이다.

오히려 기차 소리보다 힘들었던 것은 학생들이 데모(시위)를 하면 정문에서 최루탄이 터져 매운 연기가 하숙집까지 도달할 때였다. 정문에서 직선거리로 100미터가 채 안 되는 곳이었기 때문에 데모가 시작되면 창문을 서둘러 닫아야 했고, 방안에서도 콜록거리는 적이 많았다.

데모를 하면 시위 주동자들을 경찰이 잡으러 다녔다. 학교 앞에 골목이 많아서 학생들이 골목 사이사이로 도망을 다녔고, 같은 과 친구들이 내 하숙방으로 와서 숨는 경우도 몇 번 있었다. 친구들을 내방에 숨겨줄 때는 경찰들이 내 하숙방까지 뒤지러 들어오지 않을까 조마조마하기도 했다.

사람이 많다 보니 하숙집에 살면서 제일 불편했던 것은 역시 층마다 있는 공용 화장실을 이용하는 것이었다. 다행히 학교가 가까워서 급할 때는 학교 화장실을 이용하기도 했다. 샤워도 자주 할 수 없으니 주말에는 학교 앞 대중목욕탕에 다녔다. 결혼해서 미국으로 유학을 가면서 대중목욕탕과의 인연은 끝이 났다.

내가 8살 때부터 결혼하기 전까지 살던 집은 부산 동래구 온천동에 있었고, 주소가 말해 주듯 동래온천이 유명한 곳이었다. 초중고를 다닐 때는 주말마다 엄마와 온천장에 가서 목욕을 했다. 내가 살던 집 1층과 2층에 욕실이 있었지만, 한여름에 찬물로 샤워하는 것 말고 나머지 계절에 욕실에서 목욕하는 것이 추웠다. 또 엄마랑 목욕을 가면 점심이나 간식을 사 먹는 것이 소소하지만 큰 즐거움이었다. 온천장에 있는 대중목욕탕들은 관광지라 그런지 시설도 크고 좋았다.

남다른 고속버스 이용

나는 대학과 대학원을 다니는 동안 다른 사람보다 훨씬 자주 고향인 부산을 오고 갔다. 평균 한 달에 한 번은 주말을 이용해서 부산을 다녀왔다. 그렇게 할 수 있었던 것은 고속버스 이용이 공짜였기 때문이다.

큰아버지가 고속버스 회사를 운영하고 계셨고, 아버지도 고문으로 회사 일을 도와주고 계셨다. 그래서 나는 고속버스 사무실에 가서 인사를 드리고 직원 안내를 받아 바로 버스를 탔다. 서울과 부산 터미널에 있는 고속버스 회사 사무실의 모든 직원이 나의 존재를 알았다.

당시에는 고속버스에 유니폼을 입은 안내양이 있었다. 안내양은 기사님 옆 보조 의자에 앉아 있었고, 만약 충돌사고가 난다면 위험할 수도 있는 위치에 있었다. 서울-부산을 오가는 고속버스는 5시간 30분에서 6시간 정도가 소요되었는데 보통 휴게소를 두 번 들렀고, 그중 한 곳에서 식사를 했다.

휴게소에 도착하면 안내양이 내게 와서 식사하러 가자고 하고 나는 기사님, 안내양과 함께 앉아 밥을 먹었다. 기사님을 위한 식당이 따로 있었는데 휴게소에 버스 한 대가 들어오면 수십 명의 손님들이 내려서 돈을 쓰기 때문에 기사님 식당은 돈을 받지 않았고, 밥은 특별히 맛있었다. 많은 휴게소 중 버스가 어디로 들어갈지는 기사님 마음에 달려서 기사님마다 들르는 휴게소가 달랐다.

나는 그중 금강휴게소 식당이 특히 맛있었던 것으로 기억한다. 자주 다니다 보니 대부분의 기사님과도 안면을 텄고, 내게 아버지 안부를 묻는 경우도 많았다.

명절에는 고향 가는 고속버스 표를 구하는 것이 무척 어려웠다. 내가 큰아버지 회사 고속버스를 타고 다닌다는 것을 친구들이 다 알고 있었고, 어느 명절에는 내게 부산 가는 표를 부탁하는 친구들이 5명이나 되었다. 아버지께 긴급한 상황을 말씀드리니, 사무실에 말해 놓을 테니 친구들을 데리고 강남 고속버스터미널로 바로 가면 된다고 했다.

명절에는 손님이 많아 임시버스도 투입이 되는데 버스가 출발하는 장소에 서 있으면 티켓을 구매하고도 제시간에 못 오는 사람들이 꼭 있었다. 버스 앞에 대기하고 있다가 출발 시간까지 못 온 손님이 있으면 직원이 그 빈자리에 앉으라고 안내하면 버스를 탈 수 있었다. 그렇게 나와 친구들은 명절에 고속버스를 타고 부산으로 갈 수 있었다.

나는 결혼 전까지 10년 가까이 고속버스를 공짜로 타고 다녔다. 부산 고속버스터미널에 항상 엄마가 마중과 배웅을 나오셨는데 서울로 떠날 때마다 창밖으로 딸을 바라보고 서 계시던 엄마를 보면서 눈물을 훔치곤 했다.

얼마 전 인기 있었던 넷플릭스 드라마 〈폭싹 속았수다〉에서 애순이

아버지가 고속버스를 타고 떠나는 장면에서 터미널에 서서 손을 흔들던 애순이가 어릴 때 모습으로 바뀌는 것을 보며 옛날 고속버스 터미널에서 엄마와 수없이 이별하던 장면이 떠올라 울었던 기억이 난다.

한 가지 덧붙이자면 큰아버지는 큰 여행사도 운영하셨다. 그 덕분에 1995년 결혼하고 나서 신혼여행도 큰아버지 여행사 패키지로 괌을 다녀왔다. 괌에서도 특별 대접을 받아서 일행들이 로얄 패밀리냐고 물어볼 정도였다. 나는 살면서 큰아버지에게 신세를 많이 졌지만, 갚을 길이 없다. 큰아버지는 단 한 번도 내게 생색을 내신 적이 없고, 조용히 동생들과 그 가족을 챙기셨다. 내게는 항상 존경스럽고 고마운 분으로 마음속에 자리 잡고 있다.

1980년대 프로야구 관람

내 기억으로 중3까지 동네 공터에서 야구를 했다. 고등학교 때는 남동생과 가끔 인근 여중 운동장에 가서 농구를 했다. 야구를 할 때면 엄마가 저녁 준비를 하다 고무장갑을 끼고 밖에 나오셔서 얼른 집으로 들어오라고 나를 부르셨다. 여자가 야구를 하니 동네 창피하다고, 그러다 시집을 못 가면 어떡하냐는 소리를 자주 들었다.

한국에서 프로야구가 1982년에 출범했을 때 나는 고1이었다. 내가 야구를 좋아하기도 했고, 그 당시에는 고교야구 인기가 대단했고 야구만화 〈공포의 외인구단〉도 인기였다. 엄마는 프로야구가 생길 때 진심으로 걱정이 많았다고 나중에 이야기해 주셨다. 내가 프로야구 선수가 된다고 하면 어떡할까를 걱정했다고 한다. 여자 프로야구 선수는 현실적으로 불가능한 일이었지만, 그런 걱정을 할 만큼 나는 야구를 좋아했다.

그런데 사실 나보다 훨씬 야구를 좋아하신 분은 우리 엄마다. 엄마는 평생 프로야구를 사랑하면서 사셨고, 프로야구가 생기기 전에는 고교야구도 열심히 보셨다. 아주 어릴 때 엄마를 따라 부산 대신동 구덕 야구장에 고교야구 경기를 보러 간 기억도 있다. 프로야구 특히 롯데 경기를 하나도 빼놓지 않고 TV나 라디오 중계를 챙기셨고 선수들의 이름과 특징을 꿰고 계셨다.

부산 사람이니 당연히 롯데 팬이었지만 상대편 선수들도 대부분 알고 계셨다. 엄마는 학교 다닐 때 운동을 못했다고 한다. 운동회 때 달리기는 늘 꼴찌였단다. 그러니 내 운동 DNA는 아빠 쪽이라는 게 확실하다. 실제로 아빠는 운동을 좋아했고 잘했다고 하셨다.

1980년대 중후반인 대학교 때는 엄마랑 둘이 사직야구장에 가끔 야구를 보러 갔는데 그때는 최동원 투수의 인기가 하늘을 찌를 때였다. 당시 야구장에 오는 여성은 별로 없어서 엄마랑 응원할 때면 주변 사람들이 신기해하며 힐긋힐긋 쳐다보기도 했다.

한번은 3루수 쪽 내야석에 앉아 있었는데 당시 4번 타자인 김용희 선수가 친 파울볼이 높이 솟아올랐다 내 머리 위로 떨어졌다. 공이 높이 솟았기 때문에 허공을 올려다보았지만 공은 보이지 않았고, 당시 머리가 정말 아팠지만 울 수도 없고 민망하기만 했다.

그래도 굴하지 않고 야구를 계속 보러 갔다. 사직야구장에 앉아 있으면 여름에 해가 지고 시원한 바람이 불어 상쾌했다. '부산갈매기', '돌아와요 부산항에'를 떼창하면서 열심히 응원하던 기억은 좋은 추억으로 남아 있다.

당시에는 야구장에서 술 판매는 금지되어 있었지만, 사람들이 돌아다니면서 몰래 술을 팔았다. 당시 몰래 술을 파는 사람들은 '쥐약 있어

요’라고 작은 목소리로 말했다. 가끔 술을 먹고 취한 관객들이 야구장 안으로 병을 던지거나 홈팀 경기가 잘 안 풀릴 때는 욕을 퍼붓거나 패 싸움을 하여 무서울 때도 있었다.

영화 〈해운대〉에서 설경구가 야구장에서 술에 취해 선수들에게 욕하 던 장면은 실제로 예전에 자주 볼 수 있었다. 하지만 지금도 야구장을 생각하면 상쾌하게 불어오던 바람과 떼창 노랫소리가 먼저 떠오른다.

결혼하고 다음 해 미국으로 가면서 프로야구 응원의 역사는 막을 내 렸다. 미국에서 6년 동안 야구 경기를 직접 보러 간 것은 2000년 6월 LA를 방문했을 때 박찬호 선수 경기를 보러 다저스 야구장에 간 것이 유일하다.

그날 박찬호 선수가 애리조나 다이어몬드 백스 팀을 상대로 완투승 을 거둬 감동을 받으며 관람을 했다. 박찬호 선수가 2002년 텍사스 레 인저스로 이적하면서 오스틴에 살던 유학생들이 야구를 보러 간다고 들떠 있던 모습도 눈에 선하다.

롯데 야구 경기를 안 본 지 오래되어 이제 현역 선수들 이름도 잘 모 른다. 그래도 여전히 뉴스에서 롯데가 이겼다는 소식을 들으면 반갑고 가을 야구에 진출하지 못했다고 하면 아쉽다.

첫 해외여행의 기억

　지금은 대학생들이 자유롭게 해외여행을 떠나는 좋은 시절이지만 내가 대학을 다니던 때는 해외여행에 대한 정부 규제가 많았고, 대학을 졸업하던 해인 1989년 1월부터 해외여행이 자유화되었다. 1988년 서울올림픽 전에 오빠가 미국으로 유학을 떠날 때만 해도 꽤 높은 은행 잔고 증명과 함께 까다롭게 신원 보증을 해야 했던 것으로 기억한다.

　내가 처음으로 비행기를 타고 해외로 나간 것은 1993년 9월 태국으로의 여행이었다. 다섯 명의 과 친구 모임에서 2명이 결혼하고 3명이 비혼이던 시절, 결혼한 친구 중 1명 남편이 해외 주재원으로 싱가포르에서 근무하게 되면서 친구도 다니던 직장을 그만두고 그곳으로 가게 되었고, 우리가 그 집으로 놀러 가게 된 것이다.

　이왕 해외여행을 가게 되었으니 싱가포르 친구 집에 가기 전에 태국에서 시작해서 싱가포르에서 일정이 끝나는 패키지 상품을 예약하게 되었고, 우리 셋은 싱가포르에서 한국으로 돌아오는 비행기 티켓을 나흘 뒤로 날짜를 변경했다. 부모님이 그 전에 태국 여행을 다녀오셔서 들려준 이야기 덕분에 가고 싶다는 생각을 갖게 되었다.

　과 친구들과는 대학교 4학년 때 제주도와 부산을 함께 여행한 적이 있어 함께 하는 첫 여행은 아니었다. 패키지 여행이다 보니 낮에는 정해진 관광 일정을 따라다녔고, 저녁에는 호텔 방에서 셋이서 이야기꽃을 피울 수 있어 좋았다. 태국 여행에서 내게 가장 강렬했던 기억은 화려한 사원이 아니라 이국적인 음식이었다.

　당시 한국에 태국 음식점이 없지는 않았겠지만, 나는 태국 음식을 그때 처음 접했는데 먹는 음식마다 색다른 풍미를 느낄 수 있었고, 특히 수끼(suki)가 가장 맛있었다. 방콕에서 방문했던 한 식당은 서빙을 하는 종업원들이 롤러스케이트를 타고 다닐 만큼 규모가 컸는데 지금도 그 식당이 있는지 궁금하긴 하다.

　싱가포르에서 패키지 일정을 마치고 친구 집에서 3일을 더 묵었는데 당시 친구가 살던 집은 요즘 우리나라에서 많이 볼 수 있는 30-40층 고층 아파트였고, 단지 출입이 통제되는 곳이었다. 친구 집이 고층이라 탁 트여서 전망이 좋았고, 아파트 내부구조도 사각형이 아닌 다각형 구조라서 색달랐다.

　싱가포르에서 받은 첫인상은 거리가 너무 깨끗했고 고층 빌딩들이 많아 놀라웠다. 친구 남편 덕분에 싱가포르에서 유명한 호텔에 가서 기다란 잔에 생맥주도 마시고, 해변가에 있는 고급진 중국 식당에서 랍스터 요리도 맛보았다. 낮에는 친구의 안내로 패키지 일정에서 볼 수 없었던 다양한 곳을 둘러볼 수 있었고, 저녁에는 단지 내 수영장에서 바비큐도 만들어 먹고 선베드에 누워 수다를 떨기도 했다.

싱가포르에서 거리가 깨끗했던 것도 놀라웠지만, 많은 사람들이 아침부터 저녁까지 세끼를 밖에서 사 먹는다는 얘기도 신기했다. 그리고 공공주택 정책이 잘 되어 있어 신혼부부도 집을 장만하는 것이 어렵지 않다는 설명도 놀라웠고, 택시를 탔는데 택시 기사도 영어를 잘해서 소통하는 데 어려움이 없었던 것도 인상적이었다.

싱가포르의 국민 다수가 중국인이라는 점도 신기했고, 인도인, 말레이시아인 등 다민족 사회라는 점도 우리와 달랐다. 싱가포르에 대한 인상은 한마디로 요약하면 우리보다 선진국이라는 느낌을 받았다.

4

미국에서 보낸 7년

결혼과 유학

나는 서른이 되던 해 1월에 결혼했다. 결혼식을 한 날이 음력 설날 직전이었던 것으로 기억한다. 사주를 보니 음력으로 해가 바뀌기 전에 결혼하는 것이 좋다고 해서 어른들이 서둘러 결혼식 날을 잡은 것이다.

결혼할 당시 나는 지방 국립대에서 시간강사로 여성학 강의를 하고 있었다. 사회학 석사였는데 학교 측에서 계속 강의를 하고 싶으면 박사과정에 들어가는 게 좋을 거라고 제안했다. 그래서 담당 조교에게 박사과정에 들어가겠다고 약속했고, 여성학과 박사과정에 진학하기 위해 알아보고 있었다.

그런데 1994년 10월 마지막 날 남편과 선을 보게 되었고 만난 지 석 달 만에 결혼식을 올리게 된 것이다. 갑자기 결혼하지 않았다면 나는 서른 살에 여성학과 박사과정에 입학했을 것이고, 이후 내 인생은 지금과는 완전히 달라졌을 것이다. 결국 마흔 살에 여성학 박사과정에 입학했으니 딱 10년이 연기된 셈이다.

결혼하고도 한 학기는 서울과 부산을 오가며 강의를 계속했다. 여성학 강의는 3학기째 접어들었는데 수강생 수가 점점 늘어나 3개 강좌로 분반이 되었다. 부산에서 창원이 가까웠기 때문에 월요일부터 수요일까지 부산 친정에 머무르면서 창원을 오갔고, 수요일 저녁에 고속버스를 타고 서울 신혼집으로 돌아왔다.

그렇게 한 학기를 주말부부로 보내고 여름방학 중에 첫째 임신 사실을 알게 되었고, 당시 서른 살 임신은 노산이라 고속버스로 서울과 부산을 오가는 것이 걱정되어 강의를 접게 되었다. 1995년 가을에 그만둔 여성학 강의를 다시 시작한 것은 13년 후인 2008년이다.

결혼할 당시 남편은 박사과정을 수료하고 학교에서 조교로 근무하고 있었고, 그때 조교는 공무원 신분이었다. 남편은 결혼하기 전에 내게 미국에 유학을 가게 되면 같이 갈 생각이 있냐고 물어본 적이 있다.

사실 나는 대학을 졸업하기 전 미국으로 유학 가고 싶다고 아버지께 얘기한 적이 있다. 이미 오빠가 미국에서 공부하고 있었기 때문에 괜찮다고 하실 줄 알았지만, 여자 혼자 해외 유학은 보낼 수 없다고 하셨다. 내가 더 적극적이었다면 장학금을 알아보고 내 힘으로 미국으로 공부하러 가겠다고 했을 텐데 나는 그 정도로 주도면밀하지는 못했다.

그렇게 좌절된 유학이었기에 결혼하고 미국에 같이 가겠냐고 물어보니 나는 당연히 반가웠다. 만약 남편이 유학을 가지 않았다면 나는 첫째를 낳고 여성학 박사과정에 바로 지원했을 것이다. 결혼하자마자 남편은 유학을 본격적으로 준비하기 시작했다.

나도 임신 중이긴 했지만 출산 후 미국에서 공부할 마음을 먹고 토플 시험을 신청해 틈틈이 토플 공부를 했다. 그전에 토플을 한 번 본 적이 있었지만, 대학원 입학에 필요한 더 좋은 점수를 따기 위해서였다.

1996년 4월 초에 첫째를 출산했는데 토플 시험은 그해 1월에 보러 갔다. 당시 토플은 종이 시험이었는데 이미 배가 많이 불러서 책상에 앉아 몇 시간 동안 시험을 보는 자세가 매우 불편했었다. 배부른 임산부가 시험을 치러 왔으니 사람들도 신기한 듯 쳐다보았다.

남편은 여러 대학의 박사과정에 지원했는데 결국 최종 결정은 텍사스주립대로 정했다. 오스틴에 있는 텍사스주립대는 한국 유학생이 많은 주립대 중 하나였고, 오스틴은 물가가 싼 편이었다. 치명적인 단점은 한국보다 훨씬 덥다는 것이었다.

나중에 살아 보니 오스틴의 여름이 5월부터 10월까지 6개월이라 6개월 동안 방마다 에어컨을 켜야 했는데 요즘 한국 날씨도 여름이 비슷하게 길어졌다. 하지만 텍사스의 전기료가 싸다 보니 방마다 에어컨을 켜 두어도 전기료가 치명적으로 비싸지는 않았다. 그렇게 더운 날씨를 걱정하면서 출국 준비를 시작했다.

오스틴에 집을 구하다

1996년 4월 초 첫째를 낳고 7월 중순에 서울에서 백일잔치를 한 다음 8월 3일 미국으로 출국했다. 출국하기 전 한꺼번에 출국 인사도 할 겸 친지와 친구들을 초대해 서울대 호암교수회관에서 백일잔치를 크게 했다.

백일잔치에는 나의 초등학교, 고등학교, 대학교 친구들도 많이 왔고, 서울에 사는 친척분들도 찾아주셨다. 일일이 찾아가 출국 인사를 하는 대신에 미국에 잘 다녀오겠다고 인사를 드렸다.

당시 텍사스 댈러스로 가는 대한항공 직항이 없어 LA에서 국내선으로 갈아타고 댈러스로 가서 다시 댈러스에서 오스틴으로 가는 비행기를 타야 했다. 그런데 댈러스에 예상보다 늦게 도착하여 오스틴으로 가는 비행기를 타지 못했다.

항공사 측 책임으로 비행기를 놓치게 되어 열 명쯤 되는 환승객들을 댈러스 공항에 있는 호텔에 투숙하게 해 주었다. 그래서 우리 가족이 미국에서 보낸 첫날 밤은 댈러스 공항에 있던 어느 호텔 숙소에서 보냈다.

다음 날 아침 환승객들과 호텔 조식을 함께 먹었는데 교포로 보이는 중년의 한국 남성이 우리에게 유학생이냐고 물어보면서 앞으로 절대로 주변의 한국 사람을 믿지 말라고 했다. 미국에서 처음 만난 한국 사람이 한국 사람을 조심하라고 말하니 어딘가 씁쓸했다.

학교 아파트 투 베드룸을 먼저 알아보았으나 자리가 없어 대기자 명단에 올리고 학교 밖 아파트를 알아보았다. 학교 셔틀버스가 오스틴 시내를 돌아다녔기 때문에 셔틀버스 정거장이 가깝고 학교에서 15분 정도 떨어진 아파트에 원 베드룸을 구했다. 윌로우 크릭 아파트(Willow Creek Apartments) 단지였다.

방 하나와 큰 거실, 주방, 발코니가 있는 단순한 구조였다. 에어컨과 냉장고, 전자레인지만 설치되어 있었기 때문에 매트리스, 러브시트(2인용 소파), 폴딩 테이블과 폴딩 체어, 플라스틱 수납장, 전기밥솥과 그릇 등을 서둘러 구입했다.

남편이 들어갈 학과의 한국 유학생들과는 미국에 오기 전부터 연락이 닿아 우리가 오스틴 공항에 도착할 때 나이 많은 유학생 두 분이 차로 마중을 나와 주었고, 가구를 사거나 식품을 구매할 때도 차로 태워 주셨다.

오스틴의 8월은 너무 더운 날씨라 차로 5분 정도 떨어진 곳에 있는 대형 할인 매장에 양산을 쓰고 걸어가려고 시도한 적이 있는데 너무 더워서 반도 못 가고 집으로 돌아왔었다. 그렇게 보름 정도는 동료들의 차를 돌아가면서 얻어 타야만 했다.

차를 구입하고 나서 혼자서 인근 할인 매장에 장을 보러 간 적이 있는데 기분 나쁜 일도 있었다. 중년의 백인 남성이 다가오더니 한국인이냐고 물었고, 그렇다고 하니 전화번호를 알려 달라고 했다. 내가 유부녀라고 하니 상관없다고 하면서 자기랑 만나기 힘들면 다른 한국 여성이라도 소개시켜 달라고 했다. 매우 무례한 행동이었다.

굉장히 기분이 나빴지만 어떻게 대응해야 할지 몰라 서둘러 그 자리를 떴었다. 그 이후로 한동안 장을 보러 갈 때마다 또 그런 사람이 나타날까 긴장하기도 했다.

우리가 살던 아파트 단지는 주로 대학생들이 살았고, 금요일 밤마다 파티가 열렸다. 말로만 듣던 T. G. I. F. (Thanks, God It's Friday)를 경험하게 된 것이다. 우리 집과 앞 집이 현관문을 마주 보고 있었는데 파티를 할 때마다 그쪽 현관문을 열어 놓았고, 앞집에서 들려오는 왁자지껄한 웃음소리와 시끄러운 음악 소리 때문에 새벽까지 잠을 잘 수 없었다.

우리 집에는 돌도 안 된 아기가 있으니 조용히 해 달라고 늘 호소했지만 별로 아랑곳하지 않았다. 미국 생활을 시작한 지 얼마 안 되어 그럴 경우 경찰에 신고할 수도 있다는 것도 알지 못했다.

우리 단지에 사는 히스패닉 가족들은 그릴에 고기를 자주 구워 먹어 주말에는 고기 냄새로 괴롭기도 했다. 우리는 학교 아파트로 이사 가고 나서 그릴에 고기를 굽기 시작했고, 당시에는 주로 집 안에서 프라이팬에 고기를 구워 먹었다.

1997년 4월 첫째 돌잔치

월로우 크릭 아파트에서 첫째 돌잔치를 했다. 남편이 속한 학과 유학생을 모두 초대했고, 한인 슈퍼마켓에서 시루떡과 과자도 주문해 돌상 구색을 갖추었다. 돌 한복은 친정엄마가 보내 주셨다. 한복 입은 모습이 귀여워서 잔디밭에 앉혀 놓고 사진을 많이 찍어 한국에 계신 양가 부모님께 보내 드렸다.

미국에 건너간 지 1년 후 IMF가 터졌고, 출국 당시 1달러에 800원이던 환율이 1,600원 넘게 치솟았다. 신기하게도 1997년 11월 부모님이 오스틴을 다녀가셨고, 우리에게 줄 특별 용돈으로 500만 원을 달러로 바꿔 오셨다. 환율이 치솟기 전이라 6천 달러 정도 되는 돈이었다.

환율이 고공행진을 하는 동안 우리는 송금을 받지 않고 통장에 있던 잔고와 부모님이 가져다주신 6천 달러로 버티었고, 1998년 중반으로 접어들면서 환율은 1,200원대로 내려가 이후 유지되었다. 결국 출국

때와 비교하면 달러 가치가 1.5배가 된 것이다. 지나고 나서 생각할수
록 그때 부모님의 방문 시기가 참 절묘했다.

처음 미국인에게 속은 사연

처음 정착할 당시 4개월 된 아기가 있다 보니 필요할 때마다 유학생들이 번갈아 차를 태워 주었지만 계속 신세를 질 수는 없어 도착한 지 보름쯤 되었을 때 중고차를 구입하게 되었다.

신문에 난 광고를 보고 전화 통화를 해서 중고차를 구입하기로 하고 자동차 명의를 등록하는 사무실에서 만나기로 약속을 잡았다. 차는 1988년산 흰색 혼다 어코드(Honda Accord)였다.

차는 겉보기에 괜찮아 보였고, 지붕에는 선루프도 설치되어 있어 멋져 보였다. 자동차를 파는 사람은 중년의 백인 남성이었다. 잔금을 치른 다음 명의이전을 끝내고 나서 남편이 이렇게 만난 것도 인연인데 다음에 밥이나 한번 같이 먹자고 하니 그 남자가 당황하는 기색이 역력했다. 그래서 동양인이라 불편해서 그런가 하고 생각했다.

차 키를 건네주고 그 차 주인은 서둘러 자리를 떠났고 우리는 설레는 마음으로 차에 올라탔다. 그런데 차를 몰고 집으로 가는 길에 갑자기 소나기가 내리기 시작했다. 텍사스는 스콜처럼 세찬 소나기가 내리고 천둥·번개가 치다가 금방 다시 해가 나는 경우가 많았다. 갑자기 운전을 하던 남편 어깨 위로 물이 뚝뚝 떨어지기 시작했다. 차 지붕에 있던 선루프에서 빗물이 떨어지기 시작한 것이다.

나중에 알고 보니 그 선루프는 차가 출고될 때 자동차회사에서 제작한 것이 아니라 차 주인이 값싸게 만든 것이라 방수가 제대로 되지 않았다. 차 주인은 우리에게 차를 팔면서 비가 샌다는 중요한 사실을 언급하지 않았다. 비가 샌다고 알려 주었다면 우리가 그 차를 구입하지는 않았을 것이다.

이런! 우리가 미국에서 처음 인연을 맺게 된 백인 남성이 우리를 속인 것이다. 이후 자동차 정비업소에도 몇 번 가 보았지만, 방수는 제대로 되지 않았다. 몇 년 후 고속도로에서 큰 사고가 나 차가 심하게 파손되었고 결국 그 차를 수리한 다음 팔았다. 고속도로에서 있었던 사고는 나중에 다시 얘기할 기회가 있을 것이다.

남편은 박사과정에 입학해서 새로운 환경에 적응하느라 바빴고, 나는 돌도 안된 첫째를 돌보느라 집에서 하루 종일 육아에 전념했다.

영어 공부를 하기 위해 TV를 하루 종일 켜 놓고 미국 시트콤이나 토크쇼를 시청했다. 당시 즐겨 보던 시트콤이 사인필드(Seinfeld)였다. 제리 사인필드라는 남자 주인공이 친구들과 겪는 다양한 에피소드가 너무 엉뚱하면서 신선했다.

코미디다 보니 영어뿐 아니라 문화 코드에 대한 이해도 필요해서 영어를 다 알아들을 수는 없었지만, 주변 친구들 캐릭터도 재미있고 사인필드가 하는 말이나 행동도 엉뚱해서 항상 웃음을 터지게 해 주었다. 드라마는 다섯 형제가 나오는 따뜻한 가족드라마인 파티 오브 파이브(Party of Five)를 즐겨 봤다.

미국에 오기 전부터 대학원 입학을 염두에 두고 토플 시험도 본 터라 나도 슬슬 대학원 진학을 알아보기 시작했다. 대학원에 지원하려면 토플과 GRE 점수가 필요한데 토플 점수는 입학하는 데 문제가 없을 정도로 따 둔 상태였다.

GRE 점수를 따기 위해서는 시험을 봐야 하는데 시험 치는 비용이 비싸 한번 밖에 응시하지 못했다. 몇 개월 동안 교재를 보고 틈틈이 준비했지만 점수는 기대한 만큼 나오지 않았고, 그 때문인지 1997년 봄학기에 사회학과 박사과정에 지원했지만 떨어졌다. GRE 점수 때문인지 연구계획서가 부족했는지 불합격의 이유는 알 수 없었다.

다시 1년을 보내고 1998년 가을학기에 교육학과 석사과정에 들어가게 되면서 유학생 부인 비자(F-2 비자)에서 유학생 비자(F-1 비자)로 신분이 바뀌게 되었다. 교육학을 선택하게 된 것은 당시 교육공학이 뜨는 학문이라는 이야기를 주변에서 많이 듣게 되면서 취업이 잘 되리라는 생각으로 선택하게 되었다.

유학생과 유학생 부인

오스틴에 처음 와서 학교 밖 아파트에 1년 넘게 살았는데 학교 아파트에 자리가 나면서 학교 아파트로 이사를 하게 되었다. 당시 오스틴 시내에는 학교 아파트 단지가 여러 군데 있었고, 우리가 살던 브래큰리지(Brackenridge Apartment) 단지도 매우 큰 규모였다.

학교 아파트에는 미국인뿐 아니라 세계 각지에서 온 사람들이 살았는데 동양인 중에는 한국인과 중국인이 많았다. 처음에는 한국인과 중국인을 구분하기 어려웠지만 살다 보니 어느 정도는 구분이 가능해졌다. 중국인 가구는 부모가 다니러 왔다가 돌아가지 않고 같이 사는 경우가 꽤 많아 보였다.

당시 오스틴에서 좀 떨어진 곳에 삼성 반도체 공장이 있어 미국 사람들도 삼성을 알았다. 우리가 오스틴 근교를 돌아다니면 한국 사람이냐고 물었고, 그렇다고 하면, 엄지손가락을 치켜올리며 '샘썽'이라고 했다.

아파트 각 동은 나무로 지은 2층 건물이었고, 우리는 2층 투 베드룸에 2년 반 정도 살다가 1층 쓰리 베드룸으로 이사해서 2년 가까이 더 살았다. 2층 투 베드룸에 살 때 둘째가 태어났고 아이들이 거실에서 뛰어다니다 보니 1층에 사는 20대 초반의 백인 부부가 자주 경찰에 신고를 했다.

한번은 남편 선배 가족이 다른 주에서 놀러 와 일주일 정도 묵은 적이 있는데 남자아이 네 명이 거실에서 뛰어다니다 보니 경찰이 매일 찾아와 주의를 주었다.

브래큰리지 아파트 3485동 앞

텍사스주립대에는 한국인 유학생이 몇백 명 있었는데 대부분 대학원생이었고, 학부를 다니는 한국인은 교포가 많았다. 남편이 다니던 학과에는 한국 유학생이 늘 열다섯 명에서 스무 명 정도 유지되고 있었고, 절반 정도는 기혼자였다. 여자 유학생은 대부분 싱글이었다.

남편 학과 유학생 모임은 학기 중에도 여러 번 자주 모이는 편이었고, 대부분 한국인 교회를 다녀서 같은 교회를 다니는 사람들끼리 특히 친하게 지냈다. 우리 가족은 교회를 나가지 않는 소수에 속했다.

우리와 친하게 지내던 유학생 부부가 오스틴에서 첫째를 출산하게 되어 축하하러 병원을 방문했을 때 같은 교회를 다니던 한국분들이 미역국과 반찬 등을 바리바리 싸서 병실로 가져다주는 것을 보며 감동을 받은 적이 있다. 교회 사람들의 결속력이 놀라웠다.

한국학생회인 KSA(Korean Students Association)가 매우 활성화되어 있었고, 1년에 한 번씩 공원을 빌려 체육대회를 열면 유학생 가족을 포함해 수백 명이 모여 축제 같은 분위기였다. 체육대회의 하이라이트는 끝나기 직전에 하는 경품 추첨이었는데, 특히 1등 상품이 한국행 비행기표라 열기가 아주 뜨거웠다.

우리 가족은 꾸준히 체육대회에 참가했지만, 경품 당첨 운은 따라주지 않았다. 내가 당첨된 가장 큰 상품은 쌀 20kg였고, 남편은 그나마 당첨된 적이 없다.

우리 집이 투 베드룸에 이어 쓰리 베드룸에 살다 보니 모임은 비교적 공간이 넓은 우리 집에서 제일 자주 했다. 남편은 유학생 중 나이가 많은 편이어서 우리 집에서 모이는 것을 편하게 생각했다.

아래 사진은 투 베드룸 거실에서 둘째의 돌잔치를 하던 모습이다. 이날도 배우자까지 포함해서 손님이 20명 정도 왔었고, 내가 메인 요리 몇 가지를 준비하고, 집집마다 요리를 하나씩 해오는 포트락(potluck)을 했다. 그날 돌잡이도 했는데 둘째가 무엇을 잡았는지 헷갈린다. 첫째와 둘째가 하나는 연필, 하나는 돈을 잡은 것은 확실하다.

2000년 9월 둘째 돌잔치

남편 학과 유학생 부인 중에 두 아이를 키우는 사람도, 공부하는 사람도 나 하나밖에 없었지만 어쩌다 보니 내가 음식을 제일 많이 대접했다. 음식을 대접한다는 것은 돈과 시간, 노동을 필요로 했고, 계속 대접을 하다 보니 나도 모르게 조금씩 불만이 쌓이기 시작했다.

어느 날 여느 때처럼 우리 집에서 모임을 하는데 남자들은 거실에서 술을 마시고 부인들은 식탁에 앉아 수다를 떨고 있었다. 자기 집에 한 번도 초대를 안 한 부인이 있어 내가 그 집도 초대를 한번 하라고 하니 그 부인이 하는 말이 나는 요리하는 것을 좋아하지만 자기는 요리하는 것을 싫어한다고 했다.

그렇다면 내가 그동안 그들을 대접한 것이 요리하는 것을 좋아해서라고 편하게 생각하고 있었단 말인가. 아니면 초대하기 싫어서 그렇게 둘러댄 것이었을까. 그때도 지금도 타인과 주고받는 모든 일들이 1:1 관계일 수는 없다고 생각한다. 하지만 서너 번 초대받으면 한 번은 자기 집에 초대하는 것이 인지상정이지 않나 생각했다.

방금 얘기한 대로 모임을 함께 하는 유학생 부인 중에 공부하는 사람은 나밖에 없어서 유학생 모임을 하면 나는 공부하는 남자들이 아니라 부인들 쪽에 앉아 육아와 살림 이야기를 했다. 나는 그 모임에서 학생이 아니라 유학생 부인이라는 정체성으로 규정되었다. 그래서 학교와 관련된 이야기를 나누고 싶어도 그쪽에 끼질 못했다.

대학원을 다니면서 수업을 들으면 간혹 개인 과제가 아니라 팀플을 해야 할 때가 있었다. 하지만 나는 애들이 어리다 보니 팀플 모임에 가는 것도 매우 제약이 컸다. 한번은 팀플을 하러 수업을 같이 듣는 미국인 동료 집에 가게 되었는데 몇 시간이 지나자 왜 안 오느냐는 남편의 전화가 그 집으로 계속 와 눈치가 보여 서둘러 자리를 떠야 했다.

첫째만 있을 때는 남편과 내 수업 시간을 겹치지 않게 짰고, 둘째가 태어난 후 내가 다시 복학하고 나서는 학교 안에 있는 교회에서 운영하는 어린이집(day care center)에 내 수업 시간만큼 둘째를 시간제로 맡겼다. 아이를 하루 종일 어린이집에 맡기려면 한 달에 몇백 달러가 필요했기 때문이다.

첫째는 다운타운에 있는 어린이집에 하루 종일 맡기고 있었다. 첫째가 다니던 어린이집은 무료로 다닐 수 있는 곳이었다. 그러니 도서관에 책을 빌리러 잠깐 들르긴 했어도 도서관에 앉아 공부하는 것은 꿈도 꾸지 못했다.

나의 대학 친구나 선배 가족이 오스틴에 놀러 와서 우리 집에 묵은 적은 딱 두 번 있지만 남편 친구, 선후배와 그 가족이 온 경우가 훨씬 많았다. 심지어 남편 모교 교수님도 두세 번 오스틴에 오셔서 우리 집에 묵지는 않았지만, 호텔에서 집으로 모셔 와 식사 대접을 했다. 어쩌다 보니 남편 쪽 손님을 더 많이 치렀다.

게다가 남편은 아침에 시리얼이나 빵을 먹으면 속이 불편하다고 해서 아침부터 한식으로 밥을 차렸고, 점심 도시락도 싸주었다. 학교 연구실에서 주로 식사를 했기 때문에 가급적이면 마늘이나 김치 냄새가 나지 않는 나물, 전, 볶음류로 반찬을 싸 주었다.

둘째를 낳고 다시 복학하면서 아이 둘을 키우면서 수업 과제를 하고 석사논문을 쓰다 보니 결국 자는 시간을 줄일 수밖에 없었다. 아이들이 깨어 있을 때는 공부에 제대로 집중할 수 없어 아이들을 재우고 나서 새벽에 공부하는 경우가 많아 늘 서너 시간밖에 잠을 잘 수 없었다.

그 와중에도 둘째를 임신하기 전에는 즐거운 운동 모임이 있었다. 한국 유학생 모임 중 가장 왕성하게 활동하던 것이 테니스 모임이었는데 주로 남자들이 테니스를 쳤고 운동이 끝나면 다 같이 맥주를 마시고 귀가했다. 나도 운동을 좋아하는 사람인데 애를 어디에 맡기고 그 모임에 남편과 같이 나갈 수는 없었고 왜 남자들만 모여서 운동을 하느냐고 불만을 토로하기 시작했다.

결국 나의 제안으로 부부 동반 테니스 모임이 만들어졌다. 낮에는 더워서 테니스를 칠 수 없었기 때문에 해가 지고 난 다음 인근 테니스

장에 모여 테니스를 쳤다. 야간 테니스장은 사용 예약을 해야 했고, 자
정이 되면 자동으로 조명이 꺼졌다.

테니스 모임은 일주일에 한 번씩 1년 넘게 유지되었다. 나는 구기를
잘하는 편이라 금방 테니스 실력이 늘었고, 다른 부인들도 처음에는
서툴렀지만 점차 실력이 향상되었다. 부끄럽지만 그때 테니스 치는 폼
이 좋다고 내게 붙여진 별명이 '힝기스'였다. 당시 잘나가던 여자 테니
스 선수 이름이다.

1년 정도 지나자 여자들끼리 재미있게 복식 경기를 할 수 있게 되었
고 나는 역량이 늘어나면서 가끔 남자들 복식 경기에도 낄 수 있었다.
부부 동반 테니스 모임이 자연스럽게 끝나게 된 것은 나와 또 다른 한
사람이 임신하게 되면서였다. 테니스는 매우 과격한 운동이라 임신한
상태로 코트를 종횡무진 뛰어다닐 수는 없었다.

우리가 오스틴에 사는 동안 2002년 월드컵이 열렸다. 우리 집은 이용
료가 비싼 케이블TV가 설치되어 있지 않았지만, 월드컵이 시작되고 얼
마 후 멕시코 방송인 유니비전(Univision Communications) 채널에서
멕시코 경기뿐 아니라 모든 경기를 중계한다는 정보를 알게 되어 TV
안테나를 요리조리 돌려 가며 유니비전 채널로 경기를 챙겨 보았다.

유니비전의 젊은 남성 리포터가 남대문 시장을 돌아다니면서 서울
을 소개하는 장면이 나오자 너무 반가웠다. 학교 아파트 단지는 한국
축구가 있는 날 새벽마다 여기저기서 큰 함성이 울려 퍼졌다. 유니비
전 방송의 스포츠 앵커가 골이 터질 때마다 "꼬올~~~"을 길게 늘여 외
치던 순간이 귓가에 남아 있다.

또 한국과 이탈리아가 16강 경기를 할 때는 뉴욕에서 놀러 온 초등학교 친구도 함께 경기를 시청해 더 재미있었다. 그 친구의 친구가 이탈리아 남자와 결혼해서 살고 있다고 하면서 경기가 끝나자마자 그 친구와 통화하는 모습도 지켜보았다. 함께 월드컵을 시청한 친구가 얼마 전 한국에 다니러 와서 옛날얘기를 하던 중 월드컵을 함께 본 이야기도 나누었다.

일요일 오전 고속도로 위 교통사고

텍사스는 멕시코에 인접한 곳이고 두 문화가 섞인 특유의 스타일을 텍스멕스(Tex-Mex) 스타일이라 부른다. 텍사스의 관공서, 교육기관, 병원에 가면 영어와 스페인어는 공용이다. 영어를 못한다고 해서 생활하는 데 큰 어려움은 없는 편이다. 실제로 길거리에 다니는 사람 중에도 히스패닉이 많고 대형 할인 매장에 장을 보러 가도 많이 볼 수 있다.

텍사스 사이즈(Texas-sized)라는 표현도 있다. 텍사스 땅 면적이 크기 때문인지 무엇이든 큰 사이즈를 그렇게들 부른다. 참고로 텍사스는 한국 면적의 약 7배 정도다.

히스패닉이 많다 보니 오스틴에서 290번 고속도로(Highway 290)를 타고 차로 30분 정도 떨어진 외곽지역에 주말마다 열리는 플리마켓(flea market)이 활성화되어 있었다. 플리마켓의 주요 고객은 히스패닉이었다. 플리마켓에서 주로 파는 상품은 옷과 모자, 가방, 식품 등이었고, 수십 개의 점포 중 한국인이 운영하는 곳도 여럿 있었다.

플리마켓은 주말에만 열리기 때문에 가끔 애들을 데리고 플리마켓에 구경하러 갔고, 저렴하게 반팔 티셔츠를 구입할 수 있었다. 그러던 어느 날 일요일 아침 아이들을 데리고 플리마켓에 들렀다 집으로 돌아오는 길에 290번 고속도로에서 자동차 사고를 당했다. 당시 60마일(약 시속 100km) 정도로 달리고 있었는데 갑자기 옆 차선에서 달리던 차가 내 차를 못 보고 내 차선으로 들어왔다. 1톤 트럭보다 큰 흰색 밴이었다.

속도가 빨랐기 때문에 두 차는 여러 번 튕기면서 충돌했고, 고속도로 가운데 움푹 파인 곳인 중앙분리대(median)에 처박혔다 다시 튕겨서 고속도로 위에서 차가 가로로 멈췄다. 몇 초의 짧은 순간이었지만 핸들은 전혀 제어되지 않았고 나는 이대로 죽는구나 생각했다. 말로만 듣던 짧은 순간 인생이 파노라마처럼 스쳐 지나가는 경험을 했다.

일요일 오전이라 지나가는 차가 없어 고속도로에 가로로 멈춰 있었지만 다행히 2차 사고는 나지 않았다. 만약 지나가는 차가 많았다면 2차 충돌사고가 일어났을 수도 있다. 당시 휴대폰이 없었기 때문에 경찰에 신고도 할 수 없었다.

정신을 차리고 보니 고속도로 위에 차가 가로로 멈춰 있었고, 차를 천천히 몰아 갓길에 세우고 핸들 위에 엎드려 있었다. 첫째와 둘째는 둘 다 카시트에 앉아 있어 괜찮아 보였고 심지어 차가 그렇게 요동쳤음에도 불구하고 둘째는 카시트에서 자고 있었다.

너무 놀란 상태라 운전대에 엎드려 있는데도 다리가 후들후들 떨리고 있었다. 조금 있으니 사고를 냈던 밴 운전자가 내 차 옆으로 걸어와 운전석 창문을 두드렸다. 나는 창문을 내렸고, 30대로 보였던 백인 남자는 미안하다고 하면서 괜찮냐고 물었다. 나는 나와 아이들이 다치지 않은 것 같아 괜찮다고 했고, 그 사람은 그렇게 자기 밴을 몰고 자리를 떴다.

나는 온몸이 떨려서 차 밖으로 걸어 나올 생각을 하지 못했고 겨우 정신을 가다듬은 다음 차를 천천히 운전해 집에 도착해 내려 보니 차가 거의 반파가 되어 있었다. 타이어가 다 드러날 만큼 차 앞부분은 찌그러져 있었다. 사고를 낸 그 남자는 차 상태를 보고도 연락처 하나 남기지 않고 그냥 가 버린 것을 뒤늦게 알게 된 것이다.

나는 아이들을 데리고 집으로 들어왔다. 첫째는 카시트에 앉아 있었지만 차가 요동칠 때 창문에 몇 번 머리를 부딪혀 놀란 상태였다. 집에 와서 첫째와 부둥켜안고 한참을 울었다. 마음이 좀 진정되고 나니 큰 사고를 당하고도 아무도 다치지 않은 것이 감사하게 생각되었다.

저녁에 집에 온 남편은 찌그러진 차를 본 다음 내 설명을 듣고 나서 왜 상대방 연락처를 받아 두지 않았냐고 말했다. 나는 사고가 난 직후 제정신이 아니었다고 답했다. 하지만 당시 아무도 안 다쳐서 다행이라는 위로의 말을 듣지 못한 것은 두고두고 서운했다.

그렇게 해서 바꾸게 된 차가 아래 사진에 있는 7인승 닷지 카라반 (Dodge Caravan)이다. 2년 가까이 차를 아주 잘 타고 다녔다. 아이 둘을 태우고 다니기에 공간도 넉넉했고, 운전석이 높아 시야가 탁 트여서 운전하기도 훨씬 수월했다. 30년 넘게 운전을 했지만 밴을 운전한 것은 그때뿐이다.

가까운 곳에 여행을 다니기에도 짐을 많이 실을 수 있어 좋았다. 이

차 이후로는 지금까지 계속 세단을 타고 있지만 가끔 높은 밴을 몰면 어떨까를 생각하게 된다. 밴은 아니지만 다음 차로 SUV를 몰아 보는 것도 괜찮을 거 같다.

7인승 닷지 카라반

영어 공부와 WIC 프로그램

텍사스는 자연스럽게 다양한 인종의 사람들이 어울려 사는 곳이었다. 물론 시골로 갈수록 백인의 비율이 높아지고 공화당을 지지하는 사람들이 늘어나지만 내가 살았던 오스틴은 텍사스의 주도이기도 하고 큰 주립대학이 자리 잡고 있는 곳이라 비교적 진보적인 사람들이 많아 보였다.

한국인 유학생도 많았지만, 교포들도 있어서 한식 레스토랑도 꽤 있었다. 둘째를 임신했을 때는 유독 비빔냉면이 먹고 싶어 한식 레스토랑에 가서 사 먹었지만, 한국에서 먹던 냉면 전문점의 맛은 아니어서 실망하기도 했다.

내가 처음 오스틴에 도착해 큰애를 키우며 집에 있을 때 한 교회에서 유학생 부인들을 대상으로 영어를 가르치는 곳이 있다는 얘기를 들었다. 영어 수업은 무료였다. 공부방 옆에는 수업 시간에 아이들을 잠시 맡겨두는 방이 있었고, 비용은 맡길 때마다 1달러 정도 냈던 것으로 기억한다. 아이를 돌보는 베이비시터 비용이었다.

영어 공부는 주 2회 정도 했는데 영어를 가르치던 선생님 이름은 클라우디아였다. 40대 중후반의 백인 여성이었고, 자녀가 5명이라고 했다. 나중에 친해져서 수업을 듣던 학생들이 그 집에 초대받기도 했다. 수업에 참여하는 유학생 부인의 국적은 매우 다양했다.

무료 영어 공부 외에도 아이를 키우는데 미국 정부로부터 많은 혜택을 받았다. 무엇보다도 텍사스주에서 운영하는 WIC(Women, Infants, and Children) 프로그램으로로부터 많은 지원을 받았다. 이 프로그램은 저소득층의 임산부와 영유아(5세 미만)를 돕는 것으로 주로 식재료를 제공했다. 저소득층을 증명하기 위해서는 은행의 잔고증명서를 제출해야 했고, 프로그램 수혜자로 선정되면 음식 바우처를 발급받아 대형 할인 매장에서 장을 볼 때 계산대에서 돈이나 카드 대신 제출하면 되었다. 한 달에 바우처로 살 수 있는 부식의 양은 정해져 있었는데 콩, 계란, 냉동 주스, 치즈 등 아이들이 성장하는 데 꼭 필요한 재료들을 구입할 수 있었다.

둘째는 한국에 와 출산하고 3개월이 될 때 미국으로 데려갔는데 이상하게 미국 분유가 맞지 않았다. 소아과에 가 문의하니 두유를 먹여보라고 해서 백일부터 돌까지 WIC에서 제공하는 두유를 분유 대신 먹일 수 있었다. 임산부도 지원하기 때문에 둘째를 가졌을 때는 임산부를 위한 식재료도 제공받았고, 한 달에 한 번씩 WIC 사무실에 가서 비디오를 보며 임산부 교육을 받아야 했다.

그런데 주변을 둘러보면 한국인 유학생 부부 중 WIC 프로그램을 통해 부식을 제공받는 경우는 드물었다. 우리 집 말고 다른 집을 본 적이 없다. 우리는 학생이라 저소득층에 속한다는 것에 큰 거부감이 없었고 할인 매장에서 바우처를 낼 때도 특별히 창피하지 않았다.

그렇게 우리 가족은 오스틴에 사는 동안 계속해서 WIC 프로그램으로부터 식재료 지원을 받았고, 지금도 그 고마움을 간직하고 있다. 유학생 신분임에도 불구하고 그런 지원을 꾸준히 받을 수 있었던 것은 영유아에 대한 영양지원 정책이 그만큼 포용적이었기에 가능했을 것이다.

유사한 맥락으로 첫째는 미국에서 유치원에 들어가기 전 오스틴 다운타운에 있는 어린이집에 다녔는데 그곳 역시 저소득층을 위해 무료로 운영되는 곳이었다. 대신 한 달에 한 번씩 찾아가서 반나절 봉사활동을 하게 되어 있었다. 남편과 나는 번갈아 첫째를 픽업했고 봉사활동은 내가 참여했는데 주로 선생님 보조 활동을 했다.

그곳 어린이집을 다니는 아이들은 흑인과 히스패닉이 대부분이었고, 동양인은 중국인이 몇 명 있었고 한국인은 우리 애밖에 없었다. 나는 첫째가 흑인이나 히스패닉과 어울리는 것에 별 거부감이 없었는데 한국인 아이는 왜 우리밖에 없었는지 그때도 지금도 의아하다.

이후 첫째가 다닌 초등학교 부설 유치원에는 미국인들과 함께 유학생 자녀들이 많았다. 기억나는 것은 한국인 유학생 자녀도 많아서 오후에 학교에서 별도로 한국어 수업을 운영해 주었다. 한국인 교사를 따로 채용해서 한국 학생들에게 한국어를 가르쳐 준 것이다.

일하는 부모를 위해 방과후교실(afterschool program)도 운영했지만, 그때 나는 석사과정을 마치고 집에서 텍사스주립대 부설 기관인

Distance Education Center 임시연구원으로 일하고 있었고, 주로 집에서 컴퓨터 작업을 하는 일이었기 때문에 방과후교실을 이용하지는 않았다.

그때 집에서 6개월 동안 했던 일은 정규 학교를 다니지 않는 고등학교 과정(우리로 치면 검정고시 같은) 사회 교과서를 CD로 만드는 컴퓨터 작업을 했다. 교육학과 석사과정을 다니면서 수업 시간에 멀티미디어 제작(Multi-media Authoring: Flash, Dreamweaver, Photoshop, Premiere 프로그램을 활용한 콘텐츠 제작)을 배웠기 때문에, 종이책을 CD로 제작하고 각 장에서 학습한 내용을 퀴즈로 풀어 보는 유저 인터페이스(UI)까지 넣을 수 있었다.

오스틴 한글학교 교사

오스틴에서의 마지막 1년은 한글학교 교사로도 일했다. 나는 7세 반을 맡았고, 첫째는 다른 반 수업을 들었다. 첫째 반 담임의 아들은 내 수업을 들었다. 수업은 매주 토요일 오전 주 1회였고, 외국인들이 듣는 청소년반과 성인반도 있었다.

아이들은 주로 교포 자녀, 유학생 자녀, 주재원 자녀였다. 건물은 기존 중학교 건물을 임대해 사용했고, 교재는 우리나라 외교부에서 배포하는 재외동포를 위한 한국어 교재를 썼다.

토요일마다 열리는 학교였지만 교육기관으로 등록이 되어 있는 곳이었고, 교사의 경우 적은 돈이지만 급여도 받았다. 교장선생님과 십여 명의 교사가 소속되어 있었다.

첫째는 집에서 따로 가르친 적은 없었지만, 한글학교에서 한글을 배워 7세에 한글을 읽을 수 있게 되었다. 수업은 아이들이 어려서 한글 읽기와 쓰기, 그리고 한국 동화 들려주기, 율동을 곁들인 한국 동요 부르기 등을 주로 했다. 매 학기 한글학교 학예회 겸 종업식도 있어서 강당에 모여 반별로 나와 노래를 부르는 장기자랑도 했다.

수업 중간에 아이들이 강당에 모여 뛰어놀기도 하는데 한 아이가 장난으로 첫째를 밀쳐 얼굴이 책상 모서리에 부딪히면서 이를 다쳐 병원을 다니기도 했다. 당시 그 아이의 엄마가 전화해 사과했고, 교장선생님도 학교에서 다쳤기 때문에 치과 진료비를 지원해 주셨다. 크게 다치지 않은 것이 다행이라고 생각했다.

인터넷으로 검색해 보니 오스틴이 계속 성장하면서 한글학교 규모도 커진 것으로 보인다. 반도 많아졌고, 학생, 교사도 훨씬 많아졌다. 한국 문화의 위상이 올라가면서 한국어를 배우려는 교육 수요가 늘어나 한글학교도 함께 성장하는 모양이다.

오스틴 한글학교 종업식

나의 특별한 지도교수

교육학과(Dept. of Curriculum and Instruction) 석사과정에 입학하였지만, 중간에 계획에 없던 둘째를 임신하여 수강하는 과목 수를 줄였고, 이후 출산 휴학도 하게 되면서 3년 반 만에 석사 졸업을 하게 되었다. 특히 태어난 지 4개월이 된 둘째가 있는 상태에서 복학하게 되면서 수업에 참석하기 위해서 큰애는 어린이집에 맡기고, 둘째는 캠퍼스 내 교회에 있는 어린이집에 수업 시간만큼 아이를 맡겼다. 베이비시터는 대학생들이었다.

나의 전공이 교육공학이다 보니 기존 교과목을 다양한 도구(소프트웨어)로 개발하는 멀티미디어 콘텐츠 제작(multimedia authoring) 수업을 많이 들었다. 특히 중국 출신의 여성 교수인 Dr. Liu 수업을 세 개나 들었다. 그 수업에서 학기말 과제로 동화책인 〈The Rainbow Fish〉를 CD로 제작하기도 하고, 〈HappyWomen.com〉이라는 홈페이지를 개발하기도 했다.

그 교수는 그 분야에서 정부 용역과제를 많이 따오는 것으로 유명한 소위 아주 잘나가는 교수였다. 수업을 세 개나 듣다 보니 어느 날 나를 불러 석사논문 지도를 해 주겠다고 제안했고, 원한다면 박사과정에 들어오라고 했다.

그런데 그 지도교수는 중증장애인이었다. 나는 한국 대학에서 한 번도 중증장애인 교수를 본 적이 없어서 신선한 충격이었다. 교수로 재직하던 어느 날 가족이 모두 타고 가던 차가 교통사고가 났다고 했다. 그녀에게는 초등학생 아들이 있어 몇 번 학교에서 본 적이 있다.

수업 시간에 전동 휠체어를 타고 들어왔고, 목 아래로는 마비 상태인 것으로 보였다. 휠체어에는 조이 스틱이 있어 손목으로 조이 스틱을 움직여 모니터에 활자가 나타나도록 했지만, 말로 수업을 하는 데 큰 어려움은 없었다. 그런데 수업 시간에 가끔 다리에 심한 경련이 오면 잠시 수업을 멈추고 경련이 멈출 때까지 기다려야 했다. 학생들은 아무도 이에 대해 불만을 제기하지 않았고, 경련이 가라앉기만을 조용히 기다렸다.

내가 또 한 번 놀란 것은 중증장애인 교수에 대한 학교의 지원이었다. 그 교수에게는 세 명의 학생 도우미가 배정되어 있어 교대로 모든 활동을 도왔다. 수업 시간에도 두 명이 이동하는 것과 수업 진행하는 것을 도왔고, 출퇴근을 돕는 도우미도 따로 있다고 들었다.

내가 대학원 수업을 듣는 동안 그 교수 연구팀이 개발했던 정부 용역과제는 과학 과목을 CD-ROM으로 제작한 것이었는데, 적용된 교수법은 문제해결 접근(problem- solving approach)으로 인간이 외계 행성에 도착하여 어떻게 살아갈지 기후와 토양, 생태계 등을 조사하면서 하나씩 문제를 풀어 간다는 설정이었다.

개발한 CD를 수업 시간에 보여준 적이 있는데 당시 첫째가 컴퓨터에서 즐겨 하던 학습용 게임 CD인 〈Just Me and My Dad〉, 〈Pajama Sam〉, 〈Dinosaur Adventure〉처럼 퀄리티가 아주 높았고 사용자와 상호작용도 잘 설계되어 있었다.

나는 그 교수를 통해서 장애에 대한 편견을 많이 지울 수 있었고, 오스틴에서 가끔 학교 셔틀버스로 통학할 때 휠체어를 타고 이동하는 학생들이 많다는 것도 관심을 가지게 되니 더 많이 보였다.

한국에서도 아주 가끔 저상버스에 휠체어를 탄 사람이 탑승하는 경우가 있는데 탑승을 도와주는 버스 기사님이나 휠체어 자리를 마련해 주는 승객들을 볼 때마다 시민의식이 예전보다 많이 성숙되어 있다는 것을 느끼게 된다.

유학 생활을 통해 달라진 소비 패턴

유학 생활이 내 삶에 미친 가장 큰 영향 중 하나는 소비 패턴의 변화다. 매달 쓸 수 있는 생활비를 정해 놓고 예산이 초과되지 않도록 철저히 계획 소비를 했다. 그러다 보니 저절로 소박하게 사는 게 몸에 배었고, 항상 돈이 떨어지지 않도록 몇 개월 후를 걱정하며 지냈다. 갑자기 아파서 계획에 없던 병원 진료비가 나가는 경우는 예외였다. 즉 생활비 관리는 내가 온전히 맡아서 했다.

나는 결혼 전 부모님 덕분에 호의호식하며 살았다. 옷은 늘 백화점에서 사 입었고 당시 우리나라 유명 디자이너 옷도 많이 입어 봤다. 그때 입었던 디자이너 브랜드들은 지금도 백화점에 매장이 있지만 가격이 너무 비싸 살 엄두가 나지 않는다.

다행히도 텍사스는 더운 곳이라 교수도 학생도 티셔츠에 반바지를 입고 다녔고, 꾸미고 갈 만한 모임도 없었다. 겨울철에 영하로 내려가지 않아서 롱코트를 가져갔지만 입을 일이 없었다. 어린 자녀들을 키우다 보니 꾸밀 시간도, 이유도 없었다, 화장은 하지 않았고 심지어 선크림도 거의 바르지 않고 야구모자를 쓰고 다녔다.

일 년에 몇 차례 엄마가 애들 옷을 사서 보내 주셨다. 애들 어릴 때 사진을 보면 아동복 모델처럼 정말 옷을 이쁘게 잘 입고 있다. 다 엄마 덕분이다. 나는 가끔 옷이 사고 싶으면 갭(GAP)이나 올드네이비(Old Navy) 같은 중저가 브랜드 매장에 가서 파이널(final) 세일을 하는 티셔츠나 바지를 샀다. 원래 가격의 20~30% 정도 가격에 살 수 있었고, 반품은 안 되는 경우가 많았다. 아니면 중고 옷을 파는 굿윌(Goodwill Store)이나 이월상품을 파는 티제이맥스(T. J. Maxx)도 가끔 들렀다. 목동에 살 때 굿윌 매장을 발견하고 얼마나 반가웠는지 모른다.

앞서 말한 대로 WIC 프로그램을 통해 아이들을 위한 식재료를 지원 받아 우유, 계란, 주스, 치즈, 콩 제품 등은 따로 살 필요가 없었고, 일 주일에 한 번 정도 한국 슈퍼마켓에 가서 장을 보았다.

그래도 평균 한 달에 두 번 정도는 외식을 했는데 즐겨 가던 곳은 중국집이다. 단골 중국집이 서너 군데 있었는데 잘하는 메뉴가 서로 달랐기 때문이다. 베트남 쌀국수는 외식 메뉴 중 가장 저렴한 편이었고 육수가 정말 진국이라 가끔 생각날 때 갔다. 유학생들은 해장용으로 많이 먹었다.

어느 날 단골 쌀국숫집 근처에 차를 세워두고 식사를 하고 오니 운전석 유리창에 메모가 붙어 있었다. 자신이 주차하면서 우리 차 뒷면을 박았으니 연락하라라며 연락처가 적혀 있었다. 자동차 뒷면을 살펴보았는데 눈으로는 피해를 확인할 수 없었지만 그래도 연락했고, 약간의 보상금을 받을 수 있었다. 그때는 이렇게 양심적인 미국인도 있구나 싶어 감동했었다.

미국식 중국 요리는 달고 짠 게 특징인데 단골 중국집 중 한 군데는 한국에서 중국집을 하다 미국으로 건너온 집이었다. 그 집은 짜장면을 비롯해서 한국식 중국 요리가 많아 유학생들이 자주 찾는 곳이었다.

한국 사람이 사장인 한·중·일 뷔페식당도 꽤 인기가 있었는데 두세 달에 한 번은 먹으러 다녔다. 대학 근처에 있는 1인당 4.99달러만 내면 피자와 파스타를 실컷 먹을 수 있는 피자 뷔페(Mr. Gatti's Pizza)도 가끔 갔다. 외식을 하면 음식값보다 부담스러운 것은 10~15% 정도 내야 하는 팁이었다.

텍사스는 석유를 직접 생산하고 정유공장도 많아 자동차 기름이 싼 편이고, 목장도 많아 육류도 다른 주나 한국에 비해 싼 편이었다. 대신 동남쪽이 바다에 접해 있긴 하지만 해산물은 풍부하진 않았다. 특히 생선회는 구하기가 어려워 생선회가 먹고 싶을 때는 일본에서 건너온 냉동 도미 필레를 사서 얇게 썰어서 먹었다. 일식집에 스시나 사시미 메뉴가 있었지만, 유학생이 먹기에는 너무 비싼 편이었다.

모든 활동을 접고 다시 미국으로

미국에서 돌아온 지 9년 만인 2011년 2학기부터 2012년 1학기까지 1년 동안 남편이 안식년을 앞두고 있었지만, 나는 박사논문을 써야 한다는 중압감에 시달리고 있어 미국에 갈 엄두가 나지 않았다. 강의하느라 계속 박사논문이 늦어지면서 미국에 다녀오면 또 1년이 늦어지는 터라 망설이고 있는데 남편이 애들 영어 공부를 위해서라도 가족이 함께 미국에 가서 1년을 살고 오자고 계속 설득했다.

특히 2011년 1학기에 나는 서울대와 홍대, 한성대 3곳에서 6개 강좌 강의를 하고 있어 정말 정신없이 바빴다. 세 학교의 학생 수를 합치면 500명 가까이 되었고, 조교 없이 수업 준비와 과제물 채점, 시험 답안지 채점으로 많은 시간을 보냈는데 미국으로 떠나게 되면서 모든 강의를 접어야 했다.

결국 첫째가 중3, 둘째가 초6 때인 2011년 8월 미국으로 다시 가게 되었다. 미국에 가자마자 둘 다 공립학교를 보내기 위해서 강남에 있는 유학생들을 위한 메디컬 센터를 찾아가서 필요한 검사와 예방접종을 했다.

목동 집을 1년 동안 비워 둘 수 없어 남편이 알고 지내던 조교가 1년 동안 관리비만 내고 우리 집에 살기로 했다. 조교는 방 하나와 거실, 주방, 화장실을 사용했다.

그런데 오리건에서 지내고 있던 어느 날 우리 집에 살던 조교로부터 다급한 연락이 왔다. 당시 목동 집은 전세였는데, 집주인 가족이 중국 주재원으로 가 있으면서 중국에서 따로 사업을 한 모양이었고 그 사업이 잘못되어 은행에서 우리 집을 경매로 넘기려고 한다는 충격적인 소식이었다. 나는 당시 너무 놀라서 3일 정도 잠을 설쳤고, 고심 끝에 남편에게 우리도 경매에 참여해서 그 집을 사자고 했다.

우리는 2012년 8월에 귀국했고, 그해 12월 말 경매에 참여해 그 집을 낙찰받았다. 은행이 1순위 채권자였고, 우리가 2순위였기 때문에 우리 전세금 중 2천만 원은 돌려받지 못했지만, 당시 시세보다 3천만 원 싸게 집을 구매했기 때문에 손해는 보지 않았다. 그렇게 계획에 없던 집을 사게 된 것이다.

그전부터 집을 사게 되면 공동명의로 하자고 내가 여러 번 얘기했지만, 경매 입찰 당시 남편 명의로 했는데 나중에 부동산 등기를 할 때 명의를 바꾸면 추가 비용이 많이 든다고 해서 공동명의의 꿈은 이루어지지 않았다.

당시 오리건주 유진(Eugene, OR)은 인구가 16만밖에 안 되던 소도시였고, 2024년 기준으로도 18만이 조금 안 되는 미국 서북부의 작은 도시다. 유진에서 서쪽으로 2시간을 달려가면 플로렌스(Florence)라는 해안 도시가 나오고 태평양을 볼 수 있다. 플로렌스에서 망망대해를 보며 멀리 우리나라가 있겠다는 낭만적인 생각을 하기도 했다.

처음 유진에 도착했을 때 다운타운에 10층이 넘는 건물이 없어 당황했었다. 도시 한가운데 오리건주립대가 평지에 자리 잡고 있었다. 남편을 따라 몇 번 학교에 간 적이 있고, 유명한 페미니스트가 학교에 강연하러 와서 보러 가기도 했다.

알고 보니 오리건주립대의 여성학 프로그램은 꽤 유명한 편이었다. 인터넷으로 찾아보니 대학원 수업 중에 〈페미니스트 페다고지〉 수업이 있어 나는 사무실에 전화해서 면담을 신청하고, 직접 방문해서 청강이 가능한지 물었다. 사무실 직원은 학생들과 똑같이 수업료를 내면 청강이 가능하다고 했는데 그 수업료가 꽤 비싸서 청강을 포기했었다.

참고로 오리건주 주도는 세일럼(Salem)이란 곳으로 귀국하기 전에 아이들이 유진에서 학교를 다녔다는 공증 서류(apostille)를 주 청사에서 발급받기 위해 딱 한 번 방문한 적이 있다.

유진에서 북쪽으로 2시간 떨어진 포틀랜드(Portland)는 오리건에서 제일 큰 도시로 근교에 나이키 본사가 자리 잡고 있다. 유진에서 포틀랜드로 가는 고속도로 옆에 한국전 참전 기념비가 크게 세워져 있어 들러 본 적이 있는데, 오리건 출신으로 한국전에서 전사 또는 실종된 병사 이름이 빼곡히 적혀 있는 기념비를 보고 너무 많이 놀랐었다. 당시 미국 사람들은 한국이 어디 있는지도 몰랐을 텐데 말이다.

포틀랜드에서 북쪽으로 올라가면 시애틀이 있는 워싱턴주가 있고, 그 위로 올라가면 밴쿠버가 있는 캐나다의 브리티시 콜럼비아(British

Columbia) 주가 나온다. 유진이 시골이라 처음에는 어떻게 살까 막막했는데 살아보니 대도시가 주는 스트레스가 없어 마음이 편했고 친환경적인 곳이었다.

오리건에서 배운 슬로 라이프

18홀 퍼블릭 골프장을 품은 아파트 단지

유진에서 우리 집은 18홀 퍼블릭 골프장을 가운데 끼고 있는 아파트 단지였다. 3층으로 된 나무 건물 1층에 살았는데 우리 집 발코니 바로 앞이 1번 홀 그린이었다. 위층에는 할머니가 사셨는데 아침 일찍부터 집 안을 왔다 갔다 하면 나무 삐걱거리는 소리가 들려서 할머니가 깨셨는지 바로 알 수 있었다. 아래는 인터넷에서 찾은 당시 살던 아파트 단지 사진인데 우리 가족이 살던 집 발코니 뷰와 거의 똑같다.

남편은 아파트 임대 계약을 마치고 며칠 후 골프장에 가서 1년 부부 회원권을 끊었고, 비용은 160만 원 정도였던 것으로 기억한다. 한국에서 1년에 몇 차례 남편이 골프장에 갈 때마다 돈을 많이 쓴다고 잔소리했기 때문에 유진에서 1년 동안은 내 눈치 보지 않고 맘 편히 골프를 쳤을 것이다.

남편이 전동 카트를 타지 않고 걸어서 18번 홀을 돌다 보니 몇 개월이 지나자 10kg이 빠져 딴 사람처럼 보였다. 나도 한국에서 골프 레슨을 6개월 정도 받은 적이 있어 가끔 따라 나가 골프를 쳤다. 구기를 잘하는 편이라 나중에는 드라이버로 꽤 멀리 공을 보냈고, 특히 그린 밖에서 공을 홀 가까이 보내는 어프로치에 재능이 있었다.

아이들은 아파트에서 걸어서 20분 정도 떨어진 공립 중학교와 고등학교를 다녔다. 가끔 학교에 걸어간 적도 있지만 대부분 내가 태워다 주고 오후에 데리러 갔다. 유진에는 한국에서 안식년을 보내려고 와 있는 교수들이 십여 명 있었는데 자녀들은 대부분 두 학교를 다니고 있었다. 시골이다 보니 백인이 다수였고, 흑인, 히스패닉, 아시안은 별로 없었다.

애들은 금방 학교생활에 적응했고, 외국인으로서 따로 들어야 하는 영어 수업(ESL)은 둘 다 면제받았다. 둘째는 중학교 6학년(우리로 치면 중1)을 다녔는데 수학이 너무 쉬워 두 단계나 월반해서 8학년 수업을 들었다. 둘째가 다니던 중학교는 운동장이 여러 개 있었고, 수업 시간에 골프도 배웠다. 하지만 둘째는 골프에는 별로 흥미를 보이지 않았다.

애들이 공립학교에 입학하고 얼마 후 학교에서 학부모 모임을 열어 참석했다. 그런데 두 학교 모두 교장선생님이 예산이 깎여 학교 재정이 힘들다는 점을 강조하였고, 학교에서 나눠준 교과서도 그동안 몇 년을 사용한 건지 책이 너무 낡아 있었다. 미국 공교육 재정이 어렵다는 얘기를 들은 적이 있지만 그 정도일 줄은 몰랐다.

유진에서 아이들과 다양한 체험활동을 하려고 노력했고, 그중에서 가장 의미 있는 활동 중 하나는 큰애가 주니어 오케스트라에 들어가 1년 동안 활동한 것이다. 초등학교 때 3년 동안 바이올린을 배운 덕분에 오케스트라에 입단할 수 있었고, 주 1회 연습을 하러 다녔다. 공연도 여러 번 보러 갔는데 제법 멋진 합주를 하여 감동을 받았었다.

당시 유진에 장을 보러 다니는 한국 슈퍼마켓은 하나밖에 없었다. 이름은 선라이즈 오리엔탈 마켓이었는데 집에서 차로 20분 정도 떨어진 곳에 있었고, 한국, 중국, 일본, 베트남 등 다양한 식재료를 팔았다. 14년 전인데도 가게 손님 중에 아시안뿐 아니라 백인들도 많았다.

가게 주인은 부산 출신인 사장님 부부였고, 20대로 보이는 딸들이 계산대에서 일을 돕고 있었다. 나는 주로 둘째와 함께 일주일에 한 번 장을 보러 갔고, 식재료뿐 아니라 반찬 코너에서 비빔밥용 나물 모듬이나 김밥도 샀다.

우리가 유진에 도착하던 시점에 한국에서 꼬꼬면이 출시되어 큰 인기를 끌고 있었는데 앞서 말했듯이 나는 새로 나오는 라면은 구입해서 먹어보는 사람이었다. 신라면은 미국 슈퍼마켓에서도 살 수 있었지만, 꼬꼬면은 구할 수 없었다.

꼬꼬면이 어떤 맛인지 궁금해 슈퍼마켓에 갈 때마다 나왔는지 물어보았고 결국 6개월 후에나 그 맛을 볼 수 있었다. 생각했던 것보다 맛있었고, 매운 향이 어찌나 강한지 한 번 끓이고 나면 온 집안에 매운 향이 퍼졌다.

장 보러 가는 길에 토시 라멘(Toshi's Ramen)이라는 일본식 라멘집이 있었고, 참새가 방앗간 못 지나가듯 자주 들러 라멘을 먹었다. 가게 문을 열고 들어가면 주방 위에 큰 글씨로 〈우리 가게는 MSG를 사용합니다〉라는 팻말이 눈길을 사로잡았다. 그 솔직함이 참 마음에 들었다. 거기서 소금 간을 한 와카메(미역) 시오라멘과 버터 시오라멘을 즐겨 먹었고, 그 맛이 가끔 생각나서 지금도 둘째와 그 집 라멘이 맛있었다는 얘기를 나누곤 한다.

오리건에서 내가 보낸 하루는 식사 세끼를 준비하고, 아이들을 학교에 태워다 주고 데리러 가고, 박사논문을 준비하기 위해 구입한 책을 읽고, 가끔 장을 보러 가고, 날씨가 좋으면 남편과 함께 집 앞 골프장에 골프를 치러 나갔다. 밤에는 〈올빼미〉 사이트에 접속해 한국 영화와 드라마를 노트북으로 보았다. 한국에서 늘 시간에 쫓기며 살았는데 오랜만에 여유로운 일상을 보낸 나날이었다.

그 와중에 취미생활로 뭘 배울까 고민하다 커뮤니티 칼리지에 수채화 수업이 있어 주 1회 다운타운에 있는 학교 건물에 가서 수업을 들었다. 어릴 때 배우던 그림 그리기가 가끔 그리울 때가 있기 때문이다.

수강생 10여 명은 다 중년의 백인 남성과 여성이었다. 강사는 현지에서 활동하던 화가로 다운타운에 있는 카페에 가면 그의 그림이 벽에 걸려 있었고 화풍이 매우 독특해서 단번에 그의 작품이라는 것을 알아차릴 수 있었다. 그때 그렸던 그림들은 스케치북과 액자에 넣어 지금도 간직하고 있다.

참, 집에서 15분 거리에 코스코(COSTCO) 매장이 있어 한 달에 한두 번은 장을 보러 갔다. 주유소도 함께 운영했는데 기름값이 다른 곳보다 저렴해서 기름은 꼭 거기서 넣었는데 늘 차량 줄이 길게 서 있었다.

오랜 친구들과 만남

2011년 8월부터 오리건에 사는 1년 동안 초등학교, 고등학교 친구들과 만날 기회가 있었다. 유진에 도착하고 얼마 후 캐나다 캘거리에 살고 있던 고등학교 친구와 우연히 연락이 닿았다. 그 친구는 10월에 나를 보러 오리건으로 날아왔다. 그 친구에게는 첫째와 동갑인 딸이 하나 있는데 아주 어릴 때 본 기억이 있고, 그 친구 가족이 캐나다로 이민을 떠난 후에는 만나지 못했다.

사흘 동안 친구와 유진을 돌아다니며 이곳저곳을 구경하고 쇼핑몰에 가서 옷을 샀다. 오리건주는 주세(state tax)가 없기 때문에 똑같은 브랜드의 물건을 살 경우 캐나다보다 저렴하게 구입할 수 있어서였다. 그 친구와는 다음 해 캘거리 친구 집으로 놀러 가겠다고 약속하고 아쉬운 작별을 했다.

11월에는 뉴저지에 사는 초등학교 친구들과 뉴욕 회동을 했다. 뉴욕은 2001년 가족여행을 간 이후 두 번째 방문이었다. 뉴저지에 초등학교 친구 세 명이 살고 있었고, LA에 살고 있던 친구도 합류해 다섯 명이 뉴욕에서 2박 3일 즐거운 시간을 보냈다. 유진에서 뉴욕으로 가는 직항 비행기가 없어 포틀랜드로 가서 비행기를 갈아타야 했다.

뉴저지에서 조지 워싱턴 브리지가 내려다보이는 친구 집에서 이틀을 묵었다. 그 친구가 낮에는 일을 해야 해서 오후 몇 시간을 혼자서 뉴욕현대미술관(The Museum of Modern Art)을 둘러보았는데 미술 작품도 멋있었지만 미술관 창문 너머로 보이던 뉴욕의 오래된 빌딩 숲이 어느 예술 작품보다도 압도적으로 아름다웠다.

당시 친구들과 뉴욕 다운타운에서 먹었던 베이징 덕이 정말 맛있었는데 이후 한국에서 몇 번을 먹어보아도 맛이 그에 못 미쳤다. 추운 날씨였지만 코트를 여미고 함께 걸었던 하이라인(High Line)도 두고두고 기억에 남았다.

2012년 5월에 4명이 LA에서 다시 만나 또 2박 3일을 보냈다. LA에 갔을 때는 친구가 꽤 높은 산 정상에 있는 통나무 산장을 예약해 두어 그곳에서 바비큐를 만들어 먹었고, 다음날은 바닷가 근처 호텔에서 묵었다. 초등학교 친구들은 어릴 때 친구라 그런지 오랜만에 만나도 전혀 어색하지 않아 신기했다.

LA에서 유진으로 돌아오는 길에도 포틀랜드에서 비행기를 갈아타야 했는데 비행기가 연착되어 환승 시간이 짧아 가방 두 개를 양손에 들고 계단을 뛰어 내려오다 균형을 잃고 그만 앞으로 고꾸라졌다. 태어나서 계단에서 그렇게 크게 넘어진 것은 처음이었다.

다행히 넘어지면서 왼손으로 계단 바닥을 짚어 크게 다치지는 않았지만, 나중에 유진에 도착해서 왼쪽 손목이 계속 아파 응급실에 갔고 한동안 손목 보호대를 하고 있었다.

공항 계단에서 구르면서 넘어질 때 공항 직원들이 달려왔고 나는 휠체어에 앉은 채로 휠체어 리프트를 타고 비행기에 탑승하는 색다른 경험을 했다. 비행기 안에서도 내가 손목이 아프다고 하자 승무원이 계속 얼음 찜질을 하도록 도와주었다. 크게 넘어진 것치고는 거의 다치지 않아 정말 다행이라고 생각했다.

5

나를 성장시킨 엄마의 시간

원정 출산이 아닌 귀국 출산

나는 1998년 2월에 자연유산을 한 적이 있고, 1998년 8월 석사과정에 입학하였지만, 연말에 접어들면서 둘째 임신 사실을 알게 되었다. 혹시 또 유산을 하지 않을까 걱정되어 1999년 1학기에는 수업을 2개만 들었다.

유학생(F-1) 비자 신분을 유지하기 위해서는 9학점을 들어야 하는데 나는 예외적인 케이스로 인정받기 위해 산부인과 의사의 소견서를 받아 학교의 비자 담당 부서에 제출했고, 9월이 출산 예정이라 1999년 2학기는 출산 휴학을 했다. 석사과정을 3년 반 만에 마치게 된 것은 임신을 하게 되면서 수업 시간을 줄여야 했고, 또 한 학기는 출산 휴학을 했기 때문이다.

오스틴에 있는 산부인과에 한 달에 한 번씩 정기검진을 받으러 다녔고, 임신 5개월이 되자 초음파 검사를 통해 아들이라는 사실을 알려 주었다. 당시 한국의 산부인과에서는 남아선호 때문에 초음파 검사를 하더라도 임산부에게 성별을 알려 주는 것이 금지되어 있었다.

첫째를 제왕절개로 낳았기 때문에 둘째도 그럴 확률이 높다고 생각했는데 알아보니 미국 병원에서 수술하게 되면 비용이 엄청나다고 했다. 그래서 나는 출산 예정일 두 달 반을 앞두고 한국에서 출산하기 위해 한국으로 왔다.

임산부였기 때문에 비행기를 타기 위해서도 의사의 소견서가 필요했다. 6월 중순에 한국에 오자마자 시누이 결혼식에 참석했다. 남편도 여동생 결혼식을 보기 위해 같이 귀국해 보름 정도 있다 혼자 미국으로 돌아갔고, 나는 출산 준비를 하며 첫째와 친정에 머물렀다.

부산에 있는 첫째를 낳았던 산부인과 병원에 찾아가서 미국에서 가지고 온 그동안 받았던 진료 기록을 모두 제출했다. 산부인과 과장은 내게 일부러 미국에 원정 출산을 하러 가는 마당에 아들인 줄 알면서도 한국에 출산하러 온 게 신기하다고 말했다. 당시 미국 본토나 괌으로 가서 원정 출산하는 사례가 뉴스에 많이 보도되던 시절이었다.

물론 수술비도 걱정이 되었지만 나는 둘째를 낳고 나서 친정에서 쉬면서 산후조리를 하고 싶었다. 미국에 가서 3년 가까이 애 키우고 공부하느라 많이 지쳐 있었고 엄마의 보살핌이 몹시 그리웠기 때문이다.

결국 산부인과 과장은 제왕절개를 하자고 했고 출산 예정일 일주일 정도 전에 수술 날짜를 잡아 오라고 했다. 수술 날짜는 주역을 공부한 남편 후배에게 부탁해 사주가 좋은 일시를 받아 병원에 연락했고, 마침 병원에서도 그날이 괜찮다고 해서 확정되었다.

둘째 출산 시간과 관련된 에피소드도 있다. 제왕절개 수술이라 전날 병원에 입원했고, 다음 날 오후에 수술이 예정되어 있었다. 간호사 두 사람이 와 나를 이동 침대로 옮겨 수술실로 데려가니 마취과 의사도 벌써 와 있었다. 그런데 누워서 수술실 벽에 걸린 시계를 보니 사주가 좋다던 시간이 아직 한 시간이나 남아 있었다.

나는 잠시 망설이다 용기를 내어 의사와 간호사에게 한 시간만 수술을 미루면 안 되냐고 물었고 그 이유를 설명했다. 그때 마취과 의사가 미국에서 오신 분이 무슨 사주 운운하냐고 웃으면서 말했고 흔쾌히 수술 시간을 미루는 데 동의해 주었다. 마침 그 수술실에 다음 시간 예약이 없었기 때문이다. 나는 그렇게 수술실 침대에 누워 대기하다 수술을 받았고, 둘째는 사주가 좋다던 그 시간에 태어났다.

그때도 산후조리원이 있었는지 모르겠지만 나는 친정집에서 몸조리를 했고, 큰애 때 몸조리를 도와주시던 분에게 연락해 그분이 한 달 동안 나와 아이를 돌봐 주셨다. 큰애 때와 마찬가지로 엄마가 최고급 미역을 구해서 미역국을 끓여 하루 세끼를 다 먹었는데 미역국이 어찌나 맛있던지 질리지 않아서 신기했다.

나는 9월 초에 둘째를 낳고 3개월 동안 친정에서 몸조리를 한 다음 12월 초에 두 아이를 데리고 다시 미국으로 돌아갔다. 첫째가 네 살이었는데 너무 천방지축이라 공항에서 잃어버릴까 봐 친정엄마가 공항에서 첫째와 내 팔목을 끈으로 묶어 주셨다.

그런데 공항 출국장으로 들어가자마자 첫째가 끈을 풀고 달아나기 시작했고, 나는 3개월 된 둘째를 가슴에 매달고 뛸 수가 없어 지나가던 아저씨에게 큰애를 잡아 달라고 부탁해야만 했다.

미국 공항에서도 비행기를 갈아타야 해서 초긴장을 해야 했고, 같은

비행기로 환승하는 주변 한국 사람들이 첫째가 도망가지 않도록 도와
주었다. 지금도 그 얘기를 첫째에게 하는데 당연히 어렸을 때라 끈을
풀고 달아난 것은 기억나지 않는다고 하지만 엄마를 힘들게 한 것은
지금 생각해도 미안하다고 말한다.

예기치 못한 일들

앞서 말한 대로 나는 미국에서 둘째를 임신하기 전에 자연유산을 경험한 적이 있다. 당시 임신 8-9주 정도 되는 시기였는데 새벽에 갑자기 배가 너무 아파 다운타운에 있는 큰 병원 응급실에 가게 되었다. 응급실 입원 수속을 밟고 나서 1인실에서 3-4시간을 대기해(산부인과 관련 당직 의사가 없었기 때문인 듯하지만) 의사를 만날 수 있었고, 몇 가지 검사를 받았다.

의사는 자연유산이 진행 중이라고 했고, 3-4일 후 다시 오라고 하면서 진통제를 처방해 주었다. 그런데 나중에 응급실 이용료와 검사비 청구서를 보니 응급실에 몇 시간 머물며 검사받은 것이 천 달러가 넘게 나왔다. 당시 한 달 생활비보다도 많은 금액이었다.

의사의 지시대로 며칠 후 한 번 더 병원을 방문해서 자연유산이 잘 마무리되었는지 다시 검사를 받았다. 천 달러가 넘는 응급실 진료비가 걱정스러워 병원에 근무하는 사회복지사에게 물어보니 병원에는 저소득층 진료비 지원을 위한 기금(charity fund)이 많이 있으니 기금 신청을 해 보라고 알려 주었다.

이후 남편은 몇 번의 서류 작업을 통해 기금이 꼭 필요하다고 간곡히 요청하였고, 다행히도 우리는 그 기금 덕분에 진료비를 탕감받을 수 있었다.

나는 둘째를 1999년 9월에 낳았고, 2000년 1월에 복학해 2001년 12월에 석사 졸업을 했다. 그런데 복학할 즈음에 부주의로 다시 임신하게 되었고, 만약 셋째를 낳게 되면 내 공부는 접어야 하고 세 아이를 키울 경제적 여건도 안 된다고 판단해서 낙태를 결심하게 되었다.

당시는 텍사스주에서 낙태 수술이 합법적으로 가능했기 때문에 나는 임신 11주에 지정된 병원에서 수술을 받았다. 내가 둘째를 임신해서 정기검진을 받던 산부인과에서 낙태를 전담하는 병원을 알려 주면서 수술 예약도 잡아 주었다.

수술을 받는 당일 남편이 첫째와 둘째를 집에서 보기로 하고 내가 직접 차를 몰고 오스틴 외곽의 지정병원으로 갔다. 새벽에 오라고 해서 병원에 도착하니 동이 트고 있었고, 병원 앞에는 낙태를 반대하는 (pro-life) 사람들이 "낙태는 살인이다"라고 적힌 피켓을 들고 병원으로 들어가는 사람들을 향해 소리치고 있었다.

그제야 왜 새벽에 병원으로 오라고 했는지 알 수 있었다. 나는 그 광경을 보고 너무 당황했지만, 어쩔 수 없이 고개를 푹 숙이고 병원으로 들어갔다.

병원 한쪽 벽에는 낙태를 반대하는 사람들의 공격으로 사망한 산부인과 의사들의 이름이 빼곡하게 적힌 액자가 걸려 있었다. 생명의 중요성을 강조하는 사람들이 산부인과 의사들을 공격해서 죽이는 아이러니를 어떻게 이해할 수 있을까.

낙태 수술을 받으러 온 사람들은 대부분 10대 후반, 20대 초반으로 보였고, 아마 나도 그들 눈에는 30대로 보이지는 않았을 것이다. 내가 미국에서 대학원을 다닐 때 내 나이가 몇 살일 것 같냐고 미국인들에게 물어보면 제일 많이 들은 대답은 22살이었다.

낙태 수술을 마치고 2시간 정도 편한 리클라이너에 앉아 휴식을 취한 다음 차를 몰고 집으로 돌아오는데 알 수 없는 눈물이 계속 흘렀다. 내가 타국에 와서 무슨 짓을 하고 있는지 서럽기만 했다. 그렇게 나는 미국에서 한 번의 자연유산과 한 번의 낙태를 경험했다. 정말로 예기치 못한 일들이었다.

산부인과 진료를 받으러 가면 문진 서류에 임신 횟수와 출산 횟수를 따로 묻는다. 나의 경우도 횟수가 다르기 때문에 적을 때마다 평소에 잊고 지내던 오랜 유산과 낙태 경험을 떠올리곤 한다.

낙태 경험을 부끄럽지만 이렇게 밝히는 이유는 요즘 미국에서 낙태 이슈가 아주 뜨거운 쟁점이기 때문이다. 아닌 게 아니라 1973년 낙태 합법화 이후 지금까지 50년 넘게 논쟁이 계속되고 있다. 낙태 찬성과 반대는 미국에서 대선을 치를 때마다 뜨거운 쟁점이다. 첨예한 정치 의제가 된 것이다.

2022년 6월 연방대법원이 낙태를 합법화했던 1973년 로 대 웨이드 (Roe vs. Wade) 판례를 공식적으로 폐기하면서 낙태 규제를 각 주 정부가 결정하도록 변경하였다.

그 후 많은 주들이 낙태를 전면 금지하거나 극도로 제한하고 있으며, 텍사스주의 경우 임신 주기와 관계없이 낙태를 전면 금지하는 강력한 규제를 하고 있다. 텍사스에 사는 여성들은 낙태 수술을 받기 위해 전면 금지가 아닌 다른 주로 이동해야 하는 상황이다. 이 경우 적절한 시기를 놓치거나, 먼 거리를 이동해야 하고, 비용 부담이 커지는 등 여성들에게 여러 부작용이 나타나고 있다.

사라진 아이를 찾아서

내게 어린 자녀를 키우면서 가장 힘들었던 시간을 꼽으라면 당연히 아이가 사라져 버린 순간이다. 내게는 그 순간들이 꽤 여러 번 있었고 그럴 때마다 앞이 캄캄했었다.

아이가 처음 사라진 것은 내가 미국에서 대학원을 다니던 어느 날 나는 수업을 들으러 가고 남편이 집에서 아이와 있을 때였다. 남편은 잠이 들었던 것 같고 아이는 현관문에 걸어 둔 체인을 풀고 혼자 집 밖으로 나갔다. 체인을 풀기 위해 의자 위에 올라가는 치밀함도 보였다.

집에 오니 아이가 없었고, 학교 아파트 단지를 돌아다니며 아이 이름을 부르고 있으니 어떤 여자분이 다가와 자기 집에 아이를 데리고 있다고 말했다. 고맙게도 아이가 혼자 돌아다녀서 일단 보호하고 있었다고 했다.

둘째를 임신했을 때 큰애를 데리고 백화점에 간 적이 있다. 임신 7개월에 한국에 가자마자 시누이 결혼식에 참석하기 위해 임산부복 매장에서 원피스를 보고 있었는데 큰애가 옷 사이를 돌아다니며 숨바꼭질을 하다 어느 순간 보이지 않았다. 나는 일단 백화점 점원에게 안내 방송을 부탁하고 아이 이름을 부르며 찾으러 다녔다. 지나가는 사람들에게 아시안 보이를 봤냐고 계속 물었는데 한 분이 저쪽으로 갔다고 알려 주어 복도를 따라가 보니 신나게 뛰어다니고 있었다.

책 뒷부분에 나오지만 뉴욕 리버티섬에서 아이를 잃어버린 적도 있다. 섬을 돌아다니며 구경하다 갑자기 아이가 사라져 버렸다. 그때도 아이 이름을 부르며 30여 분을 찾다가 우두커니 우리를 쳐다보고 있는 아이를 발견했다.

귀국해서도 몇 번 더 사라진 적이 있다. 초등학교 1학년 때 학교에서 갑자기 아이가 사라졌다는 연락이 왔다. 수지에 살 때였는데 나는 그때 분당에서 친구들을 만나고 있었고, 담임의 연락을 받자마자 학교로 달려갔다. 혹시 피아노학원에 일찍 갔는지 연락해 보니 안 왔다고 했다. 나중에 아이를 찾았는데 반 친구들과 계단으로 이동하면서 혼자 지하 1층 계단 밑으로 가 앉아 있었다고 했다.

한번은 신발을 사러 가기 위해 집을 나서는데 큰애가 먼저 엘리베이터를 타고 내려가고 내가 둘째와 내려갔는데 아이가 보이지 않았다. 아파트 단지 놀이터를 다 뒤졌는데도 아이가 보이지 않아 아파트 관리실에 가서 단지 내 안내 방송을 부탁했다. 관리실에서는 1학년인데 무슨 걱정이냐고 했지만, 나는 우리말이 어눌하다고 말했다. 나중에 보니 아이는 나무에 가려 잘 보이지 않는 놀이터 구석진 곳에서 혼자 놀고 있었다.

1학년 소풍 때도 서울대공원에서 아이가 사라졌다. 그때 우리 집 뒤

베란다에서 초등학교 운동장이 훤히 내려다보였는데, 운동장에 줄을 서 있던 아이들이 다 버스를 탔는데 우리 아이 혼자만 운동장에 덩그러니 남아 있었다. 나는 놀라 운동장으로 달려가 아이를 데리고 아이 반 버스를 찾아가니 담임은 아이가 버스를 타지 않은 것도 모르고 있었다. 소풍에 엄마들이 몇 명 따라가는데 엄마들의 권유로 나도 계획에 없던 동행을 하게 되었다.

서울대공원에서 코끼리 열차에서 내려 두 줄로 서서 장소 이동을 하고 있었는데 내가 뒤에서 따라가다 보니 큰애가 보이지 않았다. 일단 걸음을 멈추게 하고 담임에게 아이가 보이지 않는다고 말하고 아이들을 확인해 보니 정말로 큰애만 없었다.

놀라서 오던 길로 달려가 보니 멀리 광장 한가운데 아이가 혼자 서 있었다. 엄마들이 아이들 줄 뒤에서 함께 걷고 있었는데 아이가 빠져나가는 것을 아무도 보지 못했다는 것이 신기했다. 내가 아이가 보이지 않는다고 말하지 않았으면 계속 이동했을 테고 아이를 찾는데 더 많은 시간이 걸렸을 거라 생각하니 그날 소풍에 따라가길 잘했다는 생각이 들었다.

아이는 에버랜드에서도 사라진 적이 있다. 수지에 살 때 에버랜드 1년 가족 회원권을 구입해 자주 놀이공원에 갔었다. 크리스마스에 놀이공원에 가서 크리스마스 퍼레이드를 구경하다 보니 아이가 보이지 않았다. 그때도 정말 사람이 많았는데 남편이 침착하게 높은 바위 위에 올라가서 아이를 찾기 시작했고, 멀리서 두리번거리고 있는 아이를 겨우 찾을 수 있었다.

아이들이 어릴 때 시부모님이 서울에 오셔서 시댁 식구들 십여 명이 상암 월드컵경기장을 구경하러 간 적이 있는데 그때도 구경을 다니다 보니 아이가 보이지 않았다. 그때도 한참을 아이 이름을 부르다 아이를 찾았었다.

뒤돌아보니 아이가 사라져 내가 패닉 상태에 빠진 것은 십여 차례가 된다. 남편과 내가 함께 있을 때나 내가 없을 때 아이가 사라진 적도 많아 단순히 나의 부주의로 보기는 힘들다. 큰애가 호기심이 많아 뭔가 궁금한 게 눈에 들어오면 아무 생각 없이 그쪽으로 달려간 것이 아닌가 짐작할 뿐이다. 다행히도 아이가 사라지는 일은 2학년부터 일어나지 않았다.

반면에 둘째는 겁이 많아서인지 어릴 때 외출하면 항상 내 주변에 머물면서 내 시야를 벗어나지 않았다. 형제지만 타고난 성향이 다르다는 것을 그것만으로도 알 수 있었다.

큰애가 크고 나서 내가 패닉이었던 순간들을 여러 번 들려주었고, 아이는 기억이 잘 나지 않지만 엄마를 놀라게 해서 미안하다고 이야기한다.

아들을 어떻게 키울 것인가

내게는 두 아들이 있다. 둘째가 이십 대 후반이니 이제 모름지기 둘 다 성인이다. 둘 다 군대도 다녀왔고, 아직 학생이기는 하지만 이제 용돈도 스스로 벌고 제 앞가림을 알아서 잘한다. 물론 부모 눈에는 여전히 어려 보이고 세상 물정을 잘 모르는 것처럼 보여 걱정스럽기도 하지만 애들 눈에는 나이 많은 부모가 더 걱정스러울 수도 있다.

나는 여성학 전공자답게 아들들을 키우려고 노력했다. 남자다워야 된다는 말은 하지 않았고, 대화와 감정 표현을 잘하도록 어릴 때부터 대화를 많이 했다. 특히 미국 드라마나 영화에서 어린 자녀들에게도 의견을 물어보는 모습이 참 보기 좋아서 그런 부모가 되려고 노력했다.

애들이 초등학교 시절부터 한 달에 한 번씩 극장에 가서 영화를 보고, 영화에 대한 이야기도 참 많이 나눴다. 지금 생각하면 그때 나눴던 얘기들을 모아서 책으로 엮었으면 좋았을 텐데 아쉽기도 하다.

애들이 아주 어릴 때 내가 미국에서 공부하던 시절에는 아이들에게 디즈니 애니메이션이나 클레이 애니메이션, 학습용 CD 등을 참 많이 보여줬다. 클레이 애니메이션인 〈패트와 매트〉는 첫째가 너무 많이 봐서 주인공의 모든 동작을 외워서 따라 할 정도였다.

애들이 애니메이션에 집중하는 동안 나는 집안일도 하고 수업 과제도 할 수 있었다. 지금도 그때 한 달에 하나씩 사 모으던 디즈니 애니메이션 비디오테이프를 다 가지고 있다. 아이들과 함께 보던 추억의 영화들이라 쉽게 버리지 못하는 것이다. 〈토이 스토리〉, 〈앤츠〉 같은 명작은 아이들과 수십 번도 더 보았다.

나는 아들들을 왕자로 키우지 않았다. 작은 집안일이라도 부지런히 시켰고, 장을 보러 갈 때는 꼭 한 명을 데리고 갔다. 지금도 많은 집안일을 나누어서 하고 있고, 집에서 집안일을 제일 하지 않는 사람은 여전히 남편이다.

애들은 자기들끼리 격주로 재활용 쓰레기를 버리고, 자기 빨래를 돌리기도 하고 자기 식사를 알아서 챙겨 먹는다. 몇 년 전부터 첫째는 요리에도 취미가 생겨 나의 레시피를 하나씩 전수해 주고 있고, 지금은 혼자서도 거뜬히 먹고 살 수 있을 정도의 요리 실력을 갖추게 되었다.

애들은 자기 방을 알아서 치우는 것은 지금도 힘들어한다. 나는 정리하는 것을 좋아하는 편이지만 아이들은 그렇지 않다. 물건이 정리되어 있고 제자리에 있을 때 안도감과 쾌감을 느끼는데 말이다. 군대 다녀와서 잠시 달라진 모습을 보였지만 금방 자기 모습으로 돌아왔다. 어차피 다시 입을 옷을 왜 옷걸이에 걸어야 하느냐는 논리다.

그런데 군대를 다녀와서 아이들의 젠더 인식이 조금 달라진 면도 있다. 첫째는 자칭 페미니스트라고 할 만큼 젠더 인식이 남달랐는데 군대를 다녀와서 생각이 좀 바뀌었다. 20-30대 여성들의 단점을 꼬집을 때마다 군대를 안 다녀와서 그렇다는 식으로 해석하는 경향이 있다.

딸을 가진 엄마들은 군대가 남자의 인생 설계에 얼마나 큰 영향을 미치는지 알지 못할 것이다. 군대를 언제 어디로 갈지는 일생일대의 결정이다. 나도 아이들을 군대에 보낸 경험이 없었다면 당연히 몰랐을 것이다.

둘째가 훈련소를 마치고 양구에 있는 GOP로 배치되었을 때 나는 철조망 경계를 나가는 아이의 안전이 걱정되어 며칠 동안 잠을 설쳤고, 다행히 얼마 후 현실로 받아들일 수 있었다. 그런 경험을 해 보지 않은 사람은 누구나 가는 군대인데 유별나다고 할 것이다.

또 한 가지 자녀의 성별에 따른 인식 차이 중 결혼할 때 집을 누가 장만해야 하는가의 문제가 있다. 서울 집값이 워낙 비싸니 전셋집을 구하는 데도 큰 목돈이 드는데 몇 년 전 친구들과 이런저런 얘기를 나누다 결혼할 때 집 장만하는 이슈가 나왔다.

딸만 있는 엄마가 집은 남자가 장만해야 하지 않냐고 해서 깜짝 놀란 적이 있다. 집이 한두 푼도 아니고, 우리 또래인데도 저런 생각을 하는 사람이 있구나 싶어 신기했다. 아들이건 딸이건 집 장만하는 데 돈을 넉넉히 보태 줄 수 있다면야 나쁠 건 없겠지만 말이다.

자녀의 성별에 따라 부모가 경험하는 세상도 달라지고 세상을 바라보는 시선도 다르다는 것을 다시 한번 확인할 수 있었다.

긴급 돌봄이 필요해

아이들을 키워 보니 중학생 이후로는 집에 두고 나와도 크게 걱정이 되지 않지만, 초등학교까지는 아이들만 집에 두는 것이 불안했다. 워킹맘이다 보니 긴급하게 아이를 돌봐줄 손길이 필요할 때가 더러 있었지만, 애석하게도 도움의 손길을 받지 못했다.

친정은 부산에 있고 서울에 친척이 몇 분 있지만 아이를 맡길 정도로 자주 보는 사이도 아니고, 친구들에게 연락해서 도와달라고 하긴 염치가 없고, 아이를 맡길 만큼 편한 이웃도 없었다. 며칠씩 도움이 필요한 경우는 어쩔 수 없이 구원투수인 친정엄마가 부산에서 올라오셨다.

그러다 보니 학회에 둘째를 데려간 적도 있는데 다행히 가지고 간 만화책을 두 시간 넘게 조용히 읽고 있어서 학회 참석자들로부터 칭찬을 많이 들었다.

학과 엠티에는 애들을 여러 번 데리고 참석했다. 이상하게 일 년에 딱 한 번뿐인 엠티를 가는 날 남편도 다른 일정이 있다며 애를 봐줄 수 없다고 했다. 어쩔 수 없이 애들과 동행했는데 과 동료들이 양해해 준 것이 두고두고 고마웠다. 과 체육대회도 애들이 단골로 따라와서 동료들이 자연스럽게 애들의 커 가는 모습을 지켜볼 수 있었다.

마흔에 박사과정에 입학했을 때 큰애가 초등학교 3학년, 둘째가 유치원생이었다. 학교에서 수업도 듣고 강의 조교도 해야 하니 어쩔 수 없이 유치원 종일반에 보냈다. 종일반은 6시에 아이를 찾아야 하는데 가끔 오후에 학교에서 일정이 길어지면 6시까지 유치원에 가는 것이 힘들 때가 있었다.

그럴 때마다 초등학교 3학년인 큰애에게 유치원에 가서 동생을 데리고 오라고 부탁했다. 유치원이 집에서 꽤 먼 거리에 있었고, 오가는 길에 고가도로 밑으로 길을 건너야 해서 걱정이 되기는 했지만 딱히 대안이 없었다. 다행히도 그럴 때마다 큰애는 둘째 손을 꼭 붙잡고 집으로 데리고 왔다.

거의 매일 종일반에 허겁지겁 달려가서 아이를 찾을 때면 다른 아이들은 다 귀가하고 혼자 남겨져 있는 경우가 많아서 늘 종일반 선생님에게도 아이에게도 미안했다. 어느 날은 아이와 손잡고 집으로 오는데 둘째가 종일반 선생님이 엄마에겐 친절하지만, 자신들에게 짜증을 낸다고 했다. 그래서 나는 아이에게 그런 경우에 쓰는 '두 얼굴'이란 단어를 알려 주었다.

내가 강의 조교를 하던 시절에는 항상 수업에 들어가서 출결 관리도 하고 수업 시간 끝까지 앉아 있어야 했는데 둘째가 초등학교 저학년 때 발이 퉁퉁 부어 병원에 데리고 가니 급성 전염(정확한 명칭은 생각이 안 나지만)에 걸렸다고 하면서 며칠 입원을 해야 한다고 했다. 5년 동안 강의 조교를 하면서 그때 딱 한 번 수업에 못 들어간다고 교수님께 양해를 구했다.

아이들이 초등학생일 때 제일 절실했던 것은 방과후학교였다. 내가 살았던 오스틴에서 큰애를 초등학교 부설 유치원에 보낼 때는 학교에 방과후교실(Afterschool program)이 있어서 맞벌이 부부는 아이들을 안심하고 맡길 수 있었다.

그것만 있어도 오후에 내가 집에 없어도 아이들이 안심하고 시간을 보낼 곳이 있을 텐데 말이다. 요즘은 방과후학교나 늘봄학교 등 방과후 초등학생들을 돌봐 주는 프로그램이 예전보다는 많이 생긴 것으로 안다.

그리고 학회 참석이나 병원 진료 등 급한 일이 생겼을 때 몇 시간만 아이를 맡길 수 있는 긴급 돌봄이 절실하다는 것을 여러 번 느꼈다.

내가 그러한 어려움을 겪은 것도 20년 전 일이고, 지금은 기존 어린이집 중 시간제 보육제가 운영되는 곳이 있는 것으로 안다. 24시간 어린이집도 있어서 잘 찾아보면 긴급 돌봄 지원을 받을 수 있는 곳이 꽤 있다.

나는 참여형 학부모

두 아들이 초중고를 다니는 14년 동안 우리 가족은 목동에 살았다. 나는 일하는 엄마였기 때문에 전형적인 목동맘은 아니었지만, 학부모로서 참여 활동은 누구 못지않게 열심히 하는 편이었다.

박사과정에 있으면서 주로 강의 조교, 시간강사, 연구소 프로젝트에 참여하고 있었기 때문에 일종의 프리랜서로서 시간 조정이 가능했다. 나는 또래보다 늦게 결혼한 편이어서 둘째 학부모 모임에서는 항상 왕언니 나이였다.

내 또래 엄마들은 전업주부가 많았고, 지나치게 자녀 공부에 관심이 많은 사람들도 있었다. 대치동에서는 그런 엄마들을 〈돼지맘〉이라 불렀다. 지나치다고 한 것은 학교 수업 시간에 과목마다 어떤 교재를 쓰는지, 과목 선생님의 수업 방식이나 시험 출제 경향은 어떤지, 목동의 유명한 단과학원 원장이나 부원장 근황까지 모르는 게 없는 엄마들이 있었다.

학부모 모임을 하면 학교 정보와 학원 정보에 빠삭한 엄마들이 있었는데 대부분 전업주부였다. 나는 반 모임에 나가 이런저런 정보를 귀 동냥했지만 소위 고급 정보는 공유되지 않는다는 것도 느낄 수 있었 다. 특히 전교권의 공부 잘하는 아이를 둔 엄마들은 아이의 성적이 자 신의 성적인 양 자신에 차 있었다.

내가 학부모로서 했던 참여 활동은 애들 초등학교 때 급식 도우미, 녹색어머니회 봉사, 참관수업, 그리고 학부모 반 대표 활동이었다. 녹 색어머니회는 녹색 조끼를 입고 등교 시간에 학교 근처 횡단보도에 서 서 파란불에 아이들이 길을 건널 수 있도록 안내하는 활동이었다.

애들 초등학교 때 급식 도우미는 1년에 몇 번 했는데 그때는 학교 급 식실이 따로 없어 교실에서 급식을 했다. 매일 엄마들이 2명 정도 번 갈아 가서 음식을 식반에 담아주는 일을 했는데 아이들은 채소나 생선 은 대부분 먹지 않아서 반찬이 많이 남았다. 직장을 다니는 엄마들 중 에는 급식 도우미 알바를 대신 보내는 사람도 있었다.

담임 선생님이 남은 음식들을 비닐봉지에 담아 가셨는데 반찬이 많 이 남았을 때는 도우미로 온 엄마들에게도 나눠 주셨다. 우리 애들은 생선을 좋아해서 급식 시간에 생선을 마음껏 먹을 수 있다고 했던 얘 기가 사실이었다.

둘째 5학년 때 반 대표 엄마를 할 때는 지금으로 치면 학폭 문제가 있었다. 한 남학생이 반 친구들을 괴롭히고 있었고, 담임 선생님이 나 이 많은 여성이었는데 그 학생을 제어하지 못했다. 엄마들은 계속 연 락을 취하면서 그 아이를 어떻게 해야 할지 의논했고, 일부 엄마들은 순번을 정해 놓고 돌아가면서 수업 시간에 교실 맨 뒤에 앉아 있기도 했다.

그 담임 선생님은 아이들이 말을 듣지 않으면 옆 반 남자 선생님을 불러다 야단을 치게 했는데 그 당시에도 그 정도로 아이들을 관리할 수 없다면 담임으로서는 자격이 없다는 생각이 들었다.

하지만 그분이 한 가정의 가장이라는 얘기를 들었고, 그래서 엄마들은 교장선생님께 찾아가서 담임을 교체해 달라는 말을 차마 하지 못했다. 결국 그 아이는 괴롭힘을 당하던 친구로부터 공격을 받아 다치면서 갈등은 무마되었다.

큰애가 6학년 때는 자기보다 덩치가 작은 애가 계속 괴롭혔다. 내가 A4를 가득 채워 쓴 편지를 담임 선생님에게 보내기도 했다. ○○이 큰애를 괴롭히고 있는 사실을 알고 있는지 물었고, 제재를 해 달라고 부탁했다.

나는 큰애에게 항상 친구를 절대로 때리면 안 된다고 가르쳤고, 그래서 큰애는 친구가 때려도 맞대응을 하지 않았던 것이다. 하지만 남편은 큰애에게 맞대응을 하라고 했고, 남자애들은 그러면서 크는 거라고 했다.

그런데 6학년 수학여행에서 그 친구와 큰 애가 같은 방에 배정되었고, 나는 수학여행 전부터 걱정하고 있었다. 아니나 다를까 그 친구가 또 큰애를 괴롭히기 시작했는데 드디어 큰애가 참지 않고 반격했고, 그 친구를 눕힌 다음 꼼짝 못 하게 배 위에 앉았다고 했다.

선생님이 오셔서 그 상황을 정리했고, 큰애는 그동안 괴롭힘을 당해서인지 따로 야단을 맞지는 않았다. 신기한 것은 그 이후로 그 친구는 더 이상 큰애를 괴롭히지 않았고, 심지어 우리 집에 몇 번 놀러 오기도 했다. 결과적으로는 남편이 말한 대로 문제가 해결되었다.

중학교 때도 참관수업을 열심히 갔고, 고등학교 때는 (학교가 운영하는) 열람실 감독, 시험 감독, 참관수업과 반 대표 엄마 활동을 했다. 이상하게 엄마들이 참관수업에 별로 오지 않았고, 중학교 참관수업에 나 혼자 교실 뒤에 서서 보는 경우도 더러 있었다.

나는 아이들이 수업 시간에 무엇을 어떻게 배우는지가 무척 궁금했고, 참관 후 교원 평가를 하는 사이트에 들어가 피드백을 열심히 남겼다. 선생님들은 아마 교실 뒤에 혼자 서 있던 나의 정체가 몹시 궁금했을 것이다.

지금도 그런지 모르겠지만 이런 학부모 활동을 하는 사람은 엄마들이다. 그런데 두 아이 중 한 아이가 다닌 고등학교는 학부모 모임을 저녁 시간에 했다. 일하는 엄마들이나 아빠들도 올 수 있도록 배려한 것이다.

첫째가 미국에서 초등학교 부설 유치원을 다닐 때 학부모 모임이 여러 번 있었는데 주로 저녁에 했고, 아빠들도 많이 참석해서 보기 좋았다. 한국에서는 못 보던 풍경이었다.

내가 앞서 참여한 활동들은 전업주부의 참여를 전제로 하는 것들이라 전통적인 성역할을 강화한다는 비판이 항상 따라온다. 요즘 젊은 아빠들은 육아에도 적극적으로 참여하고 있어 초중고의 학부모 참여 활동도 이제 일하는 엄마들이나 아빠들의 진입 장벽을 없애야 하는 것이 디폴트가 되어야 한다.

목동 생활을 마감하며

남편이 서울로 직장을 옮기면서 2004년 9월 목동으로 이사했다. 당시 첫째가 2학년, 둘째가 어린이집에 다녔다. 목동 집에서 걸어서 5분 거리에 과 친구가 살고 있었고, 집을 구할 때도 그 친구 부부와 함께 목동 여러 곳을 돌아다녔다. 목동 집 전세 계약을 할 때 집주인 부부는 우리 또래였고, 중국 주재원으로 가게 되었다고 하면서 원한다면 오래 살아도 된다고 해서 기뻤다.

남편과 내가 목동의 여러 집을 둘러보다 우리 집을 보자마자 계약금을 걸게 된 것은 14층인 데다 앞이 탁 트인 뷰 때문이었다. 안양천이 파노라마 뷰로 내려다보였고, 그 뒤로 신도림역 근처 건물들과 아주 멀게는 63빌딩도 보였다. 살다 보니 아름다운 뷰에 무뎌지긴 했지만, 우리 집에 처음 오는 사람들은 모두 거실 창밖을 보며 감탄했다.

목동은 초중고 학생을 키우기에 더없이 좋은 곳이다. 서울에서 학원이 많은 몇 지역 중 하나로 손꼽히고 유흥가도 별로 없다. 자전거 길도 잘 되어 있어 자전거로 통학하는 학생들도 정말 많다.

서울의 서남부 지역이라 김포공항이나 인천공항을 가기도 수월한 편이고, 남쪽으로 내려가면 영동고속도로나 서해안고속도로를 타기도 좋다. 또 목동 아파트 단지가 개발된 지 오래되어 나무들이 우거진 곳이 많아 동네 이름에 걸맞게 봄부터 가을까지 울창한 숲을 이룬다.

또 목동의 특징 중 하나는 일방통행 도로가 많다는 점이다. 익숙해지는 데 몇 년이 걸렸는데 가끔 택시를 타면 기사님들이 일방통행이라 헷갈리니 길 안내를 해 달라고 부탁하곤 했다. 지금은 내비게이션이 길 안내를 하니 그럴 일은 없지만.

목동에서 쇼핑은 주로 현대백화점 목동점을 이용했다. 지금은 모든 걸 온라인으로 주문해서 백화점에 갈 일이 거의 없지만 예전에는 가끔 백화점에 가서 몇 시간을 둘러보고 애들 옷도 사곤 했다. 현대백화점 지하 2층에는 아이들과 자주 가던 CGV 극장이 있었다. 그곳에서 유명한 애니메이션, 해리포터 시리즈, 마블 영화 등 수많은 영화를 함께 보았다.

학교 다닐 때 자동차를 이용하지 않는 날은 마을버스를 타고 신도림역으로 가서 2호선으로 갈아탔다. 신도림역은 항상 사람이 너무 많아서 소매치기 등을 주의해야 했다. 신도림역에는 현대백화점 디큐브시티점이 생겨 퇴근길에 푸드코트에 들러 가끔 저녁 식사로 먹을 음식을 포장해 가기도 했다. 얼마 전 디큐브시티점이 폐점한다는 신문 기사를 보았다. 요즘 백화점이나 홈플러스 같은 대형 할인 매장이 하나씩 문을 닫는 추세다.

첫째와 둘째는 초등학교와 중학교는 같은 학교를 다녔고, 고등학교는 달랐다. 애들이 다니던 초등학교나 중학교는 목동으로 전입하는 학생들이 많아 초등학교 6학년 때 17반까지 있었고, 중학교 3학년 때도 14반까지 있었다. 애들이 초등학교 때 혹시 위장전입을 한 것은 아닌지 확인하려고 학교에서 불시에 집을 방문하여 애들 방을 점검한 적도 있다.

참, 우리 가족은 둘째가 고등학교를 졸업하는 날 마포로 이사했다. 나는 이삿짐을 트럭에 싣는 것을 지켜보느라 졸업식을 보러 가지 못해 두고두고 아쉬웠다. 마포 아파트로 이사하면서 드디어 숙원사업인 공동명의도 등록했다. 마포 집은 결혼 후 여덟 번째 집이다.

우리 가족처럼 목동에는 자녀가 초중고를 마치면 다른 곳으로 이사 가는 사람들이 많았다. 목동은 초중고 학생을 키우기에는 학원도 많고 유흥 시설이 적어서 좋은 편이지만 주민으로 살기에 불편한 점도 있다.

예를 들면 밤에 신도림역에서 목동으로 들어오는 마을버스가 끊기면 택시를 잡아야 하는데 택시는 대부분 탑승을 거부한다. 목동으로 들어가면 빈 차로 나와야 하기 때문이라고 들었다.

참, 마포에 살면서 목동의 장점이 하나 더 생각났다. 목동의 대부분 아파트는 지역난방이라 겨울에 난방비가 저렴하다. 지금은 도시가스라 겨울 난방비가 많이 든다.

여덟 번째 집 구하기

지금 사는 마포 집은 내가 결혼하고 나서 구한 여덟 번째 집이다. 결혼하고 나서 신림동에 신혼집이 있었고, 미국으로 가서 학교 밖 아파트와 학교 아파트 단지 내 두 곳(투 베드룸, 쓰리 베드룸)에 살았었다. 귀국하고 용인 수지에 2년을 살았고, 남편이 직장을 서울로 옮기면서 목동으로 이사해서 14년을 살았다. 목동에 살면서 중간에 오리건에 건너가 1년을 살았으니 지금 살고 있는 집이 여덟 번째 집이다.

2018년 2월 둘째의 고등학교 졸업식 날 지금 사는 마포로 이사했다. 이삿날은 살던 집에 새로 들어오는 사람, 또 우리가 이사 갈 집의 사정 등 세 집의 상황을 고려해 결정하다 보니 어쩔 수 없이 졸업식 날과 겹치게 되었다. 예약한 이사 트럭이 아침 일찍 왔고, 나만 이삿짐 싣는 것을 지켜보기 위해 남고 남편과 큰애는 졸업식에 갔다. 둘째에게 못 가서 미안하다고 양해를 구했다. 큰애도 하필 이삿날에 친구들과 일본 여행이 예약되어 있었지만, 집안 사정을 얘기하고 여행을 취소하라고 부탁했다.

우리 부부가 목동 집을 보자마자 마음에 들어 선금을 걸었듯이 인터넷에 공지를 올리자마자 첫 번째로 집을 보러 온 사람이 집을 둘러보고 현관문을 나서자마자 금방 되돌아와서 500만 원만 깎아 주면 계약하겠다고 해서 그러자고 했다.

파노라마 뷰의 안양천 전망이 매력적인 집이기는 했다. 반나절 만에 집이 나갔지만 복비는 내야 하니 부동산에 마포에 이사 갈 집을 구해 달라고 했다. 그분이 마포에 있는 인맥을 동원해 몇 군데를 소개해 주었지만 마음에 들지 않았다.

이미 살던 집이 팔렸고 집을 비워 주겠다고 한 날짜가 점점 다가오면서 남편과 주말마다 마포에 있는 아파트를 보러 다녔다. 주중에 인터넷으로 검색해서 마포에 있는 부동산에 보러 갈 집을 알려 주면 주말에 방문 약속을 잡아 주었다.

그렇게 주말마다 우리가 원하는 지역과 가격대를 중심으로 집을 보러 다녔다. 아이들이 초중고를 졸업했으니 이제 학군은 고려 사항이 아니었고 교통이 편한 곳, 남향이면서 아파트 중간층에 전망이 괜찮은 집을 주요한 기준으로 삼아 살펴보았다.

강변북로에 접해 있고 63빌딩이 강 건너편에 있어 불꽃축제를 거실에 앉아 직관할 수 있는 집은 내부 구조가 마음에 들어 두 번이나 보러 갔다. 천만 원만 깎아 달라고 했는데 한 달을 기다려도 집주인이 꿈쩍도 하지 않았다. 그러는 동안 주변에서 강을 매일 바라보면 우울해질 수도 있고, 강변북로의 먼지와 소음 때문에 창문을 제대로 열지 못할 거라는 얘기를 듣게 되면서 그 집에 대한 마음이 점차 식어 버렸다.

인근의 아파트도 주방이 크고 전망이 좋아 두 번이나 보러 갔지만 고층이라 밖을 내려다보면 좀 무서웠다. 마포의 집들을 보러 다니며 느낀 것은 집주인들이 60대 중후반의 은퇴한 사람들이라는 것이었다. 더 이상 도심에 살아야 할 특별한 이유가 없어서인지 집을 내놓았고, 나의 미래 모습일 수도 있겠다는 생각이 들었다.

두어 달을 주말마다 집을 보러 다니던 어느 날 한 아파트 단지를 예약해 두고 집을 보러 가는 길에 그 집을 사겠다는 사람이 나타나 방문이 취소되었다. 같이 있던 부동산 공인중개사가 마침 옆 동에 매물이 있으니 그 집이라도 보자고 해서 보게 되었는데 집을 둘러보는 순간 아늑한 분위기가 마음에 들었다. 젊은 부부가 살고 있어 감각적인 인테리어도 한몫을 했다.

남편과 나는 둘 다 그 집이 마음에 들었고 천만 원만 깎아주면 계약하겠다고 하니 선뜻 그러자고 했다. 많은 집을 보러 다니면서 든 생각은 집도 인연이 따로 있다는 것이었다.

그렇게 인연이 닿은, 결혼하고 여덟 번째 집인 마포 집에서 8년 가까이 살고 있다. 그리고 숙원사업이던 공동명의도 했다. 결혼해서 30년 넘게 살았으니 재산분할을 해도 절반은 내 몫이겠지만, 그래도 내 이름의 부동산이 있다는 것은 기분이 나쁘지 않은 일이다. 내 지분의 재산세는 내가 내고, 주택담보 은행 대출금도 5년 동안 원금과 이자를 냈지만 말이다.

일단 전철역까지 100미터도 안 되는 초역세권이라 교통이 편하고, 홍대 앞, 연남동, 공덕동 등 배달 음식을 주문할 수 있는 식당이 무한

대인 것도 너무 마음에 든다.

한강공원도 걸어서 10분 정도면 갈 수 있고, 여의도가 가까워 우리의 외식 경계선을 여의도까지로 넓혔다. 홍대 앞은 너무 사람이 많아 정신이 없지만 가끔 맛집을 가기 위해 들른다. 모교도 가까워 내가 학창 시절에 다니던 단골 식당도 자주 간다.

한동안 당근 마켓에 가구나 가전을 열심히 팔았는데 한번은 오래된 전자레인지를 사러 온 사람이 홍대 교환학생인 스페인 여학생이었다. 톡만으로는 외국인인지 눈치채지 못했다. 대학교가 근처에 많아서인지 외국인 주민도 꽤 많은 편인데 그것도 마음에 든다.

여섯 번의 수험생 뒷바라지

자녀는 둘인데 수험생 뒷바라지를 여섯 번 했다고 하면 의아해질 것이다. 첫째와 둘째는 둘 다 재수를 해서 대학에 들어갔고, 둘째는 군대를 다녀와서 다시 수능을 보고 같은 대학 다른 학과로 입학했다. 그러다 보니 내가 수능 날 아침 도시락을 싸 수능장에 아이를 바래다주고, 수능시험이 끝나는 시간에 시험장으로 마중을 간 것도 총 여섯 번이다.

첫째는 앞에서 말한 대로 미대 입시를 준비한 적은 없지만 남들이 부러워하는 미대를 갔다. 4살 때부터 혼자서 그림 그리는 것을 좋아했고, 초등학교 때는 직접 그린 만화 노트를 만들어 친구들이 돌려 보았다. 심지어 초등학교 5학년 때는 만화 노트를 안 보여 준다고 같은 반 여학생이 큰애 후드티를 뒤에서 세게 당겨 목이 졸렸다며 담임 선생님이 죄송하다는 전화를 하기도 했다.

초등학교 4학년 땐가 서울시에서 주최한 식품안전 포스터 공모전에도 작품이 출품되어 우수상을 받았다. 당시 시상식에 가서 서울시 부시장과 기념사진도 찍고 상금으로 30만 원을 받았던 기억이 난다. 상을 받은 식품안전 포스터는 시청역에 전시되어 보러 가기도 했다.

2006년 시청역 식품안전 포스터 전시

그림을 취미로 계속 그렸고, 고등학교 2학년 때는 동아리로 미술부 활동을 했다. 당시 2014년 봄은 세월호 참사가 있었던 때로 단원고 학생들은 첫째와 동 학년의 친구들이었다. 첫째도 참사가 일어나기 일주일 전 제주도로 수학여행을 다녀온 터라 더욱 놀라고 마음이 아팠었다. 그해 가을 학교 축제에서 첫째는 미술부 부장을 하면서 친구들과 세월호를 풍선으로 들어 올리는 작품을 만들어 전시를 해서 보러 간 적이 있다.

첫째는 목동에 있는 학원에서 재수를 했고, 큰 문제 없이 성실하게 학원을 다녔다. 평일에는 학원에서 주는 점심과 저녁을 먹었지만, 토요일 저녁은 외식하러 나올 수 있어서 나는 토요일 저녁마다 학원에 가서 함께 학원 근처 맛집들을 돌아다녔다.

토요일 저녁 외출 시간에 학원 입구에 서서 항상 아이를 기다리던 엄마는 언제나 나 혼자였는데 나중에는 학원 관계자들도 내가 누구 엄마인지를 다 알았다. 입학원서 접수까지 담임과 여러 번 면담할 기회도 있어서 빠짐없이 가서 면담을 받았다.

사실 큰애는 현역 때 서울에 있는 모 대학 미디어학부 수시 논술에 지원했었는데 당시 경쟁률이 120대 1이 넘었다. 8명을 뽑는데 1,000명 가까이 지원한 것이다. 첫째는 고등학교 때 글쓰기, 그림, 영어 에세이 등 교내 상을 누구보다 많이 받았고 특히 글쓰기에 재능이 있었다. 그래서 논술 시험에 붙을 거라는 믿음이 있었는데 결과는 예비 번호 1번이었다. 1,000명 중 9등을 한 것이다. 마지막까지 기다렸지만 아무도 등록을 포기하지 않았다.

첫째는 외고 입시에서 떨어져 일반고를 다녔지만 둘째는 목동에 있는 자사고에 가고 싶다고 해서 진학하게 되었다. 자사고를 다니는 동안 둘째는 수학과 과학에 두각을 나타냈고, 특히 생명과학 쪽으로는 동아리 활동도 하고 교내 R&E 대회에서 상도 받았다. 그래서 재수를 해 원하는 대학 생명과학부에 들어갔다.

재수는 강남역에 있는 학원을 다녔는데 평일에는 지하철과 버스를 타고 갔고 주말에는 내가 아침 일찍 차로 데려다주었다. 재수 후반부에는 일요일에 대치동 단과학원에서 과탐 과목을 수강하기도 해 대치동으로 여러 번 태워다 주기도 했다. 둘 다 재수할 때 아침 일찍 나갔는데 빈속으로 보낼 수 없어서 뭐든 챙겨 먹이려고 했다.

둘째는 대학 2학년을 마치고 군대를 다녀와서 갑자기 치과의사가 되겠다고 했다. 그러더니 전역하고 몇 개월 후 세 번째 수능을 봤다. 수능 감을 다시 찾기 위해 한번 쳐 보는 거라 했는데 재수하고 나서 받았던 수능 점수와 비슷한 점수를 받았지만, 치대를 갈 수 있는 성적은 아니었다.

둘째는 이듬해 새로 받은 수능점수로 목동에 있는 재수 종합학원에 100% 장학금을 받고 등록했다. 매달 200만 원 정도 되는 등록금은 면제였고, 급식비와 교재비만 한 달에 몇십만 원씩 냈다. 역시 주말에는 재수학원으로 아이를 태워 주었다. 둘째는 2023년 11월 인생에서 네 번째 수능을 쳤고, 다음 해 치대에 합격했다.

뒤돌아보면 워킹맘으로서 나름대로 최선을 다해 수험생 뒷바라지를 했다. 입시 설명회에도 여러 번 갔고, 인터넷을 검색하면서 전문용어와 학교마다 다른 입시전형을 공부했다. 둘째가 입시 정보에 빠삭해 많은 정보를 나눌 수 있어 다행이었다.

둘째 수험생 기간이 길어서인지 당시 둘째와 나누는 대화는 전부 입시와 관련된 정보였다. 대학입시에 대해 모르는 사람은 옆에서 대화를 들어도 못 알아들을 정도로 전문적인 용어가 많았다.

첫째가 재수할 때는 절박한 마음에 수능 백 일 전날, 역시 수험생을 둔 대학 친구와 대구 팔공산 갓바위를 올라간 적이 있다. 수능 기도를 드리기 위해서 등산을 잘 못하는 내가 2시간 넘게 헉헉거리며 1,365개

계단을 올랐다. 갓바위에 도착해서 수능 기도 초를 공양하고, 108배를 올렸다. 첫째는 재수 끝에 대학에 들어갔는데 갓바위의 영험한 기운 때문이었는지는 아무도 모른다.

둘째 수능 백일 전날에는 관악산 약수사에 가서 기도를 올렸다. 평소에는 절에 다니지 않는 무교인 내가 절에 가서 기도를 올리는 것이 우습기는 하지만 불안한 수험생 부모의 마음에서 우러나온 절박한 행동이 아니었나 싶다.

3년 반 곰맘 생활

곰신, 곰맘이라는 말을 들어 보았을 것이다. 곰신은 고무신의 줄임말로 군대에 간 남자친구를 둔 여성을 지칭하는 말이고, 곰맘은 군인 아들을 둔 엄마를 부르는 말이다. 첫째와 둘째가 차례로 군대에 가면서 나는 3년 반 동안 곰맘 생활을 했다.

아들이 군대에 가자마자 길거리에 군복을 입고 다니는 군인들이 눈에 들어오기 시작했다. 내가 참여형 학부모였듯이 곰맘 생활도 누구 못지않게 열심히 했다. 오죽하면 국방부가 시민을 대상으로 모집하는 모니터링단에도 가입해 볼까 고민하기도 했다. 군대 관련 소식은 누구보다 열심히 찾아보았기 때문이다.

곰맘 생활의 시작은 아들을 훈련소에 태워다 주고 입소식에 참석하는 것이었다. 첫째는 먼저 카투사에 지원했지만 추첨에서 떨어졌고, 친구의 추천으로 의무소방도 지원했지만 체력 시험에서 떨어졌다.

그러던 어느 날 병무청 포털을 검색하다 육군 어학병(일명 통역병)이 있다는 것을 알게 되어 지원했다. 서류 심사에 통과해 이천에 있는

〈국방어학원〉에 통역 면접을 보러 갔다. 통역 면접할 때 군대 용어를 알아야 하기 때문에 그 전에 한 달간 강남에 있는 어학병을 위한 학원에 등록해 온라인 수업을 들었다. 면접 결과 육군 어학병으로 합격해 2019년 10월 7일 논산훈련소에 입소하게 된 것이다.

남편과 나, 그리고 첫째와 첫째 친구 한 명과 함께 논산훈련소로 내려갔는데 그날은 비가 많이 와서 입소식을 간소하게 치르고 첫째와 작별을 했다. 첫째는 생각보다 덤덤하게 현실을 받아들이는 눈치였다. 전역하고 나서 입소식 때 심경을 물어보니 최악의 상황을 상정하고 있어 아무 생각이 없었다고 했다.

얼마 후 훈련소에 같이 갔던 첫째 친구가 알려 주어 훈련병에게 인터넷 편지를 보내는 사이트에 가입해 매일 하루도 빠짐없이 인터넷 편지를 썼다. 편지는 종이로 출력해서 나눠 준다고 했다.

2019년 11월 논산훈련소 수료식

5주간 훈련이 끝나자 건강한 모습으로 수료식에서 다시 만났다. 살이 많이 빠져 있었고 군기가 빠짝 들어 있었다. 5시간의 외출이 허용되어 훈련소 근처 펜션에 방을 빌려 고기를 구워 먹었다. 그날 저녁에 다시 복귀했고 얼마 후 국군○○사령부로 자대배치를 받았다. 처음에는 용산이라고 해서 자주 볼 수 있을 거 같아 기뻐했는데 2시간 후 재배정이 되었다면서 진해로 가라는 통보를 받았다고 했다. 다음날 짐을 싸 기차를 타고 진해로 이동했다고 한다.

나는 용산에서 진해로 근무지가 갑자기 바뀐 것은 비리가 있지 않았을까 의심스러웠지만 그 어디에도 문의해 볼 수 없었는데 첫째가 혹시 불이익을 받을까 염려되었기 때문이다.

그해 11월 30일에 시외버스를 타고 진해로 면회를 갔다. 여전히 건강한 모습이었고, 사 오라고 당부한 KFC 후라이드 치킨을 신나게 먹으며 5시간 동안 군대 이야기를 들려주었다. 다음 해 부산 ○○운영단에 통역병 자리가 나서 지원했고, 선발이 되어 부산으로 근무지를 옮겼다.

부산항에 있는 ○○운영단에서 군대 생활은 아주 만족스러워했다. 부대 사람들과도 잘 지냈고, 인근의 미군 부대와 소통 지원 업무를 하고 한미연합훈련에도 참여하여 활약했다. 무엇보다도 운영단 단장님이 첫째를 이뻐해 주셨다.

모든 근황은 카톡으로 주고받을 수 있었고 부대가 부산역에서 가까워 KTX를 타고 휴가를 나오기도 수월했다. 자대배치를 받으면 부대에서 운영하는 밴드에 초대되어 근황을 사진으로 확인할 수 있어 좋았다. 소대장이나 중대장이 밴드에 사진을 올리면 항상 첫 번째로 확인하고 감사 댓글을 남겼다.

첫째 전역이 얼마 남지 않은 2021년 2월 22일 둘째는 강원도 양구에 있는 ○○사단 훈련소에 입소했다. 이미 코로나 기간이었기 때문에 입소식은 생략되었고 드라이브 스루 방식으로 차에서 작별했다.

첫째와 달리 둘째는 얼굴에 긴장된 모습이 역력했다. 거기서 5주간 훈련을 받고 양구의 한 GOP에 배치되었다. 이미 첫째 때 인터넷 편지를 써 본 경험이 있어 부지런히 인터넷 편지를 썼고, 인터넷 편지를 모아 책자로 제작해 주는 업체가 있어 추억용으로 책자 제작도 했다.

둘째는 양구에 있는 산꼭대기 소초에서 근무했는데 처음에는 물자를 관리하는 보급병, 이어 철조망을 점검하는 경계병, 그리고 후반부는 행정업무를 보는 상황병을 했다. 방탄조끼를 입고 실탄을 가지고 경계를 나간다는 소리를 듣고 가슴을 쓸어내렸지만 조금 지나니 그것도 일상으로 받아들여졌다.

둘째는 처음에는 ○소초 근무를 하다 몇 개월 후 자원해서 ○소초로 옮겼다. 경계병도 할 만하다고 했지만, 중반 이후에는 사무실에서 근무하는 상황병으로 일했다. 경계병은 하루에 몇 시간씩 철조망 옆에 있는 계단을 오르내리다 보니 체력이 엄청나게 좋아졌다고 했다.

코로나 때문에 신병 휴가도 생략되었고 결국 입대한 지 7개월 만에 첫 휴가를 나왔다. GOP 근무는 주말에도 계속되기 때문에 한 달에 3일씩 추가로 휴가가 쌓이고 있었고, 총 2번밖에 휴가를 나오지 못해 휴가가 많이 쌓여 조기 전역을 할 수 있었다.

강원도 산꼭대기라 제일 힘든 일은 긴 겨울에 반복되는 제설 작업이었다. 소초까지 올라가는 길이 얼면 차량 통행이 불가능해지기 때문에 조금만 눈이 내려도 제설 작업에 동원되었다.

둘째 소초는 산꼭대기 오지에 있어 PX가 없었고, 〈황금마차〉라고 불리는 트럭이 주기적으로 방문해서 과자 등을 구입할 수 있었다. 그러다 보니 내가 샴푸, 섬유유연제, 라면 등을 수시로 택배로 보내야 했다.

둘째는 후반부로 접어들면서 수능을 다시 볼 결심을 하고 틈틈이 개인 자유시간에 수능 인강을 본다고 했다. 둘째 소초 역시 소대장이 운영하는 밴드에 초대되어 사진을 통해 근황을 확인할 수 있었고, 명절에는 영상 편지도 찍어서 올려주었다.

애들은 지금도 군대 이야기가 나오면 할 이야기가 많고 그렇게 나빴던 경험은 없었던 것 같지만 내게 다 말을 안 했을 수도 있다. 전국에서 온 다양한 친구들과 생활하면서 자신이 접하는 세계가 확장된 것은 확실하고, 단체 생활을 통해 새로운 자신을 만날 수 있었으리라 생각한다. 나는 두 아들이 무사히 군 생활을 마친 것이 자랑스럽고, 지금도 현역으로 군대를 보낸 것이 잘한 결정이라 생각한다.

우리 집 제2의 주부

언제부터인지 명확하게 기억나지는 않지만 큰애가 나와 주방에서 음식을 함께 만들기 시작했다. 벌써 몇 년은 된 거 같고, 그 시작은 집밥을 차릴 때 고기를 전담해서 굽기 시작하면서부터로 기억한다.

이제는 내가 만드는 요리는 대부분 혼자서도 만들 수 있는 수준에 이르렀다. 우리 집 주방은 30평대 치고는 작은 편이라 큰 덩치의 큰애와 내가 주방에서 왔다 갔다 하면 비좁게 느껴져서 다음에 이사 갈 집은 주방이 커야 한다고 둘이서 한목소리로 이야기하곤 한다.

우리 집에는 세 명의 남자가 있다. 남편은 모름지기 집에서는 왕처럼 손 하나 까딱하지 않는 스타일이고, 둘째는 막내답게 이래저래 핑계를 대며 집안일을 잘 피해 간다. 그러다 보니 자연스럽게 집안일을 돕는 사람으로 큰애가 제2의 주부가 되었다. 집안일을 하는 사람은 일거리가 눈에 보이기 마련이다. 자기가 할 일이라고 생각하기 때문이다.

큰 애의 집안일 참여의 역사는 좀 오래되었다. 초등학생 때부터 시작하게 되었는데 가장 오래된 일은 재활용 쓰레기를 버리는 것이다.

또한 장보기도 늘 함께 했다.

동네 슈퍼에 장을 보러 가면 계산대에서 일하던 분들이 아들이 참 착하게 엄마랑 같이 장을 보러 온다고 칭찬을 했다. 그때 큰애의 역할은 짐꾼이었다. 지금은 앱으로 다 장을 봐서 집 현관문 앞에 배달해 둔 것을 주방으로 옮기는 정도이지만 애들이 고등학교 때까지만 해도 단지 안에 있는 슈퍼마켓에 가서 장을 봤다.

요즘은 재활용 쓰레기를 버리는 요일에 큰애와 둘째가 격주로 번갈아 버린다. 재활용 쓰레기를 버리고 오면 큰애가 늘 하는 말이 있다. 쓰레기를 버리러 오는 사람은 대부분 아저씨거나 아들이라고. 왜 딸은 시키지 않는지 모르겠다고. 재활용 쓰레기는 재질에 맞게 분류해서 버려야 하는데 해 보지 않으면 잘 모르는 경우가 많다.

우리 집 식구들은 모두 먹는 것을 좋아한다. 고기도, 생선도 좋아하고 식성이 다 비슷하다. 우리 집에서 덩치가 제일 큰 큰애는 고기를 제일 좋아하고 특히 치킨을 좋아한다.

미국에서 1년 동안 고등학교를 다닐 때 매일 점심을 하루도 빼먹지 않고 학교 앞 슈퍼마켓에서 치킨 텐더를 사 먹었다고 했다. 매일 똑같은 음식을 먹는 게 질리지 않냐고 해도 절대로 그렇지 않다고 했다. 큰애의 치킨 사랑은 남다르다.

처음에는 고기를 도맡아 굽기 시작했는데 언제부터인가 국이나 나물 반찬도 배우기 시작했고, 내가 각종 재료를 조합해서 잘 만드는 전도 어깨너머로 배우기 시작했다. 어릴 때는 안 먹던 가지나 오이, 버섯도 먹기 시작했고, 지금은 가지무침을 아주 좋아해서 직접 만들어 먹는다.

　나는 아침 일찍 출근하고 남편은 출근 시간이 따로 없으니 조금 늦게 출근한다. 냉장고에 반찬이 있으면 아빠 밥도 차려 준다. 주말에는 내가 남편 도시락을 싸 주는데 내가 없을 때는 아빠 도시락도 싸 준다.

　도시락통에는 네 가지 반찬을 넣는 칸이 있는데 내가 주로 어떤 반찬을 넣는지 잘 알기 때문에 알아서 반찬을 담아 준다. 아빠 도시락을 싸 주는 아들이 얼마나 있을지 궁금하다.

　요리와 쓰레기 분리수거 외에 빨래도 같이 넌다. 세탁기를 돌리면 으레 같이 와서 건조대에 빨래를 넌다. 어떨 때는 내가 없어도 세탁물이 많으면 알아서 세탁기를 돌린다. 집안일이 눈에 보이는 것이다.

　하지만 아직 아쉬운 부분도 있다. 화장실 청소는 열심히 안 하는 편이고, 자기 방 정리도 늘 내 잔소리를 듣는다. 옷을 옷걸이에 걸어 옷장에 걸면 좋으련만 그냥 대충 쌓아 둔다. 침대 이불도 개지 않고 흐트러져 있어 내가 볼 때마다 정리를 한다. 화장실 청소와 자기 방 정리는 둘째도 마찬가지다.

6

———

커리어를 위한 긴 여정

대학원 시절

대학 졸업 후 공부를 계속 하고 싶어 대학원 진학을 하기로 결심했다. 아버지에게 미국 유학을 가고 싶다고 했지만 아버지는 여자 혼자 보낼 수 없다고 하셨고, 결국 모교 대학원을 가기로 마음먹었다. 오래전 엄마가 서울로 대학을 가고 싶다고 했을 때 외할아버지가 반대하신 것처럼…

4학년에 올라가면서 대학원을 준비하는 친구들의 윤곽이 드러났고, 대학원 입학시험을 함께 준비하기로 했다. 6명 정도 스터디 모임이 결성되었고, 대학원 입시에서 보는 과목들을 함께 공부하기로 했다. 입학시험에는 영어 과목도 있어서 영어 공부는 전공 원서를 틈틈이 읽고, 《Vocabulary 22000》, 《GRE 33000》 책도 꾸준히 보았다.

3학년 때는 4학년 선배들과 함께 1년 동안 학과 심포지엄을 준비했다. 주제는 〈한국 여성 노동운동 백년사〉였고, 1년 동안 수십 권의 국내외 노동 관련 책을 읽고 심포지엄에서 발표할 논문을 함께 썼다. 3학년 말에 심포지엄을 열었는데 꽤 많은 청중이 들으러 왔고, 논문은 소책자로 만들어 나눠 주었다.

함께 대학원 진학을 준비했던 친구들은 대부분 시험에 합격했다. 대학원은 자교 출신 비율이 높았고, 타교 출신이 1명 정도 있었던 것으로 기억한다. 나는 대학원을 다니면서 3학년 학부 전공 수업 조교를 한 학기 했고, 학과 사무실 조교로도 한 학기 근무했다. 학과 대학원생 자치회가 있어 자치회 회장을 하기도 했다.

수업은 석사과정과 박사과정이 함께 들었고 학부 때는 주로 강의 위주 수업을 들었다면, 대학원 수업은 발제와 토론 중심이어서 새로웠다. 석사과정이다 보니 박사과정 선배들이 수업 시간에 토론을 주도하는 모습이 멋있어 보였고, 수업 시간마다 '내가 모르는 게 참 많구나'를 깨닫는 시간이었다.

3학기 때 한 수업은 수강생이 나를 포함해 2명이었다. 주로 미셸 푸코 책을 가지고 수업했는데 수강생이 2명이다 보니 매주 발제를 해야 했고, 푸코 책(영어)을 계속 읽고 토론하는 수업이라 수업 부담이 큰 편이었다.

당시 강사는 미국에서 박사학위를 마치고 귀국하여 맡은 첫 수업이라 했고, 흥미로운 사실은 그 학기에 서울대와 이대에서 똑같은 수업을 했는데 둘 다 수강생이 2명이었다.

학기 중간에 두 수업을 합쳐서 남학생들이 이대에 와서 수업을 함께 들었고 수업이 끝나면 어김없이 학교 앞에서 함께 술을 마셨다. 여대를 다니면서 그런 적이 한 번도 없었기 때문에 무척 색다른 경험이었다.

그 교수님은 다음 학기 서울대 교수로 임용되어 서양사상에 대한 수업을 하셨고, 내가 원한다면 청강을 하러 오라고 해서 나는 한 학기 청강도 하러 다녔다.

석사논문은 〈사무자동화가 노동과정에 미치는 영향〉으로 잡았는데 정보 산업 3개 기업(한국통신, 한국IBM, 삼보컴퓨터)의 관계자 면접을 진행하다 보니 시간이 많이 걸려 5학기 만에 졸업하게 되었다.

졸업하고 한 학기 동안 학내 한국여성연구원 임시연구원으로 일하면서 내가 썼던 논문 주제와 유사한 정보화 관련 정부 용역 프로젝트에 참여하여 연구보조원 업무를 했다.

석사 졸업 후 3개월의 직장생활

한국여성연구원 임시연구원 일이 끝나고 취업 자리를 알아보던 차에 대학원을 함께 다녔던 선배로부터 회사 면접을 보지 않겠냐는 연락이 왔다. 당시 논현동에 있던 리서치 회사였는데 큰 리서치 회사에서 독립한 두 사람이 따로 차린 회사라고 했다.

잘 아는 선배가 다니고 있어서 나는 면접을 보고 일을 해 보겠다고 했다. 3개월은 수습 기간이라 했고, 급여는 80%가 지급된다고 했다. 이대 앞에서 논현동까지 버스를 한 번 갈아타야 했고, 그러다 보니 출퇴근하는 데 왕복 3시간 가까이 걸렸다.

리서치 회사 일은 그런대로 재미있었다. 그 회사는 여론조사보다는 주로 기업으로부터 의뢰받아 시장조사를 하는 곳이었다. 처음에는 주로 업무 보조 일을 했는데 예를 들면 소비자인 일반인들을 섭외하여 상품에 대한 집단 면접을 하는 날이면 면접 회의를 준비하고 나중에 면접 결과 분석에도 참여했다.

또 시장조사를 위해 설문지를 만드는 경우도 많았는데 나는 주로 설문지를 영어로 번역하거나 해외 설문지를 한국어로 번역하는 일을 했다. 당시는 1990년대 초라 인터넷이 아직 상용화되지 않았고, 번역은 영한·한영 종이사전을 뒤지면서 하루 종일 했다.

문제는 일이 너무 많아 늘 퇴근하고 집에 오면 자정이 가까웠다는 것이다. 6시에 퇴근하는 경우는 드물었고, 아무도 야간 근무에 대해 불평하지 않았다. 나는 수습 기간이었고 시간외수당 같은 것도 따로 없었다. 다른 회사와 비교하여 적은 급여는 아니었지만, 장시간 노동을 생각하면 내가 그렇게까지 일해야 하는가를 매일 고민할 수밖에 없었다.

이대 앞은 밤 10시가 넘으면 가게들이 문을 닫아 인적이 드물었고, 자정이 가까워지면 지나다니는 것조차 무서웠다. 그래서 매일 밤 퇴근할 때마다 누가 따라오지는 않는지 뒤돌아보면서 걸음을 재촉해 하숙집으로 서둘러 가야 했다.

계속 야근을 하다 보니 수습 기간이 끝나 가고 있었고, 어느 날 부장님이 나를 불러 그동안 업무 보조를 하느라 고생했다고 하면서 이제 내가 독자적으로 업무를 맡아서 해 보라고 했다. 그때 내게 시장조사를 맡기려고 한 곳이 유명한 미국 목캔디 회사였다.

나는 그 제안을 듣는 순간 나도 모르게 직장을 그만두겠다고 말했다. 만약 그때 그만두지 않으면 발목이 잡힐 거 같았고, 회사 옆으로 이사를 오지 않는 한 계속 야근할 자신이 없었다.

나는 지금도 그 브랜드 목캔디를 보면 그때 황당해하던 부장님 얼굴이 생각난다. 그 부장님은 내가 그만두지 않도록 나를 설득하려 했지만 내 결심은 단호했다. 그때 그 직장에서 함께 일했던 선배는 얼마 후 박사과정을 들어가 박사학위를 받고 모교 교수를 하다 미국으로 이민을 갔다고 들었다.

여성학 강의를 시작하다

빠센 직장생활을 경험하고 지쳐 있었던 나는 일단 오랜 하숙 생활을 정리하고 부산 집으로 내려갔다. 대학 입학 후 7년 넘게 앞만 보고 달려왔는데 좀 쉬고 싶었기 때문이다. 게다가 친구들이 한 명씩 결혼하기 시작했고, 당시 평균 초혼 연령이 26~27세 정도였기 때문에 연애를 하고 있지 않던 나는 초조해지고 있었다.

부모님도 내 결혼을 걱정하기 시작하면서 선을 보라고 하셨다. 그때는 결혼정보회사가 따로 없었고 전문적으로 중매하는 아주머니들(소위 마담뚜)이 우리 집에 오기 시작했다.

나는 한 달에 2~3번꼴로 정말 다양한 직업을 가진 사람들과 선을 보았다. 상대가 주로 마음에 안 든 이유는 외모가 마음에 들지 않거나 철이 없어 보였기 때문이다. 엄마에게 남자 외모는 살다 보면 중요하지 않다는 말을 제일 많이 들었다.

당시 의사나 사법연수생과도 선을 제법 보았는데 여자 쪽에서 집을 사 달라고 하는 순간 더 이상 보지 않았다. 부모님에게 그런 부담을 드리고 싶지 않았고, 무엇보다도 내 자존심이 허락하지 않았다.

당시 쉬면서 꽃꽂이를 배우고 영어, 일어를 공부했다. 영어는 부산대 앞 영어회화 학원을 다니면서 원어민과 회화 공부를 했고, 부산에서 직장에 다니는 초등학교 친구와 GRE 단어 공부를 주 1회 했고, 일어는 역시 다른 초등학교 친구와 EBS 교재로 주 1회 공부했다. 꽃꽂이는 학원 원장을 하시던 엄마 친구분에게 1년 정도 배웠는데 중급 시험을 앞두고 결혼하게 되면서 그만두었다.

그렇게 취미생활과 짝 찾는 일을 하고 있던 와중에 여성학 강의 제안이 들어왔다. 친하게 지냈던 사회학과 선배가 자기가 하던 강의를 그만두면서 나에게 인계한 것이다. 마침 창원이라 부산 집에서 다니기 좋았고 내가 살던 동네 가까이에 시외버스터미널도 있었다.

나는 강의를 수락하고 강의 준비를 하기 시작했다. 당시 학부 교양과목으로 여성학 강좌가 전국 대학에 기하급수적으로 늘어나고 있었고, 여성학 박사가 드물었기 때문에 대부분의 강의는 여성학 석사, 사회학 석사와 박사들이 했다. 나는 학부에서 여성학 Ⅰ, Ⅱ를 수강했고, 대학원 수업에서도 젠더 이슈들을 함께 다루어 관심이 많았다.

첫 여성학 강의는 강당에서 했다. 학생들이 많았고 남학생도 꽤 있었다. 사회학과 여성학에서 배운 개념들과 이론들을 소개했는데 당시로서는 파격적인 내용도 많았다. 나는 20대 후반 미혼이었지만 섹슈얼리티 관련 내용들도 거침없이 말했다.

수강생 중 복학생들과는 나이 차이도 별로 나지 않았지만 창피하지는 않았다. 복학생 중에는 수업 시간에 계속 나를 째려보던 남학생도 있었는데 아마 내가 내뱉는 말들이 불편해서 그러지 않았을까 생각한다.

학생들의 뜨거운 열기를 느끼며 강의했고, 학생들의 반응이 좋아 다음 학기는 두 반으로 강좌가 늘었다. 두 학기를 끝내고 다음 해 1월 결혼했고, 세 번째 학기에는 세 반으로 늘면서 한 학기 동안 서울과 부산을 오가며 주말부부를 했다. 여름방학에 첫째 임신 사실을 알게 되면서 가을학기 강의를 못 하게 되었다고 조교에게 연락하면서 1년 반 동안의 강의는 끝이 났다.

마흔 살에 박사과정 입학

내가 미국에서 석사를 마치고 박사과정을 들어가려고 하자 남편은 자신의 학위가 얼마 안 남았으니 일단 기다려 보라고 했다. 포스트 닥터(post-doctor)를 다른 대학에서 하게 되면 다른 주로 이사를 가야 할 수도 있다는 것이었다. 그래서 진학을 미루고 졸업 후 대학 부설 기관인 Distance Education Center에서 연구원으로 일했다.

그런데 남편이 지원했던 두 기관에서 불합격 소식이 왔고, 결국 한국으로 돌아가자고 해서 귀국 짐을 싸게 되었다. 2002년 8월 우리는 그렇게 6년 만에 한국으로 돌아왔다. 나는 공부를 계속하기 위해 아이들과 미국에 남을까도 잠시 고민을 했지만, 혼자서 아이 둘을 키우며 공부할 용기가 나질 않았다.

전셋집을 구하려고 하니 서울은 너무 비싸 엄두가 안 나고 마침 오빠가 용인 수지에 살고 있었기 때문에 나도 근처에 전셋집을 구했다. 남편은 오자마자 모교에서 시간강사를 한 학기 했고, 이듬해 경북에 있는 대학에 전임으로 취업이 되어 주말부부를 시작하게 되었다.

나도 교육학 석사로 교육 콘텐츠를 개발하는 기관에 취업하기 위해 몇 군데를 알아보았지만 대부분 회사가 서울에 있어 어린 두 아이를 맡기고 멀리 출퇴근하는 것은 불가능해 보였다. 수지에 있는 학원들도 알아보았는데 나는 오전과 이른 오후 시간 근무를 원했지만 대부분 오후나 저녁 수업을 할 사람을 구하고 있어 그것도 시간이 맞지 않았다.

그래서 집에서 할 수 있는 일을 생각하다 보니 동네 초등학생들을 모아 영어를 가르쳤다. 두 팀을 가르쳤고, 용돈 정도를 벌었다. 친한 초등학교 친구가 같은 동네로 이사와 그 친구와 거의 매일 만나 6년 동안 미국에서 그리웠던 친구와의 수다를 실컷 떨며 즐거운 시간을 보냈다. 신기하게도 매일 만나다 보니 할 이야기가 점점 늘어났고, 아이들도 비슷한 또래라 잘 어울려 놀았다.

그러다 남편이 직장을 서울에 있는 학교로 옮기게 되면서 서울로 이사를 오게 되었고 여러 지역을 알아본 끝에 남편 직장까지 삼십 분 정도면 출퇴근이 가능한 목동으로 이사를 했다. 그때가 2004년 9월이었다.

목동으로 이사 오면서 그동안 미루고 미루어 온 박사과정 진학을 본격적으로 고민하게 되었고, 입학원서를 넣기 위해 석사논문 지도교수님을 찾아가 추천서를 부탁드렸다. 지도교수님이 반가워하시면서 여성학을 공부하는데 왜 모교로 오지 않고 타교를 지원하느냐고 한마디 하신 기억이 난다.

대학원 입학지원서를 넣고 얼마 후 면접을 보러 갔는데 당시 세 명의 면접관이 앉아 계셨다. 마흔 살이라는 적지 않은 나이를 보더니 아이가 있냐고 물었고 두 명이 있다고 하자 아이를 키우면서 공부할 자신이 있냐고 물었다. 나는 자신 있다고 답했다.

사실 박사과정을 진학하겠다고 했을 때 남편이 했던 말을 잊을 수가 없다. 자신은 자기 일 때문에 바빠서 앞으로도 집안일과 육아를 도와줄 수 없으니 내가 가사와 육아, 공부를 병행할 자신이 있으면 진학하는 것을 반대하지는 않겠다고 했다. 기대하지는 않았지만 그렇게 말하니 서운했다.

나는 아이 둘을 키우고 집안일을 하며 공부와 일도 병행했다. 가끔 몸이 힘들 때마다 남편처럼 공부와 일만 하는 사람과 경쟁하는 것이 부당하다는 생각이 들곤 했다. 워킹맘은 일과 가정 사이에서 끊임없이 타협해야 하고 어쩔 수 없이 야망을 줄일 수밖에 없다.

지금은 독박육아, 공동육아라는 표현도 있지만 20년 전만 해도 가사와 육아를 적극적으로 함께 하는 남편은 흔치 않았다. 나는 그렇게 2005년 3월 마흔 살에 박사과정에 입학했다.

여성과 리더십 강의 조교 5년

첫 등록금은 내가 수지에서 초등학생들 영어를 가르치며 모아둔 돈으로 냈다. 입학과 동시에 운이 좋게도 〈여성과 리더십〉이라는 신설된 핵심 교양 과목 강의 조교를 맡게 되었고, 이후 5년 동안 조교를 하면서 등록금과 용돈은 내 힘으로 충당할 수 있었다.

사회학과 여교수님이 강의를 맡아 하셨고, 나는 수강생 출결 관리와 글쓰기 과제물 채점을 중점적으로 했다. 글쓰기 과제물은 꼼꼼하게 읽고 피드백을 써서 학생들에게 돌려주었다. 학생들이 100명이 넘는 수업이었기 때문에 과제물을 읽는 데 꽤 많은 시간이 소요되었다.

사회학과 교수님이 워낙 바쁘신 분이라 내가 한 학기에 한두 번은 대타로 수업을 했는데 학생들이 강의평가에 조교가 강의를 잘 한다는 얘기를 적었던 모양이다. 그 교수님은 과 모임이 있을 때마다 내가 강의를 잘 한다는 칭찬을 두고두고 하셔서 감사했다.

〈여성과 리더십〉 수업 강의 조교를 하면서 (여성) 리더나 (여성주의) 리더십에 대한 책들을 찾아서 읽었다. 특히 리더 자리에 있는 여성

들의 자서전이나 평전을 사서 읽었고, 수업 시간에 무엇을 가르치는
게 좋을지도 계속 고민했다. 1년 후 담당 교수가 바뀌었지만 나는 계
속 조교를 할 수 있었다.

여성리더 강연집 기획·편집

2007년부터 여성연구소 연구원으로도 일하면서 연구소 프로젝트의
하나로 한국의 정치, 경제, 사회, 문화 분야의 여성 리더들의 초청 강연
도 주기적으로 개최했다. 나는 여성 리더의 섭외부터 강연 준비까지
도맡아서 했고, 나중에 각 분야 네 사람의 강연을 모아 엮은《여성리더
의 일과 삶: 선배에게 길을 묻다》라는 책도 출간했다.

녹음한 강연 내용을 전사한 다음 책 분량에 맞게 줄이고 다시 구어
체를 자연스럽게 다듬었다. 당시 네 사람의 강연자 중 한 사람이 김영

란 대법관이었고, 강연집 출간 덕분에 서초동에 있는 대법관 사무실도 방문한 적이 있다. 내가 초청한 여성 리더는 심상정 정의당 대표, 강금실 전 법무부 장관 등 당시 내로라하는 분들이셨다.

여성 리더십에 관심을 갖다 보니 2009년부터 2011년까지 여성연구소가 정부 용역사업으로 진행한 〈시민인문강좌〉에서 여성단체 활동가들을 대상으로 여성 리더십에 대해 강의했고, 서울대학교 경력개발센터가 여대생을 대상으로 2009년과 2010년에 운영한 〈글로벌 커리어캠프〉에서도 여성 리더십 강의를 했다.

그 외에도 여러 곳에서 여성 리더십 강의가 들어왔고, 〈여기자〉 등 여러 곳에 여성 리더십에 대한 기고문도 썼다. 그 와중에 외부 강의와 관련하여 내린 결단도 있다. 외부단체(여성단체나 공공기관 등) 강의가 들어오기 시작했는데 전국을 돌아다녀야 하는 강연이었다. 지방 강연을 다니려면 하루를 꼬박 써야 하는데도 강연료가 수십만 원이다 보니 계속 마음이 흔들렸다. 항상 시간이 부족한 나날이었는데 돈과 시간을 바꾸는 느낌이었고, 그래서 어느 날 돈을 벌기 위해 강의하는 것을 멈추었다.

몇 년 동안 많은 국내외 서적과 논문들을 읽어도 여성주의 리더십에 대해 정리하는 것이 쉽지 않았다. 여성의 장점을 지나치게 강조하다 보면 성차에 방점이 찍히게 되고 여성 리더십 논의가 한정되는 느낌이 들었다.

사실 리더십 특성이 성별 차이보다는 개인 차이가 더 크다고 생각했기 때문에 성별이라는 요소만으로 개인의 리더십을 평가하는 것은 위험해 보였다. 그리고 여성 리더들을 분석하기에는 데이터도 많지 않았다. 토큰 여성이라 볼 수 있는 소수의 여성들을 가지고 여성 리더의 특성을 일반화하는 것 역시 잘못된 해석을 할 소지가 컸다.

〈여성과 리더십〉이 교과목으로 개설된 것은 여대생들의 역량 강화(임파워먼트)가 필요했기 때문이었을 것이다. 리더십은 자신이 가진 역량을 통해 자기관리와 조직관리를 효율적으로 수행할 수 있는 인지적, 실천적 전략을 필요로 한다.

성별 진입 장벽을 넘어 어떤 자리에 도달했다고 해서 목표가 완성된 것이 아니라 그 자리에서 살아남고 계속 성장하려면 내부의 역량과 외부의 동력이 필요하고, 제도적 뒷받침도 따라 주어야 하기 때문이다.

여성학 강의를 다시 시작하다

다시 여성학 강의를 시작하게 된 곳은 2008년 2학기 홍대에서다. 박사과정을 수료하고 강의 조교와 여성연구소 연구원 일을 하고 있을 때였다. 홍대 홈페이지에는 상시적으로 시간강사 지원신청서를 내는 곳이 있다는 것을 알게 되어 신청서를 내 둔 상태였고, 어느 날 강의가 가능한지 문의하는 연락이 왔다. 1995년에 강의를 그만둔 지 13년 만의 일이었다.

그동안 박사과정에 들어와 하루에 네다섯 시간씩 자면서 많은 책을 읽고 과제물을 작성했다. 1980년대에 배웠던 여성학 지식을 떠올리면서 새롭고 더 깊어진 내용들을 배울 수 있었고, 학습 과정에서의 깨달음과 고민들을 학생들과 나누고 싶어 정성스럽게 강의안을 준비했다.

수업은 만족스러웠고 학생들의 반응도 괜찮았다. 이후 나는 홍대에서 3년 반 동안 〈여성학〉과 〈성과 사회〉를 가르쳤다. 또한 2009년부터 한성대 강의를 시작하게 된 것은 여성학협동과정 동료가 개인 사정으로 강의를 그만두게 되었다며 내가 할 수 있는지 물었고 나는 하겠다고 했다. 이후 한성대에서도 2011년 8월 가족이 다시 미국으로 떠나기 전까지 〈사랑과 가족〉, 〈성과 사회〉를 가르쳤다.

그렇게 홍대와 한성대, 그리고 서울대에서 여성학 강의를 했다. 평균적으로 한 학기에 4-5개 강좌를 강의했고, 2011년 1학기에는 무려 6개 강좌를 강의했다. 100명이 넘는 수업이 많았고 담당 조교도 없었기 때문에 수업 준비뿐 아니라 과제물과 시험 답안지 채점에 많은 시간이 소요되었다. 하지만 당시 수강생이 많고 수업 시간에 학생들의 반응도 좋았기 때문에 힘든지 모르고 열심히 강의하러 다녔다. 홍대에서는 나름 인기 있는 교양 과목으로 자리 잡았고, 최우수강사 1회, 우수강사 3회에 선정되기도 했다.

아무래도 여성학 수업이다 보니 글쓰기 과제물을 한 학기에 2~3개 내 주었고, 중간시험과 기말시험도 논술식 문제를 냈다. 글쓰기 과제물로는 〈나의 성의 역사 쓰기〉, 〈클럽 체험기〉, 〈서울국제여성영화제 참관기〉 등 학생들에게 흥미로운 주제를 과제로 내주었고, 학생들이 제출한 글쓰기 과제 내용을 분석하여 수업 시간에 발표하기도 했다. 학생들은 과제물 내용을 분석하여 함께 공유한 것이 좋았다는 강의평가를 많이 남겼다.

클럽 체험기에서 남녀 학생들의 의견 차이가 뚜렷했던 것도 기억에 남는다. 당시 〈부비부비〉라는 표현이 많이 쓰였는데 클럽에서 춤을 추면서 몸이 서로 닿는 것을 지칭하는 말이었다. 남학생들은 자신은 클럽을 다니지만, 여자친구는 클럽에 안 다녔으면 좋겠다는 내용이 많았다. 한편 여학생 중에는 클럽 화장실에서 화장을 고치는 여자들을 보면 묘한 자괴감이 든다는 학생들도 있었다.

한 학기에 한 번 정도 여성학 관점에서 의미 있는 인물들을 초청하여 강연을 듣기도 하고, 〈서울국제여성영화제〉의 비디오를 대여하여 수업 시간에 함께 시청하고 나서 토론하기도 했다. 토론은 매 학기 2~3회 정도 하였는데 팀별 토론을 한 다음 전체 토론으로 넘어가 논쟁적인 주제에 대해 학생들의 다양한 의견을 청취하는 시간을 가지기도 했다.

여성영화제에서 대여했던 비디오 중에는 친족성폭력 피해자가 성인이 되어 가해자를 찾아가지만 결국 말을 못 하고 돌아오는 감독 자신의 이야기를 담은 다큐멘터리, 국내 동성애자 커뮤니티를 다룬 영화 등 평소에 흔히 볼 수 없는 내용들이 많았다.

동성애자 커뮤니티를 다룬 영화를 함께 본 후 토론한 수업이 끝나고 나서 한 남학생이 다가와 커피 한 잔을 같이 하자고 했다. 그 남학생은 자신이 동성애자라고 밝히면서 동성애 이슈를 수업 시간에 객관적으로 다루어 주어 감사하다고 말했다.

〈여성학〉이나 〈성과 사회〉 수업 모두 남녀 학생 비율은 반반이었고, 수업 시간에 앞 좌석을 차지하고 앉아 열심히 수업을 듣는 학생 중 복학한 남학생(주로 고학년)이 많았다. 토론 시간을 주도하는 것은 주로 여학생이었기 때문에 남학생들이 발표할 때는 더 칭찬을 해 가며 수업 참여를 유도하기도 했다.

여성학 강의를 마지막으로 한 것은 2017년과 2018년 서울대에서 한 〈페미니즘의 이해〉 수업이다. 당시는 다양성위원회 책임전문위원으

로 근무하고 있어서 본부에 겸직신청서를 냈고, 수업 시간은 연가를
사용해야 했다. 또한 서울대에 근무하는 직원이라 강사료도 절반밖에
받지 못했다. 강사료는 이후 정상화되어 지금은 100%를 받는 것으로
안다.

다행히 강의 조교를 지원해 주어 출결 관리와 과제물 채점을 도와주
었다. 그들은 나의 여성학협동과정 후배들이었다. 학기가 끝나고 우
수 조교 추천서를 열심히 써주어 두 사람 모두 우수 조교에 선정되기
도 했다. 나도 〈여성과 리더십〉 강의 조교 시절에 교수님의 추천으로
우수 조교에 선정된 적이 있어 나도 그렇게 했다.

이후 여성학 강의와는 멀어졌지만, 일 년에 몇 차례 공공기관 종사
자나 대학생을 대상으로 성인지 감수성 교육을 하고 있다.

2011년 제13회 서울국제여성영화제 참석

박사논문을 위한 책 읽기

2011년 8월 미국으로 다시 가는 것을 망설였던 이유는 박사논문이 늦어지고 있었기 때문이다. 나는 2007년 1학기에 박사과정을 수료한 후 2008년부터 여성학 강의를 시작했고, 2009년부터 한 학기에 평균 4~5과목을 강의했다. 남편은 나이도 많은데 강의는 그만하고 빨리 박사논문을 끝내라고 여러 번 이야기했지만, 나는 강의하는 게 너무 재미있었다. 그때 남편의 말을 들었더라면 몇 년 일찍 박사학위를 받았을 수도 있다.

오리건에 있는 1년 동안은 워킹맘이 아니라 전업주부로서 아이들과 남편을 돌보는 일에 전념했다. 하루 세끼를 한식으로 차렸고, 유진은 작은 도시라 한국 식당이 별로 없어 온갖 음식을 집에서 만들어 먹었다. 육개장, 짜장면, 양장피, 물김치 등 한국에서라면 사 먹을 음식들을 그곳에서는 직접 만들어 먹었다.

남편이 낮에 집 앞 골프장을 도는 동안 나는 점심을 만들어 클럽하우스에 가져다주었다. 볶음밥, 볶음면, 수제 햄버거 등 메뉴도 다양했고, 어떨 때는 집 발코니에서 1번 홀 그린에 와 있는 남편에게 먹을 것을 직접 건네주기도 했다.

캘거리에서 놀러 왔던 고등학교 친구가 〈올빼미〉 사이트를 소개해 줘서 나는 매달 15달러 정도 내고 인터넷으로 한국 영화와 드라마 등을 무제한으로 시청했다. 〈올빼미〉는 캐나다와 미국 지역에서 이용하는 VOD 서비스였다. 그동안 바빠서 못 봤던 한국 영화도 다 찾아서 봤다. 그런데 한국에 돌아오니 올빼미 사이트는 해외에서 더 이상 접속이 되지 않아 아쉬웠다.

아마존에서 구입한 중고 도서들

아이들을 학교에 태워 주고 세끼 식사를 차리면서 박사논문 주제와 관련된 책들을 하루에 2~3시간씩 읽었다. 당시 연구 주제는 〈여성학

교육과정과 페미니스트 페다고지〉였는데 아마존에서 중고 도서들을 사서 읽었다. 귀국할 때 보니 중고로 구입한 책들이 꽤 되었고, 귀국 후 그때 읽었던 책 내용을 정리해서 박사논문 자격시험 격인 논문(field statement)을 작성해 과사무실에 제출했다.

그때 제출한 논문은 여성연구소 제18호 워킹페이퍼로 2013년 4월 발간되었고, 논문 제목은 〈여성학의 제도화, 정체성, 그리고 페미니스트 페다고지 연구〉였다. 나중에 그 논문을 다시 수정·보완하여 학술지 논문으로 게재하기도 했다. 논문 제목은 〈여성학/주의 교육을 위한 페미니스트 페다고지 전략 탐구〉였다.

10년 공부에 마침표를 찍다

2012년 8월 귀국해서 박사논문에 전념하기 위해 강의를 잠시 접기로 했다. 50을 넘기기 전에 학위를 끝내고 싶었기 때문이다. 박사논문 자격시험 중 하나인 논문(field statement)을 열심히 써서 2013년 봄에 제출했다. 또 하나의 자격은 등재 학술지에 논문을 한 편 게재하는 것이었는데 나는 2010년에 등재지에 인도의 성인지예산을 주제로 논문을 게재했었다. 그렇게 박사논문을 본격적으로 쓰기 위한 자격이 갖추어졌다.

2013년 봄부터 이론적 배경을 쓰기 시작하였고, 논문 주제가 한국의 양성평등교육에 대한 연구였기 때문에 2014년 1월부터 4월까지 공공기관과 여성단체의 교육 프로그램 담당자를 찾아가 면접했다. 면접 시기가 다소 늦어진 것은 IRB(Institutional Review Board) 승인을 받는데 몇 개월이 걸렸기 때문이다. 내가 알기로 여성학협동과정에서 IRB 승인을 받은 첫 번째 사례였을 것이다.

논문 연구 방법이 인간을 대상으로 하는 면접이었기 때문에 IRB 승인이 필요하다고 했다. 시간은 많이 걸렸지만 승인을 받는 과정에서 면접에서 주의해야 할 점들을 다시 한번 숙지할 수 있었다.

모든 면접은 녹음하여 전사했고, 선행 연구 검토와 면접 내용을 합쳐서 논문을 작성하기 시작했다. 아래 사진은 2년 가까이 박사논문을 썼던 박사과정생 연구실 책상이다.

220동 박사과정 연구실 책상

2014년 연말에 5명의 심사위원을 모시고 박사논문 심사를 받았고, 드디어 박사논문이 통과되었다는 통보를 받았다. 5명 중 외부 심사위원인 이대 여성학과 이재경 교수님은 오래전 나의 석사논문 심사위원을 지낸 인연이 있었다. 그렇게 2015년 2월 졸업하면서 10년 만에 박사 공부에 마침표를 찍었다.

졸업식에는 부산에서 올라오신 부모님이 학부모 자격으로 참석하셨다. 아버지는 누구보다도 기뻐하셨는데 자식 셋을 모두 석사까지 뒷바라지했지만 박사학위를 받은 것은 내가 유일했기 때문이었다. 또한 아버지는 당신의 7남매 자녀들 중 내가 유일하게 박사를 받았다고 하시면서 좋아하셨다.

2015년 1월 초에 박사학위 취득과 결혼 20주년을 기념하기 위해 제주도로 가족여행을 떠났다. 차를 렌트해서 제주도 동쪽을 달리고 있는데 내가 조교를 했던 사회학과 교수님으로부터 전화가 왔다. 내가 강의를 잘 한다고 늘 칭찬하시던 바로 그분으로, 내 논문 심사위원장으로도 참여하셨다. 그분이 "배 박사, 새해 복 많이 받으세요"라고 인사를 건네주셔서 너무 감사했다.

2015년 2월 졸업 후 동덕여대에서 1년간 〈여성과 문화〉를 강의했고, 가톨릭대에서도 〈여성교육론〉을 가르쳤다. 또한 여성연구소 책임연구원 선배와 〈외교부 성희롱 매뉴얼 개발 연구〉 프로젝트에 공동연구원으로 참여했다.

그러다 2015년 10월 다양성위원회 설립을 준비하는 연구팀에 합류하면서 다양성위원회와 인연이 시작되었다. 정책연구는 2015년 10월부터 2016년 3월까지 진행되었고, 2016년 3월 23일 다양성위원회 창립포럼을 개최하면서 다양성위원회가 공식 출범했다.

《커리어 그리고 가정》을 읽고

2023년에 가장 감명 깊게 읽은 책 중 하나가 클라우디아 골딘이 쓴 《커리어 그리고 가정》이었다. 저자는 하버드대 경제학과에서 여성 최초 종신 교수로 임명되었으며, 2023년 노벨경제학상을 수상했다. 놀라운 것은 그녀의 지도교수도 30년 전인 1993년 노벨경제학상을 받았다는 점이다.

이 책은 100년에 걸친 빅데이터를 수집하여 미국 대졸 여성의 일과 가정에 대한 줄다리기를 연구했다. 우선 방대한 자료를 분석했다는 점이 놀랍고, 시간이 지남에 따라 커리어와 가정은 우선순위가 바뀌거나 둘 중 하나를 선택하는 것에서 둘을 병행하는 것으로 천천히 변화하는 과정을 보여 준다. 저자는 동시에 노동시장의 성별 소득 격차에도 주목하면서 그 이유를 밝히고자 노력했다.

이 책의 후기를 회고록에 담고자 한 것은 이 책을 읽으며 내가 지난 30년간 커리어와 가정 사이 줄다리기를 한 개인의 경험이 미국 사례분석을 통해 어느 정도 설명이 가능하다는 점이 무척 흥미로웠기 때문이

다. 무엇이 비슷하고 무엇이 다른지, 그리고 미국 사회에서 변화 시점
이 한국은 언제 나타났는지를 계속 고민하면서 책을 읽었다.

이 책에서 먼저 이해해야 하는 몇 가지 개념이 있다. 바로 커리어, 일
자리, 가정이다. 우선 커리어(career)는 열정을 가지고 장기적으로 추구
하는 일을 뜻한다. 반면 일자리(job)는 당사자의 정체성이나 삶의 목표
가 아니라 소득을 얻기 위한 경제활동을 의미한다. 그리고 가정(family)
은 아이가 있는 경우를 가리키며, 여기서 배우자 유무는 크게 중요하
지 않다.

저자의 연구 대상은 1878년부터 1978년 사이 출생한 미국의 대졸 여
성이다. 100년에 걸쳐 태어난 여성들을 커리어와 가정이라는 기준으
로 다섯 개의 그룹으로 나누며, 이를 간략하게 정리하면 다음의 표와
같다.

지난 100년간 미국 대졸 여성 커리어와 가정 범주화

출생연도	범주명	주요 특징
1878-1897	가정 또는 커리어	아이가 있는 경우 일한 사람 거의 없음
1898-1923	일자리, 그 다음에 가정	결혼 전 일했고, 결혼 후 전업주부
1924-1943	가정, 그 다음에 일자리	아이를 낳고 교직이나 사무직으로 돌아옴
1944-1957	커리어, 그 다음에 가정	전문직 증가, 결혼 연령 증가
1958-1978	커리어 그리고 가정	커리어와 가정 둘 다 추구

네 번째와 다섯 번째 범주를 좀 더 들여다보면, 네 번째 범주는 1960-

70년대 대학을 다닌 사람들이며, 이 시기는 여성해방운동과 경구피임약(1961년 시판)이 여성의 결혼연령이 올라가는 데 크게 기여하였다.

한편 다섯 번째 범주는 1980-90년대 대학을 다닌 사람들이다. 미국은 1980년경 여성 대학진학률이 남성을 추월했고,—한국은 2009년에 여성 대학진학률이 남성을 앞질렀기 때문에 약 30년의 시차가 있다—보조생식술(인공수정, 난임 치료 등)이 발달하면서 나이가 들어도 출산이 가능해졌다.

저자는 이러한 커리어와 가정의 상관관계에 대한 분석을 바탕으로 성별 소득 격차가 나타나는 이유를 추적하는데, 성별 소득 격차 표준 측정법으로는 '전일제로 연중 고용된 노동자 전체에서 여성의 연소득 중앙값과 남성의 연소득 중앙값을 각각 구해 비율을 계산한다'고 소개한다.

소득 불평등이 큰 직종은 대개 클라이언트나 환자를 만나 상호작용을 많이 해야 하는 일로 장시간 노동을 하는 변호사, 의사, 회계사, 최고경영자 등이다. 이 경우 항상 대기(on-call) 상태에 있어야 하는데 아이가 있는 여성의 경우는 쉽지 않으며, 이러한 직종의 경우 일하는 시간이 길어질수록 소득 격차가 크게 벌어진다.

아이가 있는 여성은 가족 소득의 최대화를 꾀하면서 자신은 유연한 근무를 선택하는 경향이 있는데, 예를 들면 변호사가 민간 로펌에서 정부 영역으로 옮겨가게 되면 연 소득이 38% 정도 줄어든다는 것이다. 그동안 성별 임금 격차에 대해 여성들이 저임의 일자리에 상대적으로 많기 때문이라는 설명이 지배적이었다면 저자는 동일 직종 내에서도 나이가 들수록 성별 격차가 벌어지는 현상도 살펴보았다.

저자는 노동경제학자답게 근본적인 해결책은 노동구조를 변화시키는 것이라고 강조한다. 즉 시간 융통성을 주지 않는 일의 구조가 문제라는 것이다. 한 가지 대안으로 이러한 시스템의 변화가 일어나는 영역으로 미국의 약사 업종을 예로 든다.

미국의 약사 업종이 기업화, 표준화되어 있어 특정한 약사가 일하는 시간을 늘린다고 해서 막대한 보수가 주어지지 않으며, 일을 더 한 만큼만 소득이 증가하는 구조로 바뀌게 되었다는 것이다. 저자는 이러한 노동구조의 변화와 함께 가정에서 한쪽의 희생을 바탕으로 커리어를 선택하지 않도록 '부부의 공평성'이 증대되어야 한다는 점도 강조하였다.

우리나라 역시 장시간 노동으로 유명하고, 맞벌이 부부의 경우 여전히 주 양육자가 여성인 점을 감안하면, 노동시간을 줄임으로써 발생하는 불이익이 크지 않도록 하는 노동환경 시스템의 재구조화와 공동육아의 확대 지원이 필요해 보인다.

7

오십에 시작한 직장생활

풀타임 전문위원 10년

2016년 3월 7일부터 나는 다양성위원회 전문위원이라는 직함으로 일을 시작했다. 오십에 박사학위를 받고 오십에 취직했다고 친구들이 대견해했다.

국내 대학에서 처음 생긴 조직이다 보니 내 소개를 할 때마다 도대체 다양성위원회가 무슨 일을 하는 곳인지 사람들이 물어보았다. 누구는 다양성위원회 용어를 들으면 성소수자를 위한 기구인지를 물었고, 어떤 사람들은 여성을 위한 조직이냐고 물었다. 서울대에 있는 국제 교수들은 누구보다도 다양성위원회 설립을 반가워했다. 외국인으로서 학내에서 경험하는 불편함에 대해 다양성위원회가 목소리를 내 줄 거라 기대했기 때문이다.

초창기 다양성위원회 사무실은 초미니 조직으로 나와 또 한 명의 직원 두 사람이 실무자였다. 나의 동료는 여성학협동과정 후배였다. 시간이 갈수록 다양성위원회가 개최하는 행사들이 하나씩 늘어났고, 그 결과 2018년부터 사무실 직원이 3명으로 늘었다.

세 사람은 책임전문위원, 전문위원, 행정직원으로 구성되어 있지만 작은 조직이다 보니 업무분장을 하기 힘들어 대부분의 활동을 함께 하고 있다. 나는 처음에는 전문위원이었지만 석사 전문위원이 생기면서 차별화를 위해 책임전문위원으로 직함이 변경되었다.

작은 조직에서 중간관리자로서 역할을 충실히 하기 위해 노력했고, 국내 대학 최초의 다양성위원회 업무를 수행하고 타 대학이나 우리 사회에 선한 영향력을 미친다는 사명감을 가지고 열심히 일했다.

나는 서울대 법인직원이 아니고 "법인회계직"이라는 직군에 속해 있으면서 매년 근로계약서를 갱신하는 기간제 근로자였다. 10년 동안 연봉은 공무원 급여 인상분이 적용되었고, 근로자 복지는 무기계약직 단체협약 내용을 준용해서 받았다. 해마다 근로계약서가 갱신되면 사본을 가지고 주차관리실에 가 정기주차권을 연장해야 했다.

비가 오나 눈이 오나 매일 정해진 시간에 출근하는 일은 생각보다 힘들었다. 컨디션이 좋지 않은 날도 있었고, 겨울에 눈이 많이 쌓여 있는 도로를 운전해서 출근하는 것도 쉽지 않았다. 풀타임 직장생활을 해 본 사람은 누구나 공감할 것이다. 1년 동안 쓸 수 있는 연가 일수가 해를 거듭할수록 조금씩 늘어나는 것은 그나마 조금의 위안이 되었다.

코로나 기간에는 나의 가족, 사무실 동료, 친구들 등 주변 모든 사람이 코로나에 걸려 5일간 자가격리를 했지만, 나는 코로나에 걸리지 않았다. 우리나라에서 당시 코로나에 감염되지 않았을 가능성이 있는 사람은 인구의 4분의 1 정도로 추정하고 있다는 통계를 본 적이 있다. 내가 그 4분의 1에 속하는지 무증상으로 그냥 지나갔는지는 확인할 길이 없다.

코로나 기간에는 특별한 근무 경험을 많이 했다. 코로나 상황이 악화되면서 사회적 거리두기 단계가 올라갔을 때는 3일에 한 번씩 돌아가면서 재택근무를 했다. 사무실 현원 3분의 1 범위 내에서 재택근무를 하라는 학교의 방침이 있었기 때문이다. 재택근무를 하면 집에서 하루 종일 컴퓨터 앞에 앉아 일을 하는데 동료들과 업무 관련 대화는 모두 카톡으로 주고받았다.

재택근무를 하는 동료가 몇십 분 후에 답변을 하는 경우도 자주 있었다. 나는 고지식해서 근무시간에는 컴퓨터 앞에 앉아 있었지만 말이다. 왜 늦게 답변하냐고 다그치지는 않았다. 원래 집에는 노트북이 있었으나 코로나 기간 재택근무를 위해 올인원 컴퓨터를 구입했고, 지금도 잘 쓰고 있다.

가 보지 않은 길, 다양성위원회 활동

다양성위원회는 위원장과 부위원장을 포함해 15명 위원이 임명 또는 위촉되어 있고, 분기별로 정기회의를 개최한다. 또한 기획과에서 예산을 별도로 받아 1년에 두 개씩 기획연구과제를 수행하는데, 다양성위원회는 두 개의 연구 주제를 선정하고 연구책임자를 섭외하는 일을 한다. 매년 발간하는 〈다양성보고서〉는 출범 다음 해인 2017년부터 발간하여 2025년 7월에 아홉 번째 보고서가 나왔다. 2017년에 첫 보고서를 만드는 작업이 가장 힘들었다. 구성원 분류체계를 정립하고 직급을 하나하나 확인하는 과정이 쉽지 않았다. 보고서의 목차도 계속 변경했다.

다양성보고서는 서울대 구성원 전체의 다양성 통계를 생산하고 있어 〈서울대학교 통계연보〉보다 넓은 범위의 구성원을 포함한다. 다양성보고서의 통계분석을 위해서는 매년 1월에 많은 기관에 다양성 현황 자료를 요청하는데 처음 몇 년 동안 상대 기관들이 다양성위원회 존재 자체를 몰랐고 자료를 제출하는데 거부감을 나타냈지만 오랜 기간 보고서가 나오다 보니 이제 자료를 요청하면 예전보다 빨리 자료를 보내 준다.

10년간 다양성위원회 활동 중 가장 의미 있는 것을 꼽으라면 〈교육공무원법〉 개정 활동을 펼쳐 개정안이 통과되는 경험을 한 것이 그중 하나다. 2년 반 동안 국회를 자주 출입하며 개정을 위한 활동을 펼쳤는데, 교육위원회 소속 의원실에 연락해서 방문 약속을 잡는 것이 엄청난 스트레스였다. 국회의원과 약속을 잡는 것은 하늘에 별따기였다.

2016년 다양성위원회의 첫 기획연구과제가 교원 다양성을 증진하는 연구였고, 연구팀의 정책제안 중 하나가 교육공무원법 개정이었다. 당시 교육공무원법에는 대학 교원을 뽑을 때 자교 출신 비율을 제한하는 내용만 명시되어 있었고 성별에 대한 조항은 없었다. 연구팀은 성별 다양성 조항을 추가하자는 제안을 한 것이다.

그런 제안을 한 배경은 2015년 기준으로 40여 개 국공립대의 여성 교원 비율이 평균 15%밖에 되지 않았기 때문이다. 사립대와 비교해도 10% 정도의 차이가 났다.

우선 국공립대학 여성 교원의 연대가 필요해 〈국공립대학여교수회 연합회〉 창립을 준비했다. 40여 개 대학 여교수(협의)회에 연락해 연합회 참여 의사를 일일이 확인했고, 결국 2017년 3월 30일 서울대에서 연합회 창립포럼을 개최했다. 총 15개 대학이 참여했고, 부산대 여교수회장이 1기 회장으로 선출되었다.

이후 9월 8일 국회에서 〈양성평등 임용 확대를 위한 교육공무원법 개정 공청회〉를 개최하였다. 4당 의원실이 공동주최하는 형식을 취했고, 연합회 참여 회원교의 여교수회 임원진이 참석했다.

2017년 9월 교육공무원법 개정 공청회

개정안 초안은 공청회 이후 다시 수정을 거쳐 2017년 9월 말 당시 오세정 의원 대표 발의로 상정되었다. 이후 2020년 1월 국회 본회의를 통과하기까지 여러 단계의 위원회를 거치면서 개정안에 대한 찬반 논쟁이 이어졌고, 교육위원회 소속 의원실을 여러 차례 방문하면서 개정의 필요성을 설득하는 작업을 이어 갔다.

2020년으로 접어들면서 제20대 국회 회기가 얼마 남지 않아 개정안이 통과되지 않으면 폐기될 상황이라 조마조마했다. 강릉에서 열린 국공립대학여교수회연합회 정기회의를 마치고 2기 위원장님과 서울로 돌아오는 기차에서 국회 본회의 통과 사실을 확인하고 기뻐했었다.

법을 개정하는 것이 얼마나 힘든지 직접 체험해 본 소중한 경험이었다. 발의 당시 개정안이 수정되면서 대학 교원 임용에 있어 특정 성별이 4분의 3을 초과하지 아니하도록 노력한다는 내용으로 통과되었고,

신설된 조항은 이후 국공립대학 교원 임용에 적용되고 있다.

　또한 교육공무원법 시행령 부칙으로 2030년까지 여성 교원 목표 비율 25%가 명시되었고, 같은 내용으로 서울대학교 학칙에도 목표 비율이 제시되었다. 법 개정의 결과는 서울대뿐 아니라 40여 개 국공립대학 여성 교원의 비율을 늘리는 견인차 역할을 하고 있다.

다양한 외부활동

　다양성위원회가 출범하고 초기 5년 정도는 학내외에 다양성위원회라는 존재를 알리는 일에 주력했다. 타 대학이나 학회 등에서 다양성위원회 활동에 대해 발표해 달라는 요청이 들어오면 기쁜 마음으로 달려가 활동을 소개했다. 타 대학에 다양성위원회가 설립된다고 연락이 오면 모든 관련 자료를 공유했다.

　그렇게 해서 2017년 카이스트, 2019년 고려대와 서울과기대, 2021년 경북대, 2022년 부산대에 다양성(포용성)위원회가 만들어졌다. 하지만 2022년 부산대를 끝으로 지난 몇 년간 새로 생겨난 곳은 없다.

　소강상태임에도 불구하고 2023년 5월에는 6개 대학이 모여 〈대학다양성협의회〉가 발족되었다. 1년 후인 2024년 6월에는 공공기관, 대학, 기업 등이 참여하는 〈한국다양성협의체〉도 출범했다.

　대학다양성협의회 출범 이후 유일한 사립대인 고려대 다양성위원회가 2023년 가을 조직개편이 일어나 총장 직속 자문기구에서 인권성평등센터 산하 위원회로 통합되었다. 고려대는 서울대와 함께 가장 열심히 다양성위원회 활동을 펼치던 곳이었는데 총장이 바뀌면서 위상이 달라지고 활동도 축소되어 안타까웠다.

2023년 5월 〈대학다양성협의회〉 발족식은 문화체육관광부 산하기관인 한국문화예술위원회와 공동주최로 개최하였고 정책포럼도 함께 열었다. 당시 6개 대학 다양성위원회가 모두 참여 의사를 밝혀 기관장이 모여 발족선언문을 낭독했다.

서울대를 제외한 나머지 대학들은 위원회가 있기는 하지만 실무자가 없는 상태로 유지되고 있다. 하지만 고무적인 일은 고려대, 경북대, 부산대에서도 다양성보고서 발간을 위해 꾸준히 노력하고 있다는 점이다.

한편 2023년 10월 GM 한국사업장이 개최한 다양성 주간 행사에 대학, 기업, 공공기관의 다양성 기구가 처음으로 한자리에 모이면서 교류가 시작되었고, 모임이 지속되면서 2024년 6월에 〈한국다양성협의체〉가 출범했다.

발족식을 개최할 당시에는 8개 기관이 참여했지만, 이후 많은 기관들이 합류하여 현재 17개 기관이 협의체에 속해 있다. 협의체에 가장 많이 참여하고 있는 부문은 기업이다. 포스코이앤씨 외에 대부분 글로벌기업 계열이긴 하지만 다양성 정책들이 민간 기업에서 도입되어 확산되고 있는 것은 매우 반가운 일이다.

나는 협의체 출범 이후 2년간 운영위원회 위원으로 활동하고 있다. 운영위원회는 협의체의 1, 2기 의장기관인 한국여성과학기술인육성재단(WISET)에서 운영하고, 기업, 대학, 연구기관 등이 골고루 참여하고 있다. 매달 회의를 열어 새로 가입 의사를 밝힌 기관에 대해 알아보고, 지속가능한 협의체 운영에 대해 계속 고민하고 있다. 작년 11월에 처음으로 〈한국다양성포럼〉을 서울대에서 열었고, 2025년 11월에 두 번째 포럼도 개최하였다.

폭력예방교육 전문강사 활동

박사과정 졸업 이후 서울대 여성학협동과정이 한국양성평등교육진흥원과 협약을 맺어 서울대에 〈폭력예방교육 전문강사 특별양성과정〉을 개설하였다. 전문강사 풀에 여성학을 전공하는 박사 수료생과 졸업생을 끌어들이는 전략이었다.

나도 특별양성과정 수강을 신청하여 두 학기에 걸쳐 성희롱-성폭력-가정폭력-성매매 교육과정을 차례대로 이수하고 전문강사로 위촉되었다. 진흥원에서 운영하는 네 가지 영역 교육과정은 훨씬 긴 시간이 요구되지만, 여성학 전공자라는 특수성을 반영하여 압축적으로 운영되었다.

이론적 배경은 여성학 박사과정을 다니면서 배웠다면 교육과정에서는 주로 활동가나 전문가들이 찾아와 생생한 현장 이야기를 들려주어 수업은 매우 흥미로웠다. 특히 폭력예방교육을 위해서는 폭력 현실에 대한 이해와 현행법과 제도에 대한 공부가 필요했다.

교육과정 후반부에는 배운 내용을 바탕으로 강의안을 직접 짜고, 심사위원들 앞에서 강의를 시연하면서 강의력 평가도 받았다. 교육과정은 생각했던 것보다 엄격하게 관리되는 듯 보였다.

나의 박사논문 연구 주제로 양성평등교육을 다루었기 때문에 한국양성평등교육진흥원에서 전문강사 양성 프로그램을 어떻게 운영하는지는 잘 알고 있었지만, 내가 실제로 강사양성과정 교육생으로 참여하면서 새로운 관점에서 많은 것을 몸소 배울 수 있었다.

긴 시간을 투자하여 네 가지 영역 전문강사로 위촉되었지만, 풀타임 근무를 하다 보니 연차를 써야 하는 외부 강의는 많이 나가지 못했다. 전문강사 신분을 유지하려면 1년에 최소한의 강의 횟수가 필요했는데 나는 그 정도만 겨우 채울 수 있었다.

2년 후 재위촉 보수과정을 이수하여 한 번 더 전문강사로 위촉되었지만, 시간적 제약으로 외부강의를 나가기 힘들어 결국 4년을 끝으로 전문강사 활동을 접어야 했다.

하지만 전문강사로 위촉된 4년 동안 서울대 전기정보공학부 학생들을 대상으로 몇 년간 오프라인 교육을 한 것이 가장 기억에 남고, 그 외에도 서울대 직원 대상, 여러 공공기관 종사자 대상 교육도 조직마다 다른 분위기를 느끼며 색다른 경험을 했다.

특히 경기도의 한 경찰서를 방문하여 수백 명의 경찰 앞에서 성희롱·성폭력 예방교육을 할 때는 기싸움을 하느라 많이 긴장했었다. 전문강사를 직접 해 보니 관련 법과 제도가 계속 바뀌기 때문에 꾸준히 공부하지 않으면 잘못된 정보를 전달할 수 있어 유의해야 하고, 대상의 특성에 맞게 강의안을 계속 수정해야 한다.

달라지는 근무 환경

10년 동안 풀타임으로 근무하다 보니 근무 환경이 점차 변하고 있다는 것을 실감하게 된다. 큰 흐름은 가족친화 정책과 일·생활 균형을 위한 정책의 확대다. 새로운 제도들이 하나씩 도입되고 있고, 또 앞으로도 변화가 기대된다. 가장 큰 변화는 세계 최저 합계출산율로 인해 매년 지원이 확대되고 있는 임신·출산·양육 지원 제도들이다.

2025년 현재 임신한 여성들은 출산 전후로 90일의 출산휴가를 쓸 수 있으며, 육아휴직도 부모 각각 1년 사용할 수 있다. 하지만 서울대 직원은 육아휴직을 3년까지 사용할 수 있고 복직도 보장된다. 임신 12주 이내와 32주 이후에는 하루 최대 2시간의 근로시간 단축도 가능하다.

서울대 포털의 직원 채용 공고 게시판에는 대체인력을 뽑는 공지가 자주 올라온다. 육아휴직을 쓰는 직원들을 위해 대체인력을 뽑는 것이다. 대체인력은 2년 넘게 근무해도 무기계약직 전환 대상이 아니다.

우리 사무실에도 몇 년 전에 3개월의 출산휴가와 2년의 육아휴직을 쓴 직원이 있어 2년 3개월 동안 대체인력을 고용했다. 예전과 비교하면 엄청나게 지원이 늘어난 것이지만 여성들은 여전히 임신을 통해 자신의 커리어가 단절될까 염려하면서 출산을 망설이는 분위기다.

임신·출산·육아 지원 제도뿐 아니라 일·생활 균형 지원도 늘고 있다. 서울대의 법인직원 공채는 경쟁률이 높기로 유명한데 대학 직원이 일·생활 균형 면에서 유리하다고 생각하기 때문에 선호되는 직장이라고 한다.

대학은 1년에 4개월의 방학 기간이 있지만, 서울대는 그동안 방학 기간 단축근무 제도가 없었다. 그러다 2024년 겨울에 처음으로 동계 방학 기간 8주 동안 10시에 출근하거나 5시에 퇴근하는 1시간 단축근무 제도를 도입했다. 이 제도의 공식 명칭은 하계/동계 자기계발 집중 기간이다.

올 여름방학에도 하계 방학 기간 단축근무를 운영했다. 1시간만 일찍 퇴근해도 저녁이 있는 삶을 누릴 수 있다는 것을 체감할 수 있었다. 또한 〈가정의 날〉도 도입되어 한 달에 한 번 금요일 4시 퇴근이 가능하다.

연장선상에서 현재 우리 사회도 4.5일제 도입이 논의되기 시작했다. 경기도가 공무원을 대상으로 4.5일제를 시범 운영하고 있고, 정부에서도 몇 년 안에 4.5일제를 확대하려는 움직임이다. 기관이나 직군에 따라 근무조건이 달라서 일괄적인 적용은 힘들 것 같고, 이로 인해 좋은 일자리와 그렇지 않은 일자리의 격차가 더 커지는 것은 아닌지 우려되는 면도 있다.

마지막으로 정년 연장도 우리 사회의 숙제인데 당장 광범위한 도입은 힘들겠지만, 이것도 2~3년 안에 가능하리라고 본다. 청년층은 일자리가 줄어드는 현실에 정년을 연장하는 것이 모순적으로 보일 수 있지만, 산업구조 변화와 인공지능의 영향으로 노동시장 자체가 급변하고 있어 일자리 구성도 큰 재편이 예상된다. 나는 해당 사항이 없지만 가까운 시일 내에 단계적으로 도입될 것이라고 본다.

정년 연장과 관련하여 최근에 놀라운 기사를 본 적이 있다. 해외의 최신 연구에 의하면, 대규모 인구 데이터를 바탕으로 인간의 인지 능력, 성격 특성, 감성 지능 등 16가지 심리적 요소를 정밀 분석하여 전반적인 정신 능력을 종합한 결과 55세에서 60세 사이가 인간의 정신 능력이 가장 조화롭게 발현되는 시기로 나타났다. 이 연구 결과는 고령자의 재취업과 정년 연장에 대한 사회적 논의에 새로운 시각을 제공한다는 평가를 받고 있다.

미니 조직의 중간관리자

내가 일한 다양성위원회는 위원 15명과 실무자 3명으로 구성된다. 다양성위원회 공간은 체육관 맞은편 롯데국제교육관 건물 5층에 사무실과 위원장실 두 곳이 배정되어 있다.

처음에는 직원도 2명이고 짐도 별로 없어 쾌적한 공간이었는데 2년 후 직원이 3명이 되고 살림이 점차 늘어났지만, 공간은 늘지 않았다. 지금은 보고서 자료도, 사무용품과 가구도 늘어나 3명이 근무하는 사무실이 매우 좁아졌고, 위원장실은 점차 창고가 되어 가고 있다.

공간을 늘리는 문제는 생각했던 것보다 어려웠다. 위원장실 바로 옆에 사무실 공간이 하나 있지만 다른 기관이 사용 중이고, 그 공간을 우리에게 배정해 달라는 요구를 본부에 여러 번 했지만 받아들여지지 않았다. 나 또한 처음부터 개인 사무실이 없었고, 학내 다른 기관을 방문했을 때 박사인 경우 개인 사무실도 있고, 심지어 조교가 있는 경우도 더러 있어 부럽기만 했다.

위원 15명 중 위원장과 부위원장이 있고, 대부분의 활동은 위원장의 승인을 통해 이루어진다. 그러다 보니 자주 소통을 해야 하는데 활동 초기에는 메일로 했지만, 지금은 카톡으로 대부분의 소통이 이루어진다. 위원장에 따라 선호하는 채널이 이메일, 전화, 카톡 등 다르긴 하지만 역시 제일 빠른 소통 채널은 카톡이다.

3명의 미니 조직이다 보니 업무분장이 쉽지 않다. 3명은 책임전문위원(박사), 전문위원(석사), 행정직원(학사)으로 구성되며, 주요 업무와 역할은 주어져 있지만, 대부분의 일은 함께 해야 한다. 특히 일 년 내내 행사를 많이 하기 때문에 긴밀한 협조와 융통성 있는 역할 분담이 필요하다.

문제는 세 사람 중 두 사람에게 갈등이 생길 때다. 업무분장을 합리적이고 효율적으로 하려고 노력했지만 어떨 때는 자기가 왜 그 일을 해야 하는지 동의가 안 되는 경우가 발생한다. 최근 신인류의 등장에 대해 특강을 들었는데, 연사가 Z세대의 '3요' 주의보를 "이걸요? 제가요? 왜요?"라고 소개했는데 무척 공감이 되었다.

그럴 때 조금씩 불만이 쌓이고, 그것이 어느 날 어떤 계기로 표출된다. 그럼 내가 갈등을 조정하는 역할을 해야 하는데 내 스타일이 민주주의형이지 권위주의형이 아니기 때문에 내 얘기가 잘 안 먹힐 때가 있다. 물론 쌓아 두는 것보다는 감정을 표출하는 것이 건강한 관계에 도움이 된다고들 하지만, 감정의 골이 깊어지는 경우도 있다.

이러한 3인 조합(triad)에서 갈등 관계의 발생은 3인이라는 조직의 특성에서 오는 구조적인 문제와 상대적으로 낮은 임금에서 오는 직업인으로서 동기 부여 부족이 가장 본질적인 이유라고 생각한다.

학부 수업 시간에 독일 사회학자 짐머만(Zimmermann)의 3명일 때 갈등이 필연적으로 발생한다는 분석을 배운 적이 있다. 3명이 되면 비교 가능성이 커지고, 선택의 문제(편들기)가 등장하고 책임 분산이 일어난다는 것이다.

지난 10년 동안 딱 한 번 남성 직원이 시간제 계약직으로 5개월 근무한 적이 있었다. 나는 그 친구의 업무 스타일이 마음에 들었다. 군대도 다녀오고 직장 경험도 있는 친구였다. 그런데 기존 직원과 갈등이 생기면서 결국 계약기간을 채우지 못하고 그만두었다.

그때 내가 중간에서 갈등 조정을 못해 그런 결과가 나온 게 아닌가 싶어 많이 반성했었다. 새 직원을 채용할 때마다 남성 지원자가 항상 몇 명 있었지만, 그 이후 남성 직원과 함께 일하는 기회는 다시 주어지지 않아 아쉬웠다.

나는 갈등이 반복적으로 발생할 때마다 이것이 여성 특유의 문제인지도 고민했다. 여성 간 갈등은 주로 여성에게 주어진 한정된 자원을 두고 경쟁하기 때문이라고 배운 적이 있고, 여성들이 관계지향적 특성이 강한 만큼 상대방의 말과 행동에 민감하게 반응하기 때문이라고 하지만, 우리 사무실의 경우 3인 조합이라는 구조적 조건도 영향을 미칠 수 있다고 본다.

세어 보니 지난 10년 동안 작은 사무실에서 총 11명과 일했고, 짧게는 3개월, 길게는 5년 넘게 일했다. 나이가 들어 갈수록 동료들과 나이 차이가 점차 벌어지면서 세대 차이를 이해하고 극복하는 것이 큰 도전 과제로 느껴졌다.

중간관리자로서 동료를 평가할 때 인성이 먼저인지, 업무 능력이 먼저인지도 늘 고민거리였다. 업무 능력은 키울 수 있지만 인성은 바꿀 수 없다는 말도 있기 때문이다.

얼마 전 인기리에 방영된 〈서울 자가에 대기업 다니는 김 부장 이야기〉를 보면서 나는 그렇게 큰 조직에서 영업 이익을 통해 존재 증명을 해야 하는 자리는 아니지만 중간관리자로서의 어려움은 비슷하지 않을까 생각했다.

기록하는 습관

위원회 활동을 하는 동안 내가 제일 중요하게 생각한 것은 모든 활동을 꼼꼼하게 기록하는 일이었다. 나는 몇 가지 형태로 모든 활동을 기록으로 남기려 노력했다.

여성학협동과정에 다닐 때도 "기록의 여왕"이라는 평가를 동료들로부터 몇 번 들은 적이 있고, 대학교 다닐 때도 시험 기간이 되면 친구들이 내 노트를 빌려다 복사를 했다.

우선 매일 업무일지를 썼다. 직장인이라면 누구나 쓰겠지만 나도 하루 종일 무슨 일을 했는지, 점심은 어디서 누구와 먹었는지까지 기록했다. 물론 점심 메뉴는 기록하지 않았다. 오늘 한 일뿐 아니라 앞으로 할 일도 꼼꼼히 적어 놓으면 해당 날짜에 기재된 일을 빠뜨리지 않고 하게 되는 효과가 있다. 외부활동(발표, 토론, 자문, 심사 등) 역시 별도로 기록했다.

또한 업무일지와 별개로 모든 활동을 영역별로 나누어 활동 기록을 정리했다. 예를 들면 연구/조사 참여, 학내외 언론 대응, 본부 의견/자료 제출, 학내외 발표/토론, 교내 행사, 직원 채용/퇴직, 홍보물 제작, 기념품 제작, 외부기관 협력, 출장, 외부 자문 등으로 나누어 꼼꼼하게 기록했다. 이렇게 기록해 두면 영역별로 지난번에 어떤 일이 있었는지를 찾아보기가 무척 수월하다.

무엇보다도 가장 신경을 써서 기록을 남긴 곳은 다양성위원회 홈페이지다. 홈페이지에는 그간의 활동이 앞서와 같이 영역별로(홈페이지 메뉴별로) 기록되어 있다. 행사를 개최하는 경우 보통 그다음 날 게시글을 써서 사진과 함께 등록한다. 행사에서 느꼈던 점이 휘발되기 전에 기록하기 위해서다. 사진도 기록물의 중요한 일부분이다.

그동안 국내외 외부기관에서 우리 활동을 인터넷으로 검색하다 홈페이지를 통해 우연히 알게 되어 연락해 온 경우가 꽤 많았다. 예를 들면 일본대학 몇 군데서도 연락이 왔었는데 인터넷 검색을 통해 알게 되었다는 얘기를 들려주었다. 인터넷을 통해 우리의 활동 이야기가 세계 어디에나 닿을 수 있다는 점에서 홈페이지가 얼마나 중요한 소통의 채널이 되고 있는지 알 수 있다.

홈페이지에는 매년 발간하는 다양성보고서와 일 년에 두 개씩 진행하는 정책연구 보고서도 모두 파일로 업로드되어 있다. 관련 연구를 하거나 궁금한 통계가 있으면 파일을 다운로드 받아서 볼 수 있다. 보여주기 부끄러운 내용도 있지만 정보의 공개를 처음부터 중요하게 생각했기 때문이다. 매년 제작하는 다양성위원회 도서·영화 추천 목록도 마찬가지로 공개되어 있다.

또한 우리 홈페이지는 다른 사이트와 달리 게시물 조회수가 나오지 않는다. 이는 홈페이지를 처음 설계하는 단계에서 내가 낸 의견이 반영된 것이다. 해외 사이트는 조회수가 잘 보이지 않는데 유독 국내 사이트는 게시물 목록에 조회수가 거의 다 있다. 게시물마다 서로 다른 조회수를 보게 되면 불필요하게 신경이 쓰인다는 점에서 과감하게 이를 생략하기로 한 것이다.

우리 홈페이지는 국문과 영문 두 가지 버전으로 되어 있어 처음에는 영문 사이트는 국문에 게시한 내용을 번역해서 올렸는데 지금은 국문 사이트에서 구글의 언어변환 서비스를 이용하면 세계 어떤 언어로도 게시글 내용을 확인할 수 있는 편리한 세상이다. 물론 번역이 100% 정확하지는 않다는 점에 유념해야 한다.

홈페이지에는 다양성 정보 메뉴가 있어 다양성과 관련된 국내외 소식도 선정하여 올리고 있다. 국내외 다양성 이슈가 무엇인지, 어떤 긍정적인 또는 부정적인 변화가 일어나고 있는지를 뉴스 제목만 봐도 짐작할 수 있다.

예를 들면 2025년은 트럼프 2기 행정부가 시작되면서 Anti-DEI 정책들이 미국 대학이나 기업에 엄청난 영향을 미치고 있으며, 해외도 예외가 아니다. 이런 뉴스를 계속 업데이트하면서 다양성과 관련된 국내외 정책 환경의 변화를 살펴보고 있다.

8

———

여행을 함께 한 가족의 시간

늘 가고 싶었던 그곳, 시카고

큰이모가 1979년에 시카고로 갑자기 이민을 떠나셨다. 큰이모는 중학교 선생님이셔서 그런지 나를 볼 때마다 이런저런 잔소리를 하셨지만, 그래도 나는 큰이모가 싫지 않았다. 초등학교 때 방학만 되면 해운대에 있는 외갓집으로 달려갔는데, 근처에 있던 큰이모 집에서도 꼭 하루를 잤고, 큰이모의 외아들인 사촌 동생과도 친하게 지냈다.

그런 이모가 어느 날 시카고로 이민을 갔고, 얼마 후 외할머니가 먼저 시카고 이모 집에 다녀오셨고, 부모님과 이모들도 시카고 이모 집을 다녀오셨다. 몇 년 후 오빠도 일리노이주로 유학을 가서 방학 때는 이모 집에서 지낸다고 했다. 나는 매년 크리스마스에 이모와 이모부께 연하장을 보내 드렸고, 언젠가 만나러 갈 수 있기를 고대한다고 늘 얘기했다.

그러다 보니 1996년 12월 첫 겨울방학을 맞이하여 미국에서의 첫 여행지로 시카고 이모 집을 방문하기로 했다. 너무 가고 싶었던 곳이라 이모의 허락도 구하지 않고 방문 일정을 보름 정도로 길게 잡았다.

시카고 다운타운에서 40분 정도 떨어진 외곽 지역에 있는 이모 집은 미국 영화에서 많이 보던 나무로 된 이층집이었고, 주택 단지 한가운데 작은 호수가 있었다. 2층 주택들이 많았지만 거리가 떨어져 있어 다른 집 안이 보이지는 않았다.

시카고가 추울 거라 짐작했는데 생각했던 것보다 더 추웠고, 집 밖에는 계속 눈이 쌓여 있었다. 우리는 주로 집에 머물렀고, 가끔 차를 몰고 미술관이나 박물관을 구경하러 갔다. 낮에는 케이블TV로 한국 방송을 시청할 수 있어서 한국 뉴스나 드라마를 보니 지루하진 않았다.

추운 겨울에 돌아다니기 힘들었던 것은 돌도 안 된 첫째가 있었기 때문이다. 대학생인 사촌 동생이 우리를 데리고 시카고 다운타운을 구경시켜 준 적이 있는데 꽁꽁 얼어 있는 길을 걷다가 지나가던 자동차가 도로에서 미끄러져 인도로 돌진하면서 차에 부딪힐 뻔한 아찔한 순간도 있었다.

시카고 다운타운은 영화에서 많이 보던 마천루들을 볼 수 있어 반가웠고, 도심을 가로지르던 강물과 높은 건물들이 어우러져 낭만적인 도시의 풍경을 연출하고 있었다. 오스틴과 비교하면 대도시라 다운타운의 크리스마스 장식들이 멋있어 보였고, 오대호 중 하나인 미시간호 근처도 색다른 분위기를 연출했다.

큰이모 부부는 시카고 다운타운에서 세탁소를 하고 계셔서 아침 일찍 나가서 밤늦게 돌아오셨다. 그래서 우리 가족은 점심은 알아서 만들어 먹고 이모와 이모부가 집에 오실 때쯤 저녁 식사를 준비해서 같이 먹었다. 하루 종일 일하고 돌아오신 이모에게 저녁을 얻어먹을 수는 없었기 때문이다.

저녁에는 거실에 노래방 기계가 있어 맥주 한 캔을 함께 마시면서 노래도 많이 불렀다. 큰이모 가족이 갑자기 미국으로 이민을 가게 된 것은 이모부 형님께서 시카고에서 자리를 잡고 계시면서 자꾸 동생에게 미국으로 이민을 오라고 권유했기 때문이었다.

이모부는 경상도 출신으로 친구들과 어울리는 것을 좋아하셨는데, 시카고에서는 교회도 다니지 않고 집과 세탁소를 오가며 외롭게 지내셨다. 그래서 몇 년에 한 번씩 한국에 나오시면 친구들과 약속을 많이 잡아서 밀린 회포를 푸셨다. 세탁소 문을 닫을 수가 없으니, 이모와 이모부는 번갈아 한국에 다녀가셨다.

우리 가족은 2001년 6월에 한 번 더 이모 집을 방문했고, 그때는 두 아이를 데리고 가서 이틀을 묵었다. 지금은 두 분 다 돌아가시고 시카고에는 사촌 동생 부부가 아들과 살고 있다.

1996년 12월 시카고미술관 밀레 그림

미국에서 세 번의 자동차 여행

텍사스에 6년을 사는 동안 세 번의 자동차 여행을 했다. 한번 갈 때마다 보름 정도 긴 기간을 잡아 돌아다녔는데, 차로 지나간 주를 다 합치면 서른 개가 훌쩍 넘는다. 아마 그 어느 미국인보다도 많은 주를 방문했을 것이다. 한 주에서 다른 주로 경계선을 넘어갈 때마다 환영한다는 도로 표지판을 보며 설레었던 기억이 생생하다.

그때는 내비게이션이 없어서 내가 조수석에 앉아 지도책(Atlas)를 보며 길 안내를 해야 했다. 두 번째 자동차 여행부터는 조수석에 앉아 캠코더(8mm 소니 캠코더) 촬영도 했다. 남편은 고속도로를 달리면서 눈에 보이는 경치는 다 찍으라고 해서 나는 내 눈보다 카메라 렌즈를 통해 본 경치가 더 많았다. 그때 찍었던 영상들은 나중에 CD로 제작하고 mp4로 변환해서 휴대폰에 가지고 있다.

첫 자동차 여행은 우리가 타던 차인 혼다 어코드를 직접 몰고 갔고, 이후 두 번은 새 자동차를 대여해서 여행했다. 빌린 차들은 미국산 포드와 쉐보레 말리부였던 것으로 기억한다.

학생이다 보니 여행 자금이 넉넉하지 않아 여행을 다니는 동안 나의 친구들이나 친척 신세를 많이 졌다. 초등학교 친구, 중학교 친구, 대학교 친구와 선배, 사촌 언니 집, 이모 집 등 하루 이틀씩 묵으면서 신세를 졌다.

신세를 질 곳이 없는 지역은 비교적 저렴한 〈모텔 6〉에 묵어서 큰애는 그 간판만 봐도 반가워했다. 트렁크에 밥솥과 아이스박스를 싣고 다니면서 틈틈이 밥도 해 먹었다. 큰 도시에 있는 한국 슈퍼마켓에 들러 반찬을 몇 가지 사서 밥을 지어 먹고 어떨 때는 점심 도시락도 쌌다. 긴 여행에 세끼를 다 사 먹기에는 비용이 만만치 않았기 때문이다.

사실 이동 거리가 길다 보니 가장 비용이 많이 드는 것은 기름값이었다. 돌아다니다 보면 주마다 기름값이 다른데 역시 텍사스의 기름값이 저렴하다는 것도 확인할 수 있었다. 둘째가 돌이 되기 전에도 보름 동안 자동차로 여행을 다녀서 아침마다 하루 종일 아이에게 먹일 분유를 타서 여러 병에 나누어 담기도 했다.

1997년 6월, 기다리던 여름방학을 맞이하여 첫 자동차 여행을 떠났다. 첫 목적지는 애리조나 투산에 사는 남편 대학 친구 집이었다. 그 집에는 첫째와 동갑내기 자녀도 있었다.

중고차인 혼다 어코드를 끌고 서쪽으로 끝도 없이 달렸다. 오스틴에서 텍사스주 서쪽 끝에 있는 엘파소를 통과하는 데만 8시간가량 걸려 텍사스주가 정말 크다는 것을 실감할 수 있었다. 애리조나는 텍사스와는 다른 풍경이었고, 사막 지역과 선인장도 보였다.

남편 친구 집에서 이틀을 머물다 다시 출발해서 그랜드 캐년, 뉴멕시코 경계에 있는 화이트샌즈 국립공원, 유타주 자이언 캐년, 후버댐과 라스베가스를 거쳐 LA, 샌프란시스코를 둘러보았다. 라스베가스는 호텔에서 1박을 했고, 나머지는 지인 찬스로 신세를 졌다. 특히 샌프란시스코에서는 교포와 결혼해 미국에 살고 있는 사촌 언니 집을 찾아갔다.

애리조나의 허허벌판 고속도로를 달리다 타이어 펑크가 나기도 했다. 그 당시 내가 운전하고 있었는데 갑자기 차가 휘청하면서 핸들이 말을 듣지 않았다. 다행히 지나가던 큰 차가 없어 충돌은 없었고, 조금 기다리다 트럭을 몰고 지나가던 중년의 미국인을 발견하고 도움을 청했다. 그 남성의 도움으로 크기가 작은 스페어 타이어를 갈아 끼우고 십몇 킬로를 더 가 작은 마을에 있는 자동차 정비소에서 새 타이어로 교체할 수 있었다.

미국 땅덩어리가 워낙 크다 보니 고속도로 자동차 여행을 하다 보면 주유소가 자주 나오지 않아서 가끔 기름이 떨어져 차가 외진 곳에 멈추진 않을지 조마조마할 때도 많았다. 허허벌판을 달리는 경우가 많은데 마을과 마을 사이가 너무 멀어 중간에 기름이 떨어지면 낭패였다.

그때는 외진 도로 위에서 차가 멈추게 되면 휴대폰이 없던 시절이라 자동차 보험회사에 도움을 요청할 수도 없고 오로지 지나가는 사람에게 도움을 청해야만 하는데 밤 운전은 그나마 지나가는 차도 없어서 더욱 그랬다.

두 번째 자동차 여행은 둘째가 태어난 다음 해 2000년 여름방학 때였다. 아직 태어난 지 9개월밖에 안 된 둘째도 데리고 여행을 떠났다.

이번에는 애리조나 투산으로 비행기로 날아가서 남편 친구 집에 머문 다음 거기서 자동차를 대여하고 카시트를 두 개 구해 여행을 시작했다. 이번에는 후버댐, 라스베가스, 데스벨리 국립공원, 요세미티 국립공원, 레이크 타호, LA로 연결되는 코스였다.

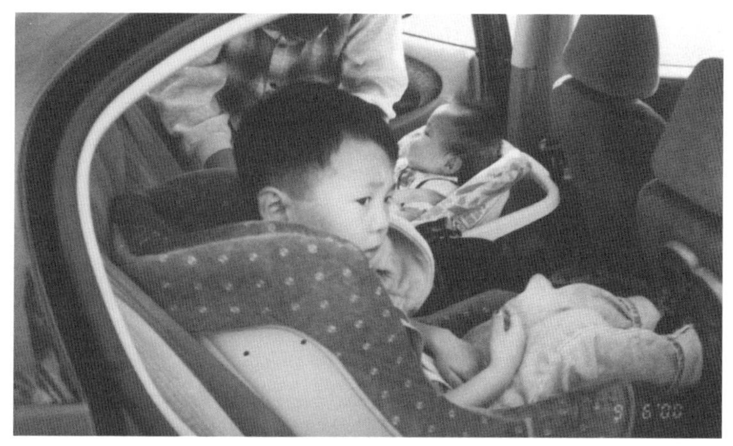

2000년 6월 자동차 여행 두 개의 카시트

특히 LA에서는 숙소를 제공해 준 중학교 친구와 함께 다저스 스타디움에 야구를 보러 갔는데 그날 박찬호가 완투승하는 것을 직관해 너무나 감격스러웠다.

데스벨리 국립공원 안을 달릴 때는 너무 더웠지만 차가 과열하여 그곳에서 멈출 수도 있으니 차 에어컨을 끄라는 도로 안내판이 있어 에어컨을 끄고 더위를 온몸으로 느끼면서 달려야 해 숨이 턱턱 막혔다. 두 번째 방문한 라스베가스에서는 5성급 호텔에서 룸 업그레이드를 해 주어 스위트룸에 묵는 행운도 얻었다.

세 번째 자동차 여행은 2001년 여름방학 때였다. 이번에는 서남부가 아니라 중부와 동부를 둘러보는 것이 목적이었다. 오스틴을 아침 일찍 출발해 계속 북쪽으로 달려 새벽 무렵 세인트루이스의 지인 집에 도착했다.

가는 동안 캔자스, 오클라호마, 미주리 등을 지나가게 되었는데 토네이도가 많이 발생하는 지역인데 마침 날이 흐려 긴장하면서 달렸다. 세인트루이스를 시작으로 시카고 이모 집 두 번째 방문, 오하이오주에 있던 선배 언니 집, 그리고 나이아가라 폭포 근처에서 하루 또는 이틀씩 묵었다.

2001년 6월 나이아가라 폭포

나이아가라를 출발해 뉴욕주를 달려 뉴저지 테너플라이에 있는 친구 집까지 갔다. 그 친구는 초등학교부터 대학까지 12년간 같은 학교를 다녔지만, 한 번도 같은 반은 한 적이 없는 오랜 친구였다. 친구가 맛있는 육개장을 한 솥 끓여 놓고 우리를 기다리고 있었다. 뉴저지 친구 집에 이틀간 머물며 뉴욕과 뉴저지를 돌아다녔다. 우리가 뉴욕에 갔을 때는 세계무역센터 건물을 배경으로 사진을 찍었는데, 3개월 후 911 사태가 일어나기도 했다.

배를 타고 자유의 여신상이 있는 리버티섬으로 들어갔는데, 구경을 다니다 보니 첫째가 보이지 않았다. 당시 섬에는 관광객이 정말 많았다. 남편과 나는 당황해서 30분 가까이 첫째 이름을 부르면서 찾으러 다녔고, 둘째는 유모차에 태운 상태였다. 배를 타야 밖으로 나갈 수 있으니 혼자 배를 타지는 않았을 거라 생각했지만, 누군가 데리고 갈 수도 있다는 생각에 겁이 났다.

당시 첫째는 다섯 살이었지만 영어로 텍사스의 집 주소나 전화번호를 말할 수 있는 정도는 아니어서 국제 미아가 될 수 있는 상황이었다. 30여 분을 그렇게 헤매다가 결국 군중 속에서 첫째를 발견했는데 울지도 않고 우리를 멀뚱멀뚱 쳐다보고 있었다. 그렇게 첫째가 갑자기 사라지는 경우는 그 후에도 여러 번 있었다.

다시 워싱턴 DC에 몇 개월간 가족이 와 있는 대학 친구 집을 방문하여 하루를 묵었고 버지니아, 테네시 그레이트 스모키 마운틴, 노스 캐롤라이나, 조지아, 앨라배마, 루이지애나를 거쳐 텍사스로 돌아왔다.

동부 지역은 계속 산악지대를 통과하면서 한적한 길을 달렸고, 특히 버지니아 지역은 한국의 국립공원을 보는 것처럼 친숙했고, 존 덴버의 노래 〈Take me home, Country roads〉에 나오는 가사인 세넌도어 리버(Shenandoah River)도 둘러보았다.

조지아 애틀란타에 도착하니 LA 도로만큼 차가 많고 운전도 험했다. 루이지애나에서는 늪지대에서 악어 투어 보트를 탔던 기억이 생생하고, 텍사스에서 가까운 지역이라 뉴올리언스는 두 번째 방문이었다. 중부와 동부 지역 자동차 여행은 그렇게 가지각색의 매력을 가진 지역들을 눈에 담고 돌아왔다.

2001년 6월 뉴욕을 다녀오고 3개월 후인 9월 11일 아침 세계무역센터 두 건물이 비행기 충돌로 무너져 내렸다. 나는 당시 거실 TV를 켜둔 상태에서 아침 식사를 준비하고 있었는데 갑자기 TV에서 앵커가 고함치는 소리가 들려 TV 앞으로 달려갔다. 첫 번째 충돌로 건물 한가운데 검은 연기가 치솟고 있었다. 그리고 얼마 후 비행기 한 대가 날아오더니 옆 건물에 또 충돌했다. 믿을 수 없는 광경이었다.

911 사태 이후 한 달 넘게 자동차들도 조기를 달고 다녔고, 주택들도 문 앞에 조기를 달았다. 도시 전체가 초상집 같은 분위기였다. 모든 행사에는 묵념과 함께 〈God Bless America〉 노래가 울려 퍼졌다. 그때 그 침울했던 분위기는 잊을 수가 없다.

유럽에 첫발을 내딛다

내게 유럽은 항상 미지의 세계였는데 처음 그 땅을 밟게 된 곳은 스페인이다. 남편이 4년에 한 번 열리는 큰 국제학회에 참석하게 되었는데 나도 같이 가자고 제안했기 때문이다. 애들은 부산에 계시는 양가 부모님에게 맡겼는데 아이들과는 처음으로 긴 시간을 떨어지게 되면서 여행지에서 계속 애들 생각으로 힘들었던 기억이 난다.

아이들을 친정에 맡기고 아파트 현관문을 나서려는데 당시 만 4살이던 둘째가 문을 붙잡고 안 떨어지려고 해서 당황했었고, 내가 아파트 단지를 빠져나오는 동안 아파트 베란다에 나와 울면서 엄마라고 계속 소리치는 바람에 마음이 너무 아팠었다. 둘째는 당시 엄마 껌딱지였다.

2003년 8월 초 남편이 참석하는 국제학회가 바르셀로나에서 4일간 열리게 되어 3일은 낮에 혼자서 지하철을 타고 돌아다녔고, 학회 마지막 날 저녁에는 바르셀로나 시장이 주최하는 만찬이 열려 나도 참석할 수 있었다.

요즘은 한국도 여름에 섭씨 40도에 육박하지만 예전에는 그 정도는 아니었는데, 당시 스페인은 아침에 눈을 뜨면 32도였고, 낮에는 너무 더워 한 시간을 돌아다니면 시원한 호텔방에 돌아와 30분은 쉬어야 했다. 아이들이 잘 있는지 물어보기 위해 친정엄마에게 전화하니 한국 뉴스에 스페인 폭염이 보도되었다고 하시면서 건강은 괜찮냐고 물어보셨다.

나는 3일 동안 피카소 미술관도 가고 옷 가게도 여기저기 많이 들어갔는데 공통적으로 영어로 소통이 되지 않았다. 종업원들이 대부분 영어를 못 한다고 해서 겨우 최소한의 소통을 할 수 있었다.

돌아다니다 더워서 힘들면 인터넷 카페도 몇 번 들어갔는데 그때 그곳에서 접했던 놀라운 소식이 현대그룹 회장의 자살이었다. 한국에서 재벌 오너가 그런 선택을 했다는 것이 믿기지 않아 하루 종일 멍했던 기억이 난다.

피카소 미술관은 피카소 초기 작품부터 마지막 작품에 이르기까지 어떤 다이내믹한 변화 과정을 거쳤는지 이해할 수 있는 소중한 장소였다. 4일 중 하루 오후는 남편과 사그라다 파밀리아 성당과 가우디의 까사 밀라를 보러 갔다. 사그라다 파밀리아 성당은 당시에 내부 공사 중이었는데 공사 기간이 너무 길어서 놀라기도 했다.

더운 날씨의 바르셀로나에서 가장 기억에 남는 것은 저녁마다 라 람블라(La Rambla) 거리에서 저녁 식사 대신 생맥주에 타파스 몇 접시를 먹던 일이다. 더위 탓인지 시원한 생맥주가 가장 맛있었고, 해산물, 튀김류 등 다양한 타파스를 골라 먹는 재미가 있었다. 4일 동안 많이 걸어서인지, 날씨가 더워서인지 내가 신고 다니던 슬리퍼 굽이 떨어져 그곳에서 아주 편한 슬리퍼를 새로 사 신기도 했다.

학회 마지막 날 만찬을 끝으로 학회 일정은 마무리되고 다음 날은 학회에 참석한 한국 사람 몇 분과 함께 차를 빌려 높은 바위산 위에 있는 유명하다는 몬세라토 수도원을 찾아갔다. 올라가는 길이 가팔랐지만 마침내 산 위에서 마주하게 된 수도원 건물은 기대 이상으로 웅장했고, 어떻게 높은 곳에 저런 건물을 지을 수 있었는지 놀랍기만 했다.

남편과 나는 바르셀로나를 떠나 마드리드로 가서 다시 3박 4일 여행을 했다. 해변 관광지인 바르셀로나와 달리 스페인의 수도 마드리드의 거리에 즐비한 웅장한 대리석 건물들은 한때 유럽의 최강국이었던 스페인의 위용을 느낄 수 있었고, 도시 전체가 역사와 문화의 향기를 마음껏 내뿜고 있었다. 세계 3대 미술관으로 꼽히는 프라도 미술관도 가 보았는데 작품 옆에 영어로 된 설명이 없어 아쉬웠지만, 그 규모와 웅장함에 매료되기도 했다.

우리가 3일을 묵었던 도심에 있는 호텔 근처에 플라멩코 공연장이 있는 것을 발견하고 이튿날 저녁에 플라멩코 공연을 보러 갔다. 입장료는 꽤 비쌌지만, 현지에서 직접 공연을 보고 싶어 티켓을 예매했다. 강렬하면서도 절제된 동작을 하던 화려한 드레스를 입은 나이 든 여성의 춤사위는 삶의 애환과 오랜 시간 이어진 한의 정서가 그대로 느껴질 만큼 애절하고 강렬했다.

또 강렬한 인상을 남긴 곳은 마드리드에서 버스를 타고 갔던 톨레도 (Toledo) 지역이다. 언덕 위에 자리한 톨레도는 스페인의 옛 수도로

순식간에 현대에서 중세로 시간 여행을 하는 기분이었다. 골목골목을 돌아다녔는데 역시 폭염 때문에 한 시간 이상 걷는 것이 정말 힘들었다. 다시 못 올 이국적이고 역사적인 곳에서 더위와 계속 싸우느라 몸이 지치는 게 속상하고 안타깝기만 했다.

10일 동안 스페인에 머무는 동안 아이들과는 딱 한 번 통화했는데 애들 목소리를 듣는 순간 너무 보고 싶어 눈물이 났다. 내가 공중전화를 붙잡고 울고 있으니 남편이 어이가 없다는 듯이 나를 쳐다보았다.

밴쿠버 호텔 한달살이

2006년 1월 중순부터 2월 중순까지 한 달을 밴쿠버 다운타운 호텔에서 보낸 기억도 남다르다. 당시 남편은 학교에서 선발된 학생들의 어학연수단 단장으로 밴쿠버에 한 달간 가게 되었는데 다시 못 올 좋은 기회이니 비용이 많이 들더라도 아이들을 데리고 함께 가자고 했다. 나와 아이들 비행기표를 따로 예약하고 원래 제공되는 호텔 룸을 비용을 추가해 업그레이드하여 가족이 다 함께 밴쿠버로 가게 되었다.

당시 나는 박사과정을 다니고 있었지만, 겨울방학 기간이라 큰 문제는 없었다. 지금 생각하면 세 사람의 비행기표와 호텔 룸 업그레이드 비용, 그리고 한 달간 식사 비용이 만만치 않았는데 어떻게 그런 결정을 하게 되었는지 모르겠다.

남편이 학생들과 먼저 밴쿠버로 떠났고, 나는 아이들을 데리고 이틀 후엔가 비행기를 타고 밴쿠버로 날아갔다. 우리가 묵는 호텔은 다운타운 중심부에 있었고, 근처에는 오리엔탈 마켓도 있고 한국, 중국, 일본 식당도 있었다. 호텔 방은 고층이라 멀리 잉글리쉬 베이(English Bay)

와 스탠리 공원(Stanley Park)도 내려다보였고, 아침에 일어나면 호텔 방 베란다 난간에 갈매기가 몇 마리씩 앉아 있어 아이들이 신기해했다.

방에는 더블 침대가 두 개 있었고, 한쪽 구석에는 간이 주방도 있어 미리 준비해 간 조그만 철제 전기밥솥으로 하루 한 끼는 밥도 해 먹었다. 반찬은 근처 오리엔탈 마켓에서 구입할 수 있었다. 세끼를 다 사 먹기에는 비용이 만만치 않았기 때문이다.

남편은 학생들의 어학연수 장소인 UBC(University of British Columbia)에 자주 점검을 하러 갔고, 나는 아이들과 주로 호텔 방에 있거나 주변을 돌아다녔다. 아이들이 심심해하면 길 건너 인터넷 카페에 가서 1-2시간 컴퓨터 게임을 하게 해 주었다.

밴쿠버는 겨울이 우기여서 우리가 지내는 한 달 동안 해가 난 날은 불과 3-4일밖에 되지 않았다. 부슬부슬 내리는 비 때문에 마음도 우울해지는 것을 경험할 수 있었는데 나중에 오리건에서 살 때도 비슷한 날씨 때문에 밴쿠버 시절이 생각나기도 했다.

주말이나 남편이 학교에 가지 않아도 되는 날에는 전차나 버스를 타고 밴쿠버 인근을 돌아다녔다. 우리가 머무는 동안 LA에 사는 초등학교 친구가 아들을 데리고 밴쿠버에 놀러 와 사흘을 함께 돌아다니기도 했다.

근처 그라우스 마운틴도 케이블카를 타고 올라가고, 카필라노 서스펜션 브리지도 직접 건너보았는데 아래로 흐르는 계곡을 보니 아찔했다. 스탠리 공원은 걸어서 20분이면 가는 곳이라 여러 번 가서 산책했고, 한국 사람들이 많이 산다고 들었던 지역인 버나비(Burnaby)와 코퀴틀람(Coquitlam)도 수상택시와 스카이 트레인 전철을 타고 가 보았다. 페리를 타고 밴쿠버 아일랜드를 방문한 것도 기억이 생생하다.

그러던 어느 날 내가 어학연수단 학생을 돕게 되는 일이 발생했다. 어학연수단이 버스를 대절해 휘슬러 스키장에 가게 되었는데, 스노보드를 타던 여학생이 리프트에서 내리면서 넘어져 다치게 된 것이다. 병원을 가야 하는데 당시 어학연수단 업무를 도와주던 현지 코디가 남자여서 내가 보호자 격으로 병원에 동행하게 되었고, 의사와의 영어 소통도 도와주었다.

그 여학생은 꿰맨 상처를 치료하기 위해 두세 번 더 병원에 가야 했고, 그때마다 코디가 나를 데리러 와서 함께 병원에 가기도 했다. 어학연수단이 귀국한 후 그 여학생 어머니로부터 감사하다는 전화를 받기도 해 쑥스러웠다. 남편의 공무 출장에 가족이 따라가게 되어 늘 눈치 아닌 눈치가 보였는데 조금이라도 도움을 줄 수 있어서 나도 뿌듯했던 기억이 난다.

6년 후인 2012년에 오리건에 살 때 캐나다 캘거리에 있는 친구 집을 자동차로 놀러 가면서 밴쿠버를 일부러 들른 적이 있다. 아이들은 어릴 때 머물렀기 때문에 잘 기억이 안 난다고 했지만, 휘슬러 스키장에서 스키를 배운 것은 기억이 또렷하다고 했다. 특히 둘째가 스키를 배우다 넘어져서 눈가를 다쳤기 때문에 기억이 난다고 했다.

비록 한 달간 살았던 곳이지만 다운타운을 가 보니 정말 반가웠고, 단골로 가던 식당들이 아직도 있는지 찾아보기도 했다. 한달살이 할 때 그리스(Greek) 레스토랑에서 먹었던 양고기는 너무 맛있어서 두

번이나 먹으러 갔었다. 지금도 우리 인턴 중 국제 학생이 미국이나 밴

쿠버에서 왔다고 하면 내적 친밀감이 느껴지는 것은 어쩔 수 없다.

중국 대륙에 매료되다

한국 사람들이 제일 많이 가는 여행지가 일본, 베트남, 중국 정도일 텐데 2024년에는 일본을 제일 많이 갔다는 통계를 본 적이 있다. 중국은 우리나라나 일본과는 비교도 안 되는 큰 대륙이고, 웅장한 자연경관이나 문화 유적지도 너무 많아 중국 사람들도 생전에 다 보기 힘들 것이다. 우리 가족이 처음 중국에 가게 된 것은 2007년 2월이다.

첫 중국 여행이라 패키지 관광이었고, 상하이, 항주, 소주 등을 둘러보는 일정이었다. 항주와 소주의 호수, 사원, 유적지 등을 둘러보았고, 상하이에서는 대한민국 임시정부 유적지와 윤봉길 의사 기념관도 들렀다. 상하이는 서울보다 훨씬 화려한 대도시로 높은 빌딩들이 많아 놀라웠고, 동방명주에서 내려다본 도심을 가로지르던 흙 빛깔의 황포강도 기억이 선명하다.

상하이는 사스키아 사센이 만든 주요 개념인 〈세계도시〉에 해당한다는 것이 떠올라 더 유심히 면면을 살펴보기도 했다. 현지 중국 요리는 한국에서 먹는 중국 요리나 미국에서 먹던 중국 요리와는 맛이 달랐지만 대체로 우리 입맛에 맞았다.

그해 8월에 두 번째 중국 여행을 가게 되었다. 당시 남편 친구 부인이 한국과 칭다오를 오가며 사업을 하고 있었는데 당시 친하게 지내던 세 가족이 함께 그곳으로 놀러 가자고 의기투합하게 된 것이다. 남편 친구 부부와 아들, 남편 후배 부부, 우리 가족 이렇게 세 가족이 칭다오로 자유여행을 떠나게 되었다. 8월이라 칭다오 맥주 축제가 열리는 기간이라 기회가 되면 그곳에도 가 보자고 했다.

칭다오 명소 여러 곳을 둘러보았고 가장 기억에 남는 것은 하루 코스로 노산을 등산한 것이다. 계단이 너무 많아 올라가기 힘들었는데 사람을 실어 나르는 가마가 있어 남편이 너무 힘들면 가마를 타 보라고 했다. 가마를 메고 가는 두 사람이 너무 힘들어 보여 차마 가마에 탈 용기를 내지 못했다.

몇 시간 동안 힘들게 등산하고 나서 노산 위에서 마셨던 시원한 노산 맥주 한 잔이 그렇게 맛있을 수가 없었다. 칭다오 맥주만큼 노산 맥주도 유명하다고 했다.

세 번째 중국 여행은 KBS에서 방영한 〈차마고도〉 다큐멘터리 재방송을 남편과 내가 따로 보았지만, 그곳으로 가고 싶다는 생각을 동시에 갖게 되면서 가게 되었다. 그렇게 하여 운남성으로 떠난 것은 2010년 7월이다.

곤명시, 여강고성, 옥룡설산, 리장, 대리 등 중국 동쪽과는 전혀 다른 자연 풍광이 펼쳐졌고, 야크라는 큰 소를 바로 앞에서 본 것도 인상적이었다. 그때만 해도 운남성에 해외 관광객이 많지 않았는지 현지 음식이 우리 입맛에 맞지 않아 둘째는 며칠 동안 식사를 거의 하지 못해 힘들어했다.

그곳에는 소수민족이 많아 소수민족 마을 몇 군데를 둘러보고 공연을 본 것이 가장 기억에 남고, 특히 몇몇 소수민족은 모부장제 사회였기 때문에 여성학 전공자로서 더 유심히 그들의 문화유산이나 생활양식, 옷차림, 행동 등을 살폈다. 그들과 대화를 나눌 수는 없었지만, 관광객을 주로 상대하는 사람들은 대부분 여성이었던 것도 인상적이었다.

그 이후 중국을 계속 못 가보다 2025년 2월 둘째와 칭다오를 다시 가게 되어 18년 전 기억을 많이 떠올렸다. 그동안 눈부신 경제 발전을 한 것이 한눈에 보였고, 관광객도 훨씬 많아졌지만, 관광지에 여전히 재래식 화장실이 많아 화장실 가는 것이 계속 신경이 쓰였다.

둘째와 칭다오를 가기로 한 것은 식도락이 목적이었기 때문에 먹는 것에 집중했다. 특히 일정 중에 오성급 호텔에서 먹는 점심 뷔페 식사가 포함되어 있었는데 패키지 여행에서 먹을 수 없는 고퀄리티의 식사여서 만족도가 아주 높았다. 또한 관광 명소 두 군데에서 18년 전 둘째가 찍었던 사진과 같은 장소, 같은 포즈로 사진을 찍어 콜라주 사진을 만든 것도 재미있었다.

칭다오를 열심히 소개해 주던 현지 가이드가 중국 사람들이 죽기 전에 가 보고 싶은 중국 내 관광지 세 곳을 알려 주었다. 장가계(후난성), 구채구(쓰촨성), 황산(안후이성)을 꼽는다는 얘기를 들려주었다. 생각해 보니 아직 세 군데를 못 가 봤다. 앞으로 기회가 된다면 중국 여행을 다시 가 볼 생각이다.

유럽 미술관 투어

2002년 미국에서 한국으로 돌아와 지금까지 십여 차례 해외로 가족 여행을 다녀왔지만 가장 기억에 남는 것은 2009년 7월 말부터 보름 동안 유럽의 미술관 10여 곳을 둘러본 이른바 〈예술교육〉 여행이었다.

한여름이라 걸어 다니기에 날씨가 너무 더웠고, 초등학생 아이들이 미술관을 몇 시간씩 관람하는 것이 고역이었겠지만 남편과 나는 유명한 미술관들을 애들에게 꼭 보여 주고 싶다는 일념에 여행 일정을 짜고 숙박시설과 유레일 패스 등 기차표를 인터넷으로 예약했다. 미술관 안내 책자도 미리 사서 공부했는데 벽돌처럼 두꺼웠던 그 책은 마지막 여행지인 베니스에서 잃어버렸다.

보름간 일정은 영국 런던을 시작으로 프랑스 파리, 스위스 베른, 리기산, 루체른, 이탈리아 로마와 피렌체, 베니스로 잡았다. 2009년 7월 말 브리티시 에어웨이를 타고 홍콩을 경유하여 런던으로 날아갔다. 런던 도착 첫날은 테임즈 강변에 있는 런던아이(London Eye)를 탔고, 런던 브릿지 근처에서 점심을 먹고 저녁에는 코벤트 가든 인근을 돌아다녔다.

다음 날은 대영박물관과 내셔널 갤러리를 하루 종일 둘러보았다. 대영박물관에는 전 세계의 유물이 전시되어 있어 한때 대영제국의 위상을 실감할 수 있었다. 셋째 날은 옥스퍼드대를 찾아가 구경했는데 아이들은 옥스퍼드대의 해리포터 영화 촬영지를 미술관보다 훨씬 좋아했다. 여름임에도 불구하고 날씨가 서늘해서 옥스퍼드대 기념품 가게에서 네 명 모두 긴팔 후드티를 하나씩 사서 입었다.

셋째 날 저녁에는 런던 근교에서 10년 넘게 살고 있던 남편 선배 집을 방문하여 맛있는 한식을 대접받았다. 그때 남편 선배분이 우리 미술관 투어 일정을 듣더니 "아동 학대 아냐"라고 해서 뜨끔했던 기억이 난다. 아동 학대까진 아니지만 아이들은 몇 시간 동안 이어지는 미술관 투어를 무척 힘들어했다. 아이들이 런던에서 또 좋아했던 곳은 버킹엄 궁전 앞 교대식 구경이었다.

런던에서 삼 일간 지하철(Underground)을 타고 다녔다. 그러다 보니 관광객보다 런던 시민들을 많이 보게 되었는데 내가 받은 런던 직장인들에 대한 인상은 매우 옷을 잘 입는다는 것이었다. 출근하는 사람들을 많이 보았는데 세미 정장 차림의 모습이 어딘지 모르게 멋있었다.

네 번째 날 아침 런던에서 파리로 가는 유로스타를 탔다. 해저터널을 지나가는 것이 궁금했는데 그만 잠이 들어 직접 보지는 못했다. 파리에서 묵은 호텔은 오래된 건물에 화장실도 아주 좁은 방이었다. 노상 카페가 있는 분위기 있는 레스토랑에서 첫 점심식사를 했는데 샐러드에서 초파리가 나와 항의했지만, 영어로 소통이 되지 않았다.

파리에서는 루브르박물관과 오르세미술관을 관람했다. 루브르박물관은 입장하는 대기 줄이 길었고, 내부에도 사람이 너무 많았다. 모나리자 그림은 5미터쯤 떨어진 곳에서 겨우 사진만 찍었지만, 프랑스 혁명을 상징하는 유명한 그림 앞에서는 가족사진을 찍을 수 있었다. 한국어 오디오 서비스가 지원되어 설명을 들으면서 그림을 보니 편했다. 개인적으로는 오르세미술관이 훨씬 좋았고 특히 인상파 그림들을 많이 만날 수 있었다.

2009년 8월 루브르박물관 실내 전경

파리는 도시 자체가 하나의 거대 예술품처럼 보였다. 세느강 유람선을 타고 가다 에펠탑이 나타나 설레었고, 강변을 따라 산책하면서 노트르담 대성당도 둘러보았다. 대성당에 들어가니 마침 성가대가 노래를 부르고 있어 잠시 합창곡도 감상했다.

오후에는 오래 대기하다 에펠탑 전망대도 올라가 항공 샷으로만 보던 방사형 도시인 파리를 내려다보았고, 밤이 깊어지자 에펠탑에서 전등이 반짝이면서 아름다운 장면을 연출해 주었다. 하지만 파리 사람들은 대체로 불친절했고, 영어로 잘 소통이 되지 않았다. 최근 파리가 가장 불친절한 관광지 1위로 뽑혔다는 기사를 보고 여전하구나 싶었다.

파리를 떠나는 날 아침 호텔로 택시를 불렀는데 예약 시간보다 20분 일찍 와서 미터기를 켜놓아 요금이 올라가고 있는 것을 발견했다. 그 점을 항의해서 결국 요금을 더 내지는 않았지만, 마지막까지 좋은 인상을 받지 못했다. 리옹역에서 스위스 베른으로 가는 기차에 올랐는데 내부가 아주 넓고 쾌적해서 좋았다.

스위스에서는 베른, 리기산, 루체른을 구경했다. 세계문화유산으로 지정된 베른의 구시가지가 너무 아름다웠고, 조그만 미술관을 본 기억이 난다. 열차를 타고 올라간 리기산 정상에서 바라본 탁 트인 풍경도 평생 잊을 수 없는 장면이었고, 바로 옆에서 패러글라이딩을 하며 날아가던 사람들 모습도 생생하게 볼 수 있었다.

호수를 끼고 있는 루체른도 시 전체가 고풍스럽고 아름다웠는데 특히 유명하다는 감옥처럼 생긴 호텔에서 하룻밤을 묵어 아이들이 재미있어했다. 스위스는 런던이나 파리와 비교해 물가가 가장 비쌌던 곳으로 기억하고 있고, 생수보다 맥주가 싸서 물 대신 맥주를 사 마시기도 했다.

이탈리아에서는 로마, 피렌체, 베니스에서 일주일을 보냈다. 로마는 도시 자체가 거대한 유적지였고, 날씨가 너무 더워 힘들었지만, 콜로세움과 로마 포럼(Foro Romano) 유적지는 근사했다. 하루는 바티칸 박물관을 구경하는 데 할애했다. 사람들이 너무 많아 광장에서 한 시간 넘게 줄을 서서 기다려야 했고, 성화들이 너무 많아 좀 힘들었지만, 미켈란젤로의 천지창조는 감동 그 자체였다.

피렌체의 유명한 우피치 미술관은 여행을 통틀어 가장 오래 줄을 서서 입장했는데 많은 작품 중에서 보티첼리의 〈비너스의 탄생〉이 가장 기억에 남는다. 몇 년 후 어느 날 TV에 비너스의 탄생 그림이 나왔는데 아이들이 이탈리아에서 본 그림이라고 하며 반가워해서 뿌듯했던 기억이 난다.

긴 여행과 더운 날씨에 뒤로 갈수록 피로가 누적되긴 했지만, 여행의 마지막 목적지인 물의 도시 베니스는 비현실적인 공간으로 느껴지면서 다시 힘이 솟았다. 미로처럼 생긴 좁은 골목들을 돌아다니는 것이 재미있었고, 두칼레 궁전 내 미술관도 기대 이상으로 멋있었다.

베니스에서 15분 정도 배를 타고 도착한 무라노섬은 유리 공예 작품들이 예뻤지만, 한국으로 가지고 오는 동안 깨질까 염려되어 구입하지는 않았다.

아이들에게 미술관 투어가 얼마나 생생한 기억으로 남아 있는지 알 수 없지만 지금도 그때 함께했던 고생담은 가끔 얘기하면서 웃곤 한다. 여행 중에 맛있게 먹었던 음식도 이야기할 때가 있다.

피렌체 기차역에 도착해서 예약해 둔 호텔까지 걸어가는데 소매치기로 보이는 남자가 노골적으로 우리를 따라오고 있었다. 내가 매고 있는 크로스백에 모든 여권과 현금을 가지고 있어 아이들이 양쪽에서 내 팔짱을 껴 엄마를 보호했다.

그래도 겁이 나서 자전거를 타고 지나가던 젊은 남성에게 소매치기로 보이는 남자가 따라오는데 어떻게 하면 되냐고 도움을 요청하니 자신이 호텔까지 우리를 에스코트해 주어 너무 감사했다.

베니스에 도착했을 때 끌고 다니던 캐리어 손잡이가 고장 나면서 손수건을 감아서 끌고 다녀야 했는데 그 당시 사진을 보면 가방을 끄는 큰애가 무척 힘들어하는 표정을 짓고 있다. 로마 콜로세움에서 찍은 가족사진도 아이들이 더워서 너무 지친 모습으로 표정이 일그러져 있다.

하지만 아이들에게는 인상적인 수많은 장면들이 스냅샷으로 기억 속에 남아 있으리라 믿고 있다. 그때 보았던 수많은 명소 중 다시 한번 가볼 기회가 주어진다면 어디를 가야 할지 선택하기 쉽지 않다.

생애 첫 크루즈 여행

오리건에 살면서 오랜만에 다시 미국에 살게 되었으니 미국에서 누릴 수 있는 소중한 기회를 찾아보기로 했는데 그중 하나가 크루즈 여행이었다. 미국 사람들이 가장 많이 가는 크루즈 여행이 알래스카로 가는 것과 카리브해로 가는 두 가지 코스였다. 오리건에서 알래스카로 가는 크루즈를 타려면 시애틀에서 출발하면 되고 거리상으로도 그리 멀지 않았다. 하지만 우리는 멀리 있는 카리브해를 돌아보는 캐리비언 크루즈를 선택했고, 오랜만에 오스틴을 방문하기 위해 루이지애나 뉴올리언스에서 출발하는 코스를 예약했다.

2011년 12월, 떠난 지 9년 만에 온 가족이 텍사스 오스틴을 방문했다. 오스틴 공항에서 텍사스 번호판이 붙은 차를 빌렸는데, 오랜만에 별 하나(Lone Star)가 그려진 텍사스 깃발의 번호판을 보니 설레고 반가웠다. 오스틴에서는 예전에 친하게 지내던 유학생 부부 집에서 하루를 묵었다. 그 유학생 부부는 박사를 마치고 오스틴에 자리 잡고 살고 있었고, 첫째와 동갑인 딸은 어릴 때 유치원을 함께 다닌 것을 어렴풋이 기억하는 듯 보였다.

오스틴은 그새 더 큰 도시가 되어 있었다. 오스틴에 살 때 두어 달에 한 번꼴로 가던 한·중·일 음식 뷔페식당인 〈뷔페 팰리스〉가 아직 있다고 해서 다 함께 저녁을 먹으러 갔다. 가게는 이사를 했고 음식 맛은 예전만 못했지만 그래도 반가운 마음에 맛있게 먹었다. 그때는 유학생 시절이라 지금보다 생활비를 아껴야 했고, 그래서 큰마음 먹고 하는 외식인 뷔페식당이 더 맛있게 느껴졌을 수도 있다.

다음 날 아침 렌트한 차를 몰고 오스틴을 출발해 옆 주인 루이지애나 뉴올리언스로 가서 5박 6일 일정으로 크고 화려한 크루즈 배에 올랐다. 선착장에서 한 시간 정도 줄을 서 있다가 차례대로 크루즈에 승선했는데, 배가 출발할 무렵 갑판에서 바라본 항구의 석양과 도시의 야경이 무척 아름답게 보였다.

멕시코 여러 해안 지역과 벨리즈 시티 등을 둘러보는 여정으로 우리나라 여행사의 패키지 관광처럼 중간중간 정박지에서 관광을 나가면 옵션 관광으로 추가 비용이 발생해 나갈 때 한꺼번에 계산한다고 했다.

크루즈 여행은 태어나 처음이었는데 크루즈 선에서 24시간 맛있는 음식을 먹을 수 있어 좋았고, 밤에는 갑판에 있는 야외극장에서 선베드에 누워 영화를 감상했다. 수영복도 가지고 갔지만 아이들이 갑판에 있는 수영장에서 수영을 안 하겠다고 해서 나도 구경만 했다. 하루 종일 먹다 보면 몇 킬로그램 느는 것쯤은 아무 일도 아닌 게 되는 위험한 곳이었다.

2011년 12월 캐리비언 크루즈 멕시코 해안 정박

일주일 중 두 번은 정장을 입고 참석해야 하는 디너 파티가 열렸는데 남편과 아이들은 양복을 입고 나는 파란색 반팔 원피스를 입었다. 대부분의 미국 사람들은 영화에서 보던 화려한 파티 드레스를 입고 있었던 것도 색다른 경험이었다.

수백 명이 동시에 식사하다 보니 서빙하는 사람도 많았는데 대부분 아시안이었고, 우리 테이블을 담당하던 사람도 필리핀 출신 중년 남성이었다. 그분은 며칠 지나니 우리 이름을 외워서 다정하게 불러 주었고, 마지막 저녁 식사 날에는 서빙하던 사람들이 동시에 춤추면서 이별의 노래를 불렀는데 일주일 동안 매일 저녁에 만나다 보니 정이 들어서 마음이 찡했다.

크루즈 여행을 무사히 마치고 다시 루이지애나로 돌아와 하루를 묵고 다음 날 유진으로 돌아가기 위해 호텔 문을 나섰다. 크리스마스 이 브 아침이었다. 남편은 비행기에서 방문교수 초대장을 보내 주었던 오 리건주립대 교수가 사망했다는 문자를 받았다.

그 여성은 나와 동갑으로 남편과 오스틴에서 같은 학과를 함께 다녔 고, 남편과 가끔 연락을 주고받던 사이였다. 아이가 셋 있고 이혼 후 재혼했는데, 남편에게 초대장을 보내 줄 당시 암 투병 중이라고 했다.

유진에 처음 도착했을 때 원래 함께 만나기로 되어 있었는데 건강이 나빠져 만남을 미룬 상태였다. 남편은 사망 소식에 많이 슬퍼했고, 나 도 만난 적은 없지만 동갑인 그녀의 죽음과 남겨진 세 아이들을 생각 하니 가슴이 먹먹했다. 아이 셋을 키우며 정년(tenure) 보장을 받기 위 해 얼마나 고군분투했을지, 또 이혼하면서 얼마나 스트레스를 받았을 지 짐작이 되고도 남았다.

캘리포니아와 오리건 여행

오랜만에 미국에서 살다 보니 다시 예전처럼 자동차 여행을 다니고 싶어졌다. 아이들이 어릴 때는 차에 두 개의 카시트를 설치해 애들을 데리고 다녔지만 이제 아이들도 많이 커서 훨씬 여행이 수월할 터였다. 그러다 2012년 3월 애들 봄방학을 맞이하여 드디어 일주일 일정을 잡고 바로 아래 주인 캘리포니아로 여행을 떠나게 되었다.

오리건주에서 캘리포니아주로 내려가려면 중간에 가로놓인 캐스케이드(Cascade) 산맥을 넘어야 했다. 캐스케이드 산맥은 고도 평균 2,000미터가 넘는 고원 지대다. 자동차가 정상을 향해 올라갈 때는 무척 힘들어했고, 가파른 내리막길에는 도로 옆에 〈브레이크 테스트하는 곳〉이란 푯말이 설치되어 있었다. 캘리포니아 여행의 목적지는 중부 해안에 있는 아름다운 도시 몬터레이(Monterey)였다.

몬터레이에 오스틴에서 친하게 지내던 유학생 부부가 두 집이나 살고 있었다. 몬터레이에는 전 세계에 흩어져 있는 미국 군인들을 위한 대학 수준의 국제 언어교육원이 있었고 두 분이 그곳에서 근무하고 있었다.

우리는 그 두 가족을 만나기 위해 몬터레이로 달려갔다. 2002년 우리 가족이 한국으로 귀국하면서 헤어졌고, 그중 한 가족은 한국에 다니러 왔을 때 만나 저녁을 먹고 목동 우리 집에 다녀간 적이 있었다.

두 가족 중 남편과 같은 학과를 다녔던 이 박사님 집에서 사흘을 묵었다. 그 집에는 쌍둥이 딸이 있었는데 오스틴에 살 때 쌍둥이 돌잔치를 하면서 내가 김밥을 열심히 만들었던 추억이 생각났고, 두 딸은 이제 십 대가 되어 키가 훌쩍 자라 있었다.

또 다른 가족의 집에도 초대되어 바비큐를 먹으며 옛날이야기를 실컷 나누었다. 10년 만에 만난 세 부부가 모여 사진을 찍었는데 이제 다들 40대 중후반 중년의 모습으로 변해 있어 세월이 흘렀음을 실감할 수 있었다.

사흘 동안 인근을 구경하고 다시 몬터레이를 출발해 북쪽으로 오면서 샌프란시스코에 들러 하루를 묵었다. 오래전 자동차 여행을 하면서 들렀던 곳으로 아이들과 스탠포드대를 다시 가 보았다. 아이들이 어릴 때 그곳에 왔던 것이 어렴풋이 기억난다고 했다.

좀 더 북쪽으로 올라와 스틴슨 비치(Stinson beach)와 레드우드(redwoods) 숲으로 유명한 뮤어 우즈(muir woods) 국립공원도 방문했다. 뮤어 우즈는 〈트와일라잇〉, 〈혹성탈출〉 영화를 촬영했던 곳으로도 유명한데 몇 시간 동안 트레일을 따라 산책하니 힐링이 되는 느낌이었다.

스틴슨 비치 근방에서 1박을 했는데 어두운 밤길을 달리면서 갑자기 앞에 반짝이는 게 보여 멈추니 사슴이 길을 건너려고 길가에 서서 우리 차를 보고 있었다. 반짝이던 것은 사슴 눈에서 나던 광채였고, 사슴을 치지 않아 정말 다행이라 생각했다.

돌아보면 오리건주도 많이 돌아다녔다. 그곳은 무척 친환경적인 동네로 볼거리가 많았다. 미국에서 자전거를 타기 좋은 곳으로 손꼽히고, 수제 맥주 브루어리(brewary)와 와이너리(winery)도 많다. 유진 도심 개울 옆에 있는 유명한 수제 맥주집에서 에일 맥주 샘플러를 맛보면서 에일 맥주도 좋아하게 되었다. 오리건에서 생산되는 와인은 피노 누아(pinot noir)와 피노 그리(pinot gris)가 유명하다.

북미 대륙에서 수심이 가장 깊은 호수인 크레이터 레이크(Crator Lake) 국립공원도 있어 차로 호수 둘레를 돌아보기도 했고, 화산이 폭발했던 흔적이 고스란히 남아 있는 세 자매 봉우리(Three Sisters) 화산지대도 특이했다. 유진에서 동쪽으로 두 시간 정도 달리면 나오는 밴드(bend)라는 호수를 낀 아름다운 소도시는 여름에는 호수에서 야외 활동을, 겨울에는 스키를 즐길 수 있는 곳이다.

오리건주는 미국 북서부의 태평양에 접해 있는 곳으로 밴쿠버와 마찬가지로 겨울은 우기다. 비가 부슬부슬 오기 때문에 사람들은 대부분 우산을 쓰지 않는다. 우리도 처음에는 우산을 썼지만, 나중에는 자연스럽게 우산을 쓰지 않게 되었다. 11월부터 해가 짧아지기 시작하여 12월과 1월에는 오후 4시가 넘으면 컴컴해져 하루가 짧고, 그래서 우기에 가끔 해가 나면 그렇게 반가울 수가 없다.

나는 집순이가 아니기 때문에 우기에는 좀 우울해졌고, 나와 반대로 큰애는 비 오는 날씨가 마음에 든다고 했다. 자기가 나중에 북미에 살게 된다면 비가 많이 오는 밴쿠버나 오리건에 살고 싶다고까지 말했다.

겨울철이나 비 오는 시기에 햇빛 부족으로 생기는 우울감을 일컫는 윈터 블루즈(winter blues)라는 말도 그때 알게 되었다. 2006년 1~2월에 온 가족이 한 달 동안 밴쿠버에 살 때도 3-4일 빼고 계속 비가 와서 힘들었는데 그때 생각이 많이 났다.

긴 저녁 시간에 나는 주로 책을 보거나 VOD 서비스인 〈올빼미〉를 통해 한국 드라마나 영화를 시청했고, 남편은 거실 흔들의자에 앉아 와인을 한잔 마시며 TV로 영화를 감상하다 흔들의자에서 잠이 들어 침대로 가서 자라고 깨우곤 했다.

거실에는 벽난로가 있어 추울 때 장작을 피우기도 했는데 보기엔 낭만적이었지만 그리 온기가 느껴지지 않았다. 우리가 유진에 사는 동안 겨울에 딱 한 번 눈이 많이 와 쌓인 적이 있었다.

캐나다 여행과 옐로스톤 국립공원

2012년 7월 귀국이 얼마 남지 않은 시점에 우리 가족은 캘거리 친구 집으로 놀러 가 그 집에서 나흘을 묵으며 인근 여행을 함께 다니기도 했다.

자동차로 캘거리로 가는 여정에 워싱턴주 시애틀에서 1박을 하고, 2006년 1월 온 가족이 한 달간 살았던 밴쿠버를 둘러본 다음 자연경관이 아름답기로 유명한 밴프 국립공원으로 가 1박을 했다.

유진을 출발해 3일 만에 캘거리 친구 집에 도착했다. 캘거리 친구 집에서 특이했던 경험은 당시 친구는 간호사 공부를 하고 있었고 친구 남편은 편의점을 운영하고 있었는데 남편 음식 솜씨가 수준급이라 너무나 맛있는 한식을 대접받았다는 것이다. 애들은 그 후로 몇 년 동안 그분이 만들었던 갈비찜을 다시 먹고 싶다고 했다.

친구 집에 머무는 나흘 동안 세금 때문에 미국보다 소비자 가격이 비싼 와인을 매일 몇 병씩 마시며 밤새워 많은 이야기를 나누었다. 왜 그렇게 할 이야기가 많았는지 알 수 없지만 부부싸움 했던 사연부터 타국에서 사는 어려움까지 화제도 다양했고, 얘기하다 동이 트는 것을 보기도 했다. 7월 1일이 마침 캐나다 독립기념일이라 함께 캘거리 다운타운으로 가서 불꽃놀이를 바로 앞에서 구경한 것도 기억에 남는다.

그렇게 친구 가족과 즐거운 시간을 보낸 후 아쉬운 작별을 하고 캘거리에서 자동차로 남쪽으로 내려오면서 캐나다와 미국 국경선을 통과했다. 계속 남쪽으로 운전하여 세 개 주에 걸쳐 있는 옐로스톤 국립공원으로 갔다.

오래전 오스틴에 살 때도 정말 가보고 싶었던 곳이라 여행 일정을 따로 잡았다. 그곳에서 봄에 몬터레이에서 만났던 쌍둥이 집 가족과 합류해 사흘 동안 옐로스톤 국립공원을 함께 돌아다녔다.

펼쳐지는 경치들이 너무 웅장하고 압도적이라 형용하기 어려웠고, 특히 수많은 간헐천(geyser)에서 뿜어져 나오던 흰 연기와 유황 냄새를 잊을 수 없다. 간헐천의 크기와 모양, 색깔이 매우 다양했고, 강한 산성 때문에 사람이 빠지면 신체가 심각하게 훼손되어 시신을 회수하지 못할 수도 있다는 설명을 들으니 바로 앞에서 구경하는 것조차 무서웠다.

차를 운전하다 도로에 차들이 멈춰 있어서 왜 그런가 하고 창밖을 보니 바로 앞에 곰이 도로를 건너가고 있어 신기했고, 벌판에 우두커니 서 있던 들소(bison) 무리도 장관이었다. 옐로스톤에서 곰과 들소 외에 엘크(큰 사슴)도 바로 앞에서 보았다. 어찌나 큰지 말처럼 보였다.

2012년 7월 옐로스톤 내 도로를 건너는 곰

쌍둥이 집과 오스틴에서 아주 가깝게 지냈었는데 캘리포니아 여행을 갔을 때 다시 만나 너무 반가웠고, 그때 못다 한 이야기를 나누기 위해 옐로스톤에서 두 가족이 다시 만나 함께 3일을 보냈다. 오래전 요세미티(Yosemite) 국립공원에서 받았던 웅장한 자연에 압도되는 느낌을 옐로스톤에서도 받을 수 있었다.

두바이와 그리스 여행

큰애와 둘째가 번갈아 대입 재수를 하면서 4년 동안 넷이 함께 여행을 못 가다 온 가족이 그리스 여행을 떠난 것은 2019년 8월이다. 일주일 일정의 패키지여행이었고, 두바이에서 1박을 하고 그리스에서 4박을 했다.

당시 큰애는 대학교 3학년 1학기를 마치고 10월 초 군대 입대를 앞두고 있었고, 둘째는 재수 끝에 대학에 들어가 1학년 1학기를 마친 상태였다. 그리스 여행은 큰애가 군대 가기 전 가족이 함께 좋은 시간을 보내자는 것이 여행의 취지였다.

인천에서 아랍에미레이트 항공을 타고 두바이로 날아갔다. 8월의 두바이는 예상한 대로 찌는 더위였다. 낮에 잠깐씩 걸어서 이동할 때마다 숨 쉬는 것이 힘들 정도였다.

하지만 인공도시가 너무 화려해서 가는 곳마다 눈이 휘둥그레졌고, 특히 당시 세계에서 제일 높은 건물인 버즈 칼리파 전망대에서 내려다본 두바이의 경치는 인간이 어디까지 자연의 한계를 극복할 수 있는지를 보여 주는 듯한 압도적인 느낌을 받았다. 원래는 전망대에서 분수 쇼를 내려다볼 수 있는데 안타깝게도 그날이 종교적 국경일이라 분수 쇼는 취소되었다고 했다.

아랍에미레이트가 7명의 왕이 있는 연합국가다 보니 신분이 극명히 나뉘고, 원주민과 이주민에게 주어지는 복지가 엄청나게 차이가 난다고 했다. 임대료가 너무 비싸 이주노동자들은 큰 방에 있는 침대 한 칸씩 임대해서 살아간다는 이야기도 기억에 남는다. 홍콩에 갔을 때도 임대료가 비싸 침대 한 칸씩 임대한다는 이야기를 들었던 기억이 떠올랐다.

여성들은 히잡을 쓰고 있고 눈만 보이게 옷을 입다 보니 아주 진한 눈화장을 하는 것도 인상적이었다. 거리를 다니는 관광객 여성들은 옷을 자유롭게 입고 있어 온몸을 감싸고 있는 현지 여성들과는 매우 대조적이었다.

세계에서 가장 큰 쇼핑몰 중 하나인 두바이몰을 구경하다 전통의상을 입고 사진을 찍는 곳이 있어 가족 모두 의상을 갈아입고 사진을 찍었는데, 소도구와 함께 수십 가지 포즈를 요구해 즐겁게 웃으면서 사진을 찍었다.

그 외에 모노레일을 타고 인공섬 구경, 강에서 탄 수상택시, 전통시장 구경, 정원이 아름다웠던 모하메드 궁전, 주메이라 비치 등 1박 2일이지만 알차게 구경했다.

다음 날 아침 조식을 먹고 두바이 공항으로 이동해 그리스 아테네로 가는 비행기를 타 4시간 30분 정도 걸려 아테네 공항에 도착했다.

공항에서 현지 가이드를 만나 버스를 타고 제일 먼저 달려간 곳은 아크로폴리스다. 버스 주차장에 내리니 언덕 위에 그 유명한 파르테논 신전이 보였다. 20여 분 걸어서 언덕을 올라가니 세계문화유산 1호인 신전이 내 눈앞에 나타났다.

저녁에는 아테네 야시장 투어를 신청해 아테네 중심가인 플라카 지구를 둘러보았다. 골목마다 있던 카페와 기념품 가게들이 너무 이뻤고, 거기서 돌고래 눈처럼 생긴 키링을 몇 개 샀다. 밤에는 다시 아크로폴리스로 돌아와 파르테논 신전 야경을 보며 함께 생맥주를 마셨다.

여행 3일 차에는 산토리니에 가기 위해 아침 일찍 페리 선착장으로 갔다. 아테네에서 산토리니까지 비행기로 이동하면 40분 정도 걸리는데 경비 절약을 위해 8시간짜리 페리로 이동한다고 했다.

오후 3시경 산토리니 항구에 도착했고, 버스를 타고 아슬아슬한 비탈길을 달려 섬 위로 올라가니 그동안 사진에서 많이 본 하얀 집들이 보이기 시작했다. 늦은 오후에 호텔 체크인을 하고, 저녁은 자유시간이라 바닷가에서 해산물 튀김에 그리스 맥주를 마셨다.

여행 4일 차는 하루 종일 산토리니섬을 둘러보는 일정이었다. 호텔에서 버스를 타고 50분가량 달리니 광고에 자주 나오는 이아마을이 나타났다. 인생샷을 찍겠다고 주문 제작한 가족 티셔츠를 입고 다니니 사람들이 모두 쳐다보았다. 티셔츠 가슴 부분에 큰 글씨로 Daddy, Mom, Son1, Son2라고 쓰여 있었기 때문이다.

자유시간에 골목마다 사진을 찍었고, 와이너리에 잠시 들렀다가 다시 버스를 타고 피라마을로 이동했다. 피라마을에서는 한 레스토랑에서 바다를 내려다보며 홍합, 새우, 스테이크, 생선요리 등을 푸짐하게 먹고, 8시가 넘어 아름다운 일몰을 감상했다.

늦은 밤 다시 페리를 타기 위해 항구로 갔고, 2인 1실 캐빈에서 잠을 자고 아침 일찍 아테네에 도착해 한식당에서 육개장을 먹었다. 그렇게 5일 차가 시작되었다.

버스로 3시간을 달려 델피로 가서 먼저 박물관에 들렀다. 주변 야외에도 유적이 흩어져 있었다. 델피를 구경하고 드라마 〈태양의 후예〉에 나왔다는 아라호바 마을을 둘러보았다. 드라마를 보진 않았지만 오렌지색 지붕으로 된 언덕 위 마을은 참 이뻤다.

델피에서 다시 버스를 타고 3시간을 이동해서 고린도에 도착해 아주 큰 호텔에서 저녁 식사를 하고 휴식을 취했다. 오랜만에 새벽 모닝콜 없이 푹 잠을 자고 아침 식사 후 다시 버스를 타고 고린도 운하를 보러 갔다.

고린도 운하에서 1시간가량 유람선을 탔는데, 유람선에서 들려주던 그리스의 국민가수 나나 무스쿠리의 노래와 운하의 분위기가 독특하게 잘 어울렸다.

다시 버스를 타고 고린도 박물관으로 가서 박물관과 야외 유적지를 둘러보았다. 그리스에서 마지막 식사는 그리스 샐러드와 수블리카(그리스식 꼬치구이)였는데 우리 입맛에도 아주 잘 맞아 맛있었다.

그렇게 5박 6일의 알찬 일정을 마치고 비행기로 귀국하는 길에 둘째가 비행기에서 휴대폰을 잃어버렸는데, 손님이 다 내리고 나서 보니 의자 틈 사이에 끼어 있는 것을 찾아서 다행이었다.

9

———

나를 다시 찾는 시간

인식과 현실의 간극

나는 여성학 수업 시간에 가끔 내 대학 생활이나 결혼 생활의 경험을 학생들과 나누기도 했다. 페미니스트 페다고지에서 개인의 경험을 주요한 학습 자원으로 활용하기 때문이다. 하지만 수업 시간에 가부장제에 대한 비판과 성찰을 해 나가는 것과 비교해 나의 결혼 생활은 가부장제로부터 자유롭지 못했다. 인식과 현실 사이 간극이 컸다.

나는 여성학을 가르치고 성폭력예방교육 강의를 하러 다녔지만 나 스스로 가부장제의 한계를 극복하기는 쉽지 않았다. 애초에 결혼 자체에 더 신중했어야 하고, 아니면 당시에는 드물었겠지만 깨인(?) 남성을 만났어야 했다.

나는 서른 살이 되는 해 1월에 만난 지 석 달밖에 안 된 사람과 결혼했다. 당시 친구들은 대부분 결혼했기 때문에 쫓기듯 한 결혼이었다. 지금은 혼인 적령기가 따로 없다고 생각하지만, 그때는 서른이 되면 노처녀였고 주변의 결혼 압력도 매우 컸다.

남편은 중학교 때부터 부산에서 살았지만, 경북 출신이다. 나는 부산에서 자랐고 나 스스로 남성우월주의가 내면화되어 있지 않았지만, 결혼을 하고 보니 시댁은 부계 중심주의가 자리 잡고 있었다. 게다가 남편은 4남매 장남이라 장남 의식이 매우 강했고, 집안 대소사에 주인 의식을 가지고 참여하고 있었다.

명절이 되면 시댁 큰집에 가서 차례상을 차려야 하는데 시아버지께서 장남은 아니었지만 내가 시댁 쪽 며느리 중 가장 나이가 많았기 때문에 시댁 어른들이 나만 보면 이제 네가 알아서 제사 준비를 해야 한다는 훈계를 자주 하셨다. 명절 전날 시어머니와 큰집에 가서 하루 종일 음식을 준비했고, 당일에는 음식을 차리고 치우는 일을 했다.

본 적도 없는 시댁 조상을 기리는 제사를 내가 주도적으로 지내야 한다는 것에 불편 부당함을 느꼈지만 드러내놓고 말할 수는 없었고, 아이들이 중학교를 다닐 때까지 명절은 부산에 내려가 시댁 쪽 차례를 준비했다. 차례가 끝나면 모든 설거지를 끝내고 그제야 친정으로 가서 하룻밤을 자고 서울로 올라왔다.

아이들이 초등학교 때 여느 때처럼 명절에 자동차를 타고 부산으로 내려가는데 첫째가 아빠에게 이번에는 외할아버지 집에 먼저 가면 안 되냐고 물었다. 그때 남편이 했던 대답이 지금도 생생히 기억난다. 남편은 첫째에게 "그런 법은 없다"고 답했다. 명절에 처가를 먼저 가는 것은 용납할 수 없다고 생각한 것이다.

명절뿐 아니라 평상시에도 남편은 항상 원가족이 우선이었다. 나는 결혼을 하면 분가해서 부부 둘 다 새로운 멤버십을 가져야 한다고 늘 생각해 왔지만, 그런 말을 하면 남편은 그럼 부모 형제와 절연하라는 말이냐고 하면서 화를 냈다. 내가 얘기한 것은 절연이 아니고 중심의 이동(재중심화)이었는데 남편은 말뜻을 제대로 이해하지 못했다.

요즘 방송에서 이혼을 원하는 부부들을 상대로 상담하는 프로그램이 많은데 그중 시댁과의 갈등에 대해서는 남편의 이중 멤버십이 문제라고 진단하는 경우가 많다. 결혼하게 되면 원가족과 관계 설정이 새로워져야 하는데 그러지 못한 경우가 많은 것이다.

요즘은 독박육아라는 표현도 있고 요리하는 남자가 칭송받지만, 나의 경우는 집안일에 전혀 신경을 쓰지 않는 남편이었고 부인이 밥을 차려 주는 것을 너무 당연하게 여겼다.

일과 가정을 양립하다 보니 가끔 아침 식사를 차리지 못하는 경우가 있었는데 그럴 때면 밥도 안 차려 주는 여자와 왜 사는지 모르겠다고 불평했다. 내 주변에는 전업주부이면서 아침밥을 차리지 않는다는 친구들도 많았는데 나만 이러고 사나 싶어 답답하기도 했다.

친구들은 여성학을 가르치는 내가 그렇게 살고 있다고 하면 언행 불일치라고 생각했을 수도 있다. 요즘은 아침을 차려 놓지 않고 출근하는 경우가 예전보다 늘어났지만, 예전처럼 아침을 안 차려 놓았다고 화를 내지는 않는다.

주말에는 학교에 가는 남편을 위해 도시락을 싸 준다. 유학 시절 싸기 시작한 남편 도시락의 역사도 꽤 오래되었다. 요즘은 내가 주말에 약속이 있어 도시락을 못 싸게 되면 큰애가 대신 아빠 도시락을 싸 준다. 아빠 도시락을 싸 주는 장남이 얼마나 있을지 궁금하다.

그리고 보니 남편이 내가 차려 준 밥을 먹은 지도 30년이 넘었다.

재작년에 아버지가 돌아가셨을 때 엄마는 "60년 동안 내가 밥을 차려 주었는데…"라고 혼잣말처럼 하시며 남편의 부재에 대해 많이 슬퍼하셨다.

밥 차려 주는 것과 관련해 한 가지만 덧붙이자면 고마움에 대한 표현과 칭찬의 말 한마디에 대해 언급하고 싶다. 나는 자칭 타칭 음식을 잘하는 편인데 남편은 맛있다는 표현을 잘 하지 않다가 최근에 와서야 고맙다, 맛있다는 표현을 하기 시작했다.

반면에 첫째는 내가 뭔가를 만들어 주면 칭찬의 표현을 아끼지 않는다. "역시 예술이다", "이건 식당에서 팔아도 되겠다" 같은 칭찬의 말을 잘한다. 립 서비스라고 생각할 수도 있겠지만 칭찬의 말을 들으면 기분이 좋고, 요리하면서 느낀 수고로움이 싹 사라져 버린다. 그러니 가족 간 그게 밥이든 뭐든 칭찬을 아끼지 않았으면 좋겠다.

생일 자축 여행

나는 오십이 되는 해부터 4월인 내 생일 전후로 부산으로 1박 2일 자축 여행을 다녀온다. 벌써 10년째 계속되는 나 자신과의 약속이다. 코로나 기간인 2020년과 2021년에는 나이 드신 부모님께 혹시 바이러스를 옮길까 걱정되어 잠시 여행을 중단한 적은 있다.

부산 친정에 1년에 서너 번밖에 못 가니 생일 자축 여행은 방문 횟수를 늘리기 위한 하나의 방책이고, 내 생일에 제일 고생한 사람이 엄마이니 감사 인사도 드릴 겸 가게 되었다.

처음 몇 년은 부모님이 부산역에 마중을 나오셨다. 절대로 나오지 말라고 당부해도 조금이라도 일찍 딸을 보고 싶은 마음에 한 시간 넘는 시간이 걸리는데도 나오셨다. 부산역에서 만나 부모님을 모시고 남포동으로 가서 옛날 단골식당에서 함께 식사도 하고 거리를 돌아다닌 적도 있고, 부산역 근처 맛집에서 식사를 하기도 했다.

아버지께서 여든 중반에 접어들면서 오래 걷는 게 힘들어지셔서 그때부터는 부산역에 못 나오셨다. 그즈음에 부모님의 서울 나들이도 중

단되었다. 7월 말인 엄마 생신 때는 언제나 우리 집에 오셔서 생신상을 차려드렸는데 그 전통도 끝이 났다.

부산은 내 고향이지만 부산을 떠나 산 세월이 이제 너무 길어졌고, 그동안 부산도 많이 달라져서 가끔 낯설게 느껴진다. 그나마 남포동은 크게 변함이 없지만 친정이 있는 해운대와 내가 살던 동래 지역은 정말 많이 달라졌다. 어릴 때부터 외갓집이 해운대였기 때문에 방학만 되면 외갓집에서 며칠씩 자곤 해서 외갓집이 있던 해운대 구청 근처 동네와 신시가지는 비교적 지리가 익숙하다.

책 제목에 부산 여자라고 당당하게 밝혔지만 내가 부산 여자라고 말해도 되나 조심스럽다. 오히려 부산 출신이라고 말해야 하나 싶기도 하다. 요즘은 부산역에 도착하면 주변의 부산 말투가 내 귀에 먼저 들려오면서 고향에 왔다는 정겨움이 확 느껴진다.

얼마 전 공전의 히트를 친 〈케이팝 데몬 헌터스〉를 만든 매기 강 감독이 유퀴즈에 나와 애니메이션에 한국적인 요소들을 찾아 넣으면서 자신이 어릴 때 한국을 떠난 사람인데 한국적인 문화를 활용할 자격이 있는지 고민이 많았다고 했다. 비슷한 맥락으로 나도 책 제목에서 자신을 부산 여자라고 명명했지만 내가 그럴 자격이 있는지 고민이 없지 않았다.

백일 무렵 미국에 건너가서 6년을 살았던 큰애는 자신을 "Texan Korean"으로 정체화하고 있는 것도 흥미롭다. 어릴 때라 많은 것이 기억나지는 않지만, 텍사스를 고향으로 생각하고 있다고 말한 적이 있다.

10년의 자축여행 중에 한 번은 첫째와, 또 한 번은 둘째와 동행했다.

몇 년 전에 둘째와 부산에 갔을 때는 결혼하고 30년 만에 내가 살던 동네인 온천2동을 함께 찾아가 보았다. 동네 한 가운데 우장춘 박사 동상과 우물이 있던 자리에 우장춘 박사 기념관이 들어서 있었고, 동네 근처에 있던 삼익아파트와 원예고등학교는 그대로 있어 반가웠다. 오랜만에 〈동래할매파전〉도 찾아갔는데 여전히 맛이 좋았다.

내가 살던 집은 큰 지하도로를 내기 위해 동래구청에서 매입해 지형이 완전히 바뀌면서 집 위치를 겨우 찾을 수 있었다. 그래도 30년 전에 있던 주택 몇 채가 남아 있어 발견하고 반가웠다.

재작년에 아버지가 돌아가시고 어머니도 이제 80대 후반에 접어들면서 체력이 예전 같지 않아 반찬은 대부분 사서 드신다. 불과 몇 년 전만 해도 내 생일상도 직접 차려 주셨는데 어느새 그렇게 되셨다.

나는 올봄에도 자축 여행을 다녀왔고, 앞으로도 어머니가 살아 계시는 동안에는 나만의 여행을 이어 갈 것이다. 부산에 머무는 시간이 좀 길 때는 부산에 사는 친구들도 가끔 연락해서 만난다.

혹시 생일 자축 여행을 어디로 갈지 고민하는 사람이 있다면 고향집으로 가 볼 것을 권하고 싶다.

아버지를 떠나보내고

2023년 여름에 아버지가 먼 곳으로 떠나셨다. 아버지가 서울에 있는 딸 집을 마지막으로 방문하신 것은 2019년 겨울이다. 그 이후로 2년 가까이 코로나 기간이 계속되었고, 그 기간에 나는 부산 방문도 피했다.

외출이 줄다 보니 아버지는 점차 오래 걷는 것이 불편해져서 동네를 다니실 때도 도롯가에 설치된 벤치에서 중간중간 쉬셔야 했다. 도로에 벤치가 많아야 한다는 것을 그렇게 깨닫게 되었다.

2022년 11월 아버지 생신을 축하하러 부산에 내려갔을 때만 해도 식탁에 둘러앉아 생일 케이크에 촛불을 밝히고 함께 생신 축하 노래를 불렀다. 그런데 2023년으로 접어들면서 점차 집 안에서도 거동이 불편해지셨고 화장실 가는 것도 힘들어지기 시작했다.

거실 소파에 주로 누워 계시다 보니 점차 욕창이 생기기 시작했고, 그 즈음 엄마의 요청으로 장기요양보험 등급 심사를 신청해 드렸다. 신청하고 얼마 후 건강보험공단 담당자가 집에 방문했고, 거동이 불편해서 2급 판정을 받았지만 방문 요양보호사 제도는 결국 활용하지 못했다.

2023년 이른 봄 어느 날 엄마의 다급한 전화가 왔다. 욕창이 심해져서 아버지를 병원으로 모셔 가야 하니 부산으로 내려와 달라고 하셨다. 나는 금요일 연가를 내고 부산으로 내려가 도착하자마자 119를 불러 아버지를 가까운 대학병원 응급실로 모시고 갔다.

아버지는 응급실에서 몇 시간 대기하다 몇 가지 검사를 받았다. 짐작한 대로 욕창이 심했지만, 다른 곳이 응급한 상태가 아니기 때문에 입원은 안 된다고 했다. 쉽게 나을 수 없다고 하면서 약을 처방해 주고 주의 사항을 일러주었다. 그렇게 다시 응급차를 불러 집으로 모시고 왔다. 응급실에 갈 때는 응급차 비용이 무료였지만 집으로 돌아올 때는 비용을 지불해야 했다.

하지만 이후 화장실도 가기 힘들고 식사도 누워서 해야 하는 처지가 되자 요양병원을 알아보기 시작했다. 마침 친척분의 추천으로 집에서 걸어서 15분 정도 되는 거리에 괜찮은 요양병원이 있다고 해 자리를 알아보았고, 입원이 가능하다고 해서 그곳으로 모시게 되었다.

아버지는 그 요양병원에서 3개월을 누워 계시다 돌아가셨다. 입원하고 며칠 후 첫 면회를 갔을 때는 얼굴이 편해 보이셔서 모시고 오길 잘했다는 생각을 했다. 그렇게 석 달 동안 2주에 한 번씩 토요일 오전에 면회를 했다. 2023년 봄인데도 면회를 하기 전 매번 코로나 검사를 받아야 했고, 면회가 토요일 오전까지만 가능해서 금요일 4시에 조퇴하고, 학교 정문에서 좌석버스를 타고 광명역으로 가 기차를 타고 부산으로 내려갔다.

주어진 한 시간의 면회 시간에 아버지 팔다리를 계속 주물러 드리다 보니 점점 살이 빠지는 것을 바로 알 수 있었다. 의식은 또렷하셨기 때문에 옛날이야기를 많이 나누었고, 휴대폰에 있는 옛날 사진들을 보여드리면 좋아하셨다. 아프신 데는 없냐고 물어보면 욕창 치료를 받는 것이 힘들다고 했다.

면회하고 서울로 올라오는 기차가 출발할 때는 계속 눈물이 났다. 앞으로 몇 번을 더 만날 수 있을지 알 수 없었고, 아버지를 저렇게 병원에 홀로 두고 나의 생활 터전으로 돌아가는 것이 죄송하기만 했다.

아버지가 돌아가신 날은 금요일 새벽이었는데, 그다음 날인 토요일 오전에도 면회가 예약되어 있었다. 간호사가 다급한 목소리로 아버지가 곧 돌아가실 것 같으니 빨리 오셔야 할 거 같다고 전화했고, 나는 엄마에게 빨리 병원으로 가보시라고 말하고, 자고 있던 남편과 아이들을 모두 깨워 남편이 운전하는 차를 타고 부산으로 출발했다. 부산으로 내려가는 고속도로에서 아버지가 돌아가셨다는 연락을 받았고, 결국 임종을 지키지는 못했다.

아버지가 마지막 3개월을 요양병원에 누워 계시면서 얼마나 외로우셨을까 생각하면 마음이 아프다. 하지만 집으로 가고 싶다는 얘기는 하지 않으셨다. 자신의 힘으로 아무것도 할 수가 없고, 요양병원에서 계속 욕창 치료를 받으셨는데 그것을 집에서는 할 수 없다는 것도 아셨기 때문이라고 생각한다.

몸은 점차 쇠약해지셨지만 2주에 한 번씩 만나는 딸을 얼마나 반가워하셨는지 그 눈빛은 잊을 수가 없다. 면회 시간이 끝나고 간호사가 내게 이제 그만 가셔야 된다고 할 때도 내 손을 꼭 잡고 계셨다.

아버지는 엄마, 형제들과 의논 끝에 용인에 있는 추모공원에 모셨다. 오빠도, 나도 용인에 산 적이 있고, 또 지금은 남동생 가족이 용인에 살고 있기 때문에 우리 가족과는 인연이 깊은 곳이라 생각했기 때문이다. 또 자식들이 사는 곳에서 가까이 있어야 한 번이라도 더 찾아뵐 수 있지 않을까 생각했다.

2022년 12월 초등학교 동창 십여 명이 모인 적이 있는데 그때 얘기를 나누다 보니 부모님 두 분이 모두 살아 계신 사람이 나밖에 없어 놀란 적이 있다. 그날 집으로 돌아오면서 내가 정말 복이 많은 사람이구나 생각했었는데 7개월 후에 내게도 닥칠 일을 그때는 알지 못했다.

아버지가 돌아가시고 내 꿈속에서 몇 번 만났다. 한 번은 잘 지내고 있다고 하시면서 영가 대표를 맡으셨다고 얘기하셨다. 엄마는 당신 꿈에는 나타나지 않는다고 서운해하셨다.

나의 삶을 지탱해 준 가장 큰 기둥이셨던 아버지. 내가 부모가 되고 보니 자식 셋을 타국이나 타지에서 공부할 수 있도록 뒷바라지하는 것이 얼마나 대단한 일인지 알게 되었다.

미국에 간 지 10개월 정도 되던 어느 날 치통이 갑자기 찾아와 먹지도 자지도 못할 정도가 되었고 치과에 가니 치료비가 몇천 불이 나올 거라고 했다. 나는 아빠에게 바로 전화해 도움을 청했고, 당장 나오라고 해서 비행기를 타고 한국에 와서 긴급 치료를 받을 수 있었다. 물론 모든 비용은 아버지가 지원해 주셨다.

미국에서 다시 석사 공부를 할 때도 등록금을 보내 주셨고, 6년 동안 생활비도 매달 보태 주셨다. 결혼하고 나서 절대로 부모님께 손을 벌리지 않으리라던 나의 결심은 그렇게 없던 일이 되어 버렸다.

나는 엄마와 아빠의 조건 없는 사랑을 생각할 때마다 나도 자식에게 그렇게 할 수 있을까 늘 생각한다. 돌아가신 지 2년이 넘었지만 지금도 가끔 불쑥 보고 싶어질 때가 있다. 둘째가 작년 초 치대에 합격했을 때도 살아 계셨더라면 참 좋아하셨을 텐데 하는 생각이 제일 먼저 들었다. 그렇게 아버지는 내 마음속에 굳건히 자리 잡고 계신다.

건강의 적신호

50대에 접어들면서 건강에 적신호가 켜졌다. 살이 찌기 시작한 것이다. 식사량은 나이가 들면서 눈에 띄게 줄었지만, 기초대사량이 떨어지고 근육이 줄면서 몸이 살이 잘 찌는 체질로 바뀌고 있었다. 운동을 거의 하지 않았고 차로 출퇴근을 하고 있어 신체 활동량도 매우 적었다.

여성호르몬이 떨어지면서 불면증도 왔고, 살이 찌다 보니 50대 중반에 당뇨병 진단도 받게 되었다. 살면서 한 번도 당뇨에 대해 걱정해 본적이 없었는데 갑자기 여생을 혈당 관리를 하며 살아야 한다는 중압감을 느끼게 되었다.

의사는 제2형 당뇨이기 때문에 먼저 몸무게를 빼야 한다고 강조하면서 6개월 동안 5kg을 빼서 오라고 했다. 5kg만 빼면 혈당, 콜레스테롤, 간 수치가 모두 좋아질 거라고 했다. 그래서 식사량을 조절하면서 걷기 시작했다. 특히 식후에 걸으면 혈당이 떨어지는 데 도움이 된다고 해서 저녁 식사 후 동네 산책을 자주 했다. 정말로 6개월 만에 5kg을 뺐고, 채혈 검사를 하니 의사 말대로 모든 수치가 좋아졌다. 이후 한동안 그 몸무게를 유지하다가 1년 후 다시 3kg을 감량했다.

현재 당뇨약과 고지혈증약을 먹고 있지만 혈당은 그런대로 관리가 되고 있다. 지금은 3kg만 더 빼고 싶은데 생각만큼 몸무게 변화가 없다. 꾸준히 많이 걷고 있지만 근력 운동을 하지 않아서 근육은 계속 빠지는 느낌이다. 얼마 전 오랜 친구들로부터 허벅지가 가늘어졌다는 얘기를 두 번이나 듣고 충격을 받았다.

사실 43세에 갑상선암 진단을 받아 수술한 적이 있다. 갑상선암은 예후가 좋아 착한 암이라고들 하지만 나는 항암치료인 방사성 동위원소 치료를 세 번이나 받았다. 갑상선은 수술을 통해 완전히 제거했지만, 주변 조직에 잔여 암세포를 제거하기 위해서였다.

갑상선암 수술과 이후 동위원소 치료를 받을 때는 부산에서 엄마가 올라오셔서 아이들을 돌봐 주셨다. 방사성 동위원소 치료를 세 번 받았는데 처음에는 소량이어서 집 안방에 격리되어 있었고, 두 번째와 세 번째는 동위원소 양을 늘리면서 큰 병원 음압실에 격리되어 있었다. 그때도 엄마가 오셔서 아이들을 돌봐주셨고, 첫 치료 때는 안방에 격리된 나를 위해 음식을 만들어 안방으로 넣어 주셨다. 친정엄마는 나의 구세주였다.

수술할 당시 첫째가 6학년이었는데 이후 나를 대하는 태도가 완전히 달라졌다. 내가 외출해서 늦게 들어올 때면 계속 걱정을 하며 나를 기다렸고, 남편보다도 더 내 건강을 걱정하며 나를 챙겼다. 당시에 엄마가 아프다는 사실에 충격을 많이 받았다고 한참 지나고 내게 얘기해 주었다.

앞에서 말한 대로 나는 어릴 때부터 10대까지 운동을 많이 해서 20대까지 며칠 밤을 새워도 끄떡없는 체력을 유지할 수 있었다. 부끄러운 얘기지만 중고등학교 때는 시험 때 벼락치기 공부를 많이 했는데 3~4일은 거의 자지 않고 시험공부를 할 수 있었던 것도 체력이 좋았기 때문이다.

30대 초반에 2년 동안 미국에서 테니스를 열심히 쳤지만 이후 이렇다 할 운동을 한 적은 없다. 30대 후반에 1년 동안 동네에서 헬스를 열심히 다닌 적이 있고, 40대 중반에 요가를 1년 배운 적이 있다. 50대 초반에는 동네 피트니스센터에서 줌바를 6개월 정도 배웠다. 그게 내가 한 건강 관리의 전부이다 보니 천천히 소리 없이 건강이 무너지고 있었던 것이다.

갑상선암 수술 이후로 갑상선 호르몬 약을 타기 위해 6개월마다 진료받으러 가는 내분비내과 교수님이 살을 빼라고 해서 뺐고, 많이 걸으라고 해서 걷기 시작했다. 그러다 2023년 가을부터 서울시 건강증진사업인 〈손목닥터 9988〉 앱에 가입해 일주일에 3회 이상 8천 보 걷기에 참여했고, 지금도 걷기는 꾸준히 하고 있다.

2025년 4월부터 서울대 직원 요가 동아리에 가입해 주 1회 요가 수업을 받는다. 점심시간을 이용해서 50분 수업을 하는데 스트레칭뿐 아니라 스쿼트와 폼롤러를 열심히 시킨다. 폼롤러는 내게는 신세계다. 허벅지와 종아리, 등, 겨드랑이 등 안 아픈 곳이 없는데 온몸에 뭉친 근육을 풀고 혈액순환에 도움이 된다고 하니 아파도 꾹 참고 한다. 일주일에 한 번이지만 몸에 도움이 된다는 것을 느낀다.

악력이 예전 같지 않아 병뚜껑도 못 여는 경우가 많아졌다. 목동에 살 때는 집 안 모든 블라인드도 내가 손수 설치했는데 마포에 이사와 하려니 힘이 달려 당황했다. 이제 더 이상 내 건강을 맹신하지 않는다.

50대부터 근력 운동을 부지런히 하라는 말을 곱씹으면서도 그게 생각처럼 쉽지 않다. 퇴직 후에 공부도 취미생활도 좋지만 내게 제일 시급한 것은 규칙적인 중강도, 고강도 운동과 근력 보강 운동이 아닌가 싶다.

나의 독서 편향

요즘은 한 달에 두세 권 정도 책을 읽는데 만약 넷플릭스가 없었다면 두 배는 많이 독서에 시간을 쓸 것이다. 한 권을 처음부터 끝까지 읽고 다음 책으로 넘어가는 경우는 거의 없고, 보통 네다섯 권을 동시에 읽는 편이다.

요즘 같이 보고 있는 책은 쥬디스 버틀러의 《누가 젠더를 두려워하랴》, 사이먼 토틀런드의 《젊은 남성은 왜 분노하는가》, 박지원 에세이 《애플 타르트를 구워갈까 해》, 야콥 요한센의 《온라인 청년 극우의 성차별, 인종주의, 여성혐오의 정신분석》 등이다. 제목만 봐도 나의 독서 편향이 한 눈에 보인다.

일 년에 평균 스무 권 정도 책을 사고 열권 정도 선물을 받는다. 요즘 내가 구매할 책을 고르는 주제는 몇 가지로 좁혀져 있다. 능력주의나 공정성 이슈, 젠더 연구서, 일베나 인셀 등 젊은 남성에게 나타나는 현상 분석, 그리고 한국과 미국 사회에 관한 연구서들을 주로 구입한다. 《애플 타르트를 구워갈까 해》는 우연히 이태원에 있는 프랑스 레스토랑을 가게 되면서 남다른 인생을 산 동갑내기 가게 주인이 쓴 책을 소개받아 읽게 되었다.

올해 들어 구입한 책 중 가장 흥미롭게 읽은 것은 앨리 러셀 혹실드의 《도둑 맞은 자부심》이다. 그동안 혹실드 책은 서너 권을 읽어서 내게 그녀는 친숙한 연구자다. 여전히 연구 주제를 넓혀 가면서 현장 연구를 하고 있다는 점이 무척 반가웠고 존경스럽다.

그동안 미국의 성장 그늘에서 노동 계층에게 어떤 일이 일어나고 있었는지, 누가 트럼프를 지지했는지를 이해할 수 있는 안내서 같은 책이다. 혹실드는 긴 기간 동안 상대적으로 낙후된 켄터키주 파이크빌을 자주 방문하면서 다양한 배경과 직업을 가진 사람들을 만나 그들의 생활을 지켜보고, 깊은 대화를 나누면서 그것을 생생하게 기록으로 남겨 분석하였다. 한 사람 한 사람의 생애사는 그들이 왜 현재의 생각에 이르게 되었는지를 잘 보여 주고 있어 그녀의 관찰력과 섬세한 글쓰기 능력이 부럽기만 하다.

몇 년 전 어떤 책을 사고 보니 집에 이미 그 책이 있었다. 내 기억력이 이 정도로 무너졌구나 실감하는 순간이었다. 책을 읽을 때 목차 페이지에 주요 개념을 정리한 지는 십여 년이 되었다. 책을 다 읽고 나면 무슨 내용이었는지 잘 기억이 안 나기 때문이다. 며칠 전에 본 영화 스토리가 잘 기억이 안 날 때도 있어 당황하기도 한다. 무척 재미있게 본 영화인데도 영화 제목까지는 생각이 나는데 어떤 줄거리였고, 결말은 어땠는지 설명하려면 말문이 턱 막힌다.

얼마 전 초등학교 친구들 모임에서 나만 그런 게 아닌 걸 확인하고 조금은 위안이 되었다. 한 친구가 최근 넷플릭스에서 한 시리즈물을 재미있게 보았는데 제목, 장르, 주인공이 아무것도 생각이 나지 않는다고 했다. 그 친구도 나도 한때는 아이큐가 150이었는데 기억력 감퇴에는 예외가 없다는 것을 다시 한번 확인할 수 있었다.

내가 마지막으로 아이큐를 잰 것은 고등학교에서였고, 교장선생님이 교장실로 나를 부르셔서 아이큐가 전교생 중에 제일 높으니, 공부도 전교 1등을 해야 하지 않겠냐고 말씀하셨다. 그때 학교에서 아이큐 시험을 보면서 문제가 잘 풀려서 신나게 풀었던 기억이 난다.

최근에는 쌓여 있는 책들을 조금씩 정리하기 위해 깨끗한 책은 온라인 중고 서점에 팔고 있다. 내가 가진 책의 90% 정도는 책에 줄을 열심히 그어 놓아 팔 수 없어 줄이 그어지지 않은 책만 골라 판매하고 있다. 그러다 보니 책을 구매할 때도 신간이 아니면 중고 서점에 책이 있는지 먼저 찾아본다.

아이들 방 책장에도 내 책들이 가득하다. 너무 훌륭한 책들이라 애들이 언젠가는 읽었으면 하는 마음에 못 버리고 있는데, 요즘 애들은 종이책과 별로 친하지 않아 언젠가는 날을 잡아 다 버려야 할지도 모르겠다.

또 하나의 즐거움을 주는 TV

독서 편향을 적다 보니 나의 또 하나의 즐거움인 TV 시청을 적지 않을 수 없다. 요즘은 넷플릭스 덕분에 해외 드라마나 다큐멘터리, 영화도 많이 본다. 선택의 폭이 무한대로 넓어졌고 다양한 장르를 고를 수 있지만 그래도 내가 가장 자주 보는 장르는 범죄 스릴러다.

주변 사람들이 신기해하는 나의 가장 오래된 애청 프로그램은 〈그것이 알고 싶다〉(이하 그알)다. 처음 방송이 시작된 때부터 지금까지 거의 한 회도 놓치지 않고 보고 있다. 미국에 있는 동안에는 한국 슈퍼마켓에서 비디오 녹화 테이프를 빌려서 보기도 했다.

사람들은 그런 잔인한 프로를 왜 보냐고 하지만 범죄를 추적해 가는 논리를 따라가다 보면 한 편의 논문을 읽는 것 같은 느낌이 든다. 프로그램이 오래되다 보니 취재 노하우가 쌓이고 쌓여 거의 또 하나의 수사본부라고 부를 정도로 분석의 깊이가 있다. 그알 때문에 미제 사건이 재소환되거나 재수사를 통해 범인을 잡은 경우도 있다.

그알만큼 오래되지는 않았지만 또 하나의 오래된 애청 프로그램은

〈나는 솔로〉(이하 나솔)다. 남규홍 PD가 〈짝〉을 할 때부터 즐겨 보았고, 지금은 나솔을 빼놓지 않고 보고 있다. 나솔은 인기가 많아 파생 프로그램(스핀오프)도 계속 생겨나고 있다. 오죽하면 나솔에 대한 책을 한번 써 볼까도 생각 중이다.

내가 나솔을 보고 있으면 애들이 또 나솔을 보냐고 말한다. 청춘인 자신들도 관심이 없는 연애 프로를 나이 든 엄마가 열심히 보고 있으니 신기한 모양이다. 그알이 수사 논리를 따라가는 게 흥미롭다면 나솔은 기수마다 다양한 사람들의 캐릭터를 분석하는 게 재미있다. 또한 요즘 30대(출연진 다수가 30대)가 젠더 표현(gender expression)을 어떻게 하는지, 이성에게 무엇을 기대하는지 살피는 것도 흥미롭다.

요즘 방송사마다 연애 프로그램을 새로 만드는 게 하나의 유행이 되었다. 돌싱들만 모아서 나오는 프로도 생겼고, 50대 이상만 나온 프로까지 생길 정도다. 내가 꾸준히 보는 프로그램은 〈나는 솔로〉, 〈나솔 사계〉, 〈돌싱글즈〉, 그리고 〈하트시그널〉이다. 출연진의 면면도 다르고 진행 방식도 다르다. 연애 프로그램이 너무 많아져서 다 볼 수 없는 것도 선별적으로 시청하는 이유다.

지금도 드라마는 평균 한 주에 한두 개는 챙겨서 본다. 일일연속극은 거의 보지 않고 주 1-2회 방송하는 드라마를 주로 본다. 범죄스릴러를 좋아하다 보니 수사/추리물을 주로 찾아서 본다. 수사물 중 정말 좋아했던 드라마는 〈비밀의 숲〉이다.

요즘은 〈서울 자가에 대기업 다니는 김 부장 이야기〉 같은 현실을 풍자한 드라마도 본다. 몇몇 대사는 너무 극사실주의 같아서 섬뜩하기도 하다. 예를 들면 김 부장이 재수해서 Y대를 다니는 외아들에게 조금만 더 공부하면 S대를 갈 수 있지 않겠냐며 반수를 권하는 대사 같은 것 말이다.

대기업 다니는 사람들은 자기 회사 부장님이 생각난다며 보기가 힘들다고 하고, 중소기업을 다니는 사람들은 우리나라에서 대기업 다니면 특권 집단인데 앓는 소리를 한다고 비판하기도 한다. 아무튼 자신이 서 있는 자리에서 보는 드라마 감상평은 제각각이다.

OTT 서비스가 확대되면서 시청물의 선택지가 너무 넓어졌다. 세계 각국에서 만든 드라마나 연예 프로그램을 고르기만 하면 볼 수 있는데 영어가 친숙하다 보니 한글 자막이 나오는데도 낯선 언어로 하는 드라마는 잘 봐지지 않는다. 예를 들면 동남아나 북유럽 같은 나라에서 만든 드라마는 쉽게 진도가 나가지 않는다. 참, 몇 년 전 드라마 〈부부의 세계〉도 재미있게 봤는데, 원작이 궁금해서 영국 드라마도 챙겨 보았지만 리메이크가 더 좋았다.

그런데 우리나라 드라마가 자막의 벽을 넘어 세계적으로 인기가 있다는 것은 신기하고 놀라운 현상이다. 해외여행을 가서 호텔에서 TV를 켜면 현지 넷플릭스 채널에 한국 드라마가 정말 많은 것을 확인할 수 있어서 신기했다.

안방에서 편하게 볼 수 있는 넷플릭스를 보다 보니 극장 가는 빈도가 많이 줄었다. 한동안 CGV RVIP 등급을 받을 정도로 평균 한 달에 한 번은 극장에 갔는데 코로나 이후로 극장에 가는 횟수가 현저히 줄었고, 몇 개월만 기다리면 TV에서 볼 수 있으니 굳이 극장에 가지 않고 기다리는 경우도 많아졌다.

60년대생인 나는 종이책과 TV 세대지만 요즘 젊은 세대는 책도 TV도 잘 보지 않는다. 20대 후반에 속하는 우리 집 애들만 봐도 TV는 거의 보지 않는다. 어릴 때는 가끔 나랑 드라마도 같이 봤는데 요즘은 TV 앞에 앉아 있는 경우가 드물고, 화제 드라마도 유튜브에서 짤로 본다.

젊은이들은 시간 날 때마다 유튜브를 본다. 쇼츠부터 개인 유튜버 채널까지 자신의 취향에 맞는 것을 찾아서 본다. 알고리즘에 의해 한번 시청하면 비슷한 콘텐츠가 계속 뜨기 때문에 자의 반 타의 반 비슷한 영상을 계속 보게 된다. 큰애는 미국 스탠드업 코미디언 영상도 본다.

문제는 쇼츠나 짧은 영상물은 긴 호흡이 아니고, 서사도 부족하다는 것이다. 또한 호기심을 자극해야 조회수가 늘어나기 때문에 자극적이거나 웃기는 영상이 주를 이룬다. 어릴 때부터 그런 짧은 영상을 계속 보다 보면 뇌 발달에도 영향을 미치지 않을까 걱정이 된다.

나만의 레시피

2012년 1월 오리건에서 차린 남편 생일상

30년이 넘은 우리 가족 생일상 리츄얼이 있다. 생일 아침에 네 식구가 모여 생일 케이크에 촛불을 켜고 생일 축하 노래를 합창하는 것을 영상으로 찍는 것이다.

생일상에 꼭 올라오는 음식은 미역국, 구운 생선, 전, 그리고 나물이다. 생선, 전, 나물의 종류는 그때그때 다르다. 그동안 찍은 영상들을 보면 내가 8시 전에 출근해야 하기 때문에 아침 일찍 깨워서 다들 자다가 일어나 부스스한 모습으로 식탁 앞에 앉아 있다.

앞 사진은 오리건에서 맞이한 남편 생일 아침에 차린 생일상이다. 그날은 특별히 모듬전에 신경을 썼는데 대구전, 새우전, 호박전, 굴전을 해서 다들 맛있게 먹었다.

두 아들이 군 복무 중일 때는 생일상 리츄얼을 잠시 중단했다. 그때는 생일 케이크에 촛불을 켜 놓고 생일 축하 노래를 부르는 영상을 찍어 아이에게 보내 주었다. 그만큼 우리 집의 생일 리츄얼은 내가 소중하게 생각하는 것 중 하나다.

아이들은 감사하게도 내가 만든 음식을 좋아한다. 가끔 나만의 레시피로 만들어 주는 음식은 닭볶음탕, 삼겹살 김치찜, 미역국과 소고기 뭇국, 중국식 각종 볶음요리 등이다. 또 부산에서 어릴 때부터 온갖 생선요리를 먹고 자랐기 때문에 생선요리도 자신이 있는 편이다.

예를 들면 대구탕이나 고등어조림 같은 음식 말이다. 대구탕은 신선한 생대구가 있으면 특별히 다른 재료가 필요 없지만 서울에서 신선한 생대구를 가까이서 구하기란 쉽지 않다. 동네 슈퍼마켓에서 파는 생선은 종류가 몇 없어서 늘 아쉽다.

한 음식에 꽂히면 그걸 한동안 해 먹기도 한다. 목동에 살 때는 베트남 쌈에 꽂혀 그걸 자주 만들어 먹었다. 저녁으로도 먹고 남으면 간식으로도 먹었다. 내가 좋아하는 재료들을 골라 넣을 수 있어서 좋았고, 애들도 맛있다며 잘 먹었다.

아이들이 초등학교 다닐 때 소풍에는 항상 직접 김밥을 쌌다. 내가 초등학생일 때 엄마가 싸 주시던 김밥의 추억이 너무 좋았기 때문이다. 소풍 가서 집집마다 맛도 생김새도 다른 김밥을 바꿔 먹는 즐거움도 매우 컸다.

그런데 어느 날 엄마들이 동네 김밥집에 소풍 김밥을 맡긴다는 것을 알게 되어 깜짝 놀랐었다. 그래서 나도 잠깐 고민했지만 결국 끝까지 내 손으로 김밥을 쌌다. 그 덕분에 나도 집에서 직접 만든 김밥을 오랜만에 먹을 수 있어 좋았다.

전은 색다른 재료를 조합해서 하는 걸 좋아한다. 오스틴에 살 때 아이들이 어리기 때문에 으깬 두부에 참치캔을 따서 넣고 밀가루와 계란을 풀어 만든 두부참치전을 자주 해 먹었다. 쪽파가 있으면 조금 썰어 넣으면 향도 식감도 좋아진다. 아이들이 그 두부참치전을 참 잘 먹었는데 지금도 가끔 그걸 해달라고 한다. 참치와 두부만 있으면 아주 간단하게 만들어 먹을 수 있고, 영양도 훌륭한 반찬이다.

또 만두를 뚝배기에 넣고 물을 조금 부은 다음 간장 양념에 고추기름을 한 방울 넣고 조리하면 마치 중국 요리처럼 맛이 있다. 애들이 중고등학교 시절 학원 갔다 밤늦게 와 출출하다고 하면 자주 만들어 주던 간식이다.

요즘 자주 하는 반찬은 양배추 김치다. 어릴 때 엄마가 여름마다 양배추 김치를 만들어 주셨는데 그 맛을 잊을 수가 없다. 밥이나 국수 어느 음식에도 반찬으로 잘 어울린다. 나도 비슷하게 만들기는 하지만 엄마가 해 주시던 것이 더 맛있었다. 양배추 김치는 아삭아삭할 때 먹어야 맛있기 때문에 번거롭더라도 소량을 담는다.

내 요리 실력의 원천은 친정엄마다. 엄마는 음식을 할 때 손이 빨라 짧은 시간에 금방 한 상을 차리셨다. 옛날에는 친척 모임, 친구 모임, 동네 모임을 모두 집에서 했기 때문에 손님을 치르는 경우가 많았다. 친척이나 엄마 친구분들이 우리 집에 와서 식사할 때마다 음식을 먹으며 행복해하던 모습이 눈에 선하다. 나는 지금도 엄마가 만들어 주시던 맛난 음식들이 그리울 때가 많은데 서울에서 재료를 구하기 힘든 음식들이 꽤 있다.

계절마다 꼭 챙겨 먹던 음식도 있었는데 예를 들면 봄에는 아버지가 다라이 한가득 성게를 사 오시면 큰 솥에 쪄서 상 위에 펼쳐놓고 하나씩 까먹었다. 다 먹고 나면 방바닥에 작은 성게 가시들이 흩어져 있어 치우는 게 일이었다. 전복도 가끔 다라이로 사 오시면 전복회부터 장조림, 국, 젓갈무침 등 다양한 조리법으로 맛있게 먹었다.

가을에는 송이버섯 한 박스를 사 오셔서 직접 구워도 먹고 불고기에도 넣어 먹었다. 요즘 먹는 송이는 어릴 때의 그 풍미가 나지 않는다. 겨울 초입에 먹는 생대구탕은 또 얼마나 국물이 시원한지 모른다. 소금만 넣고 간을 해도 여느 일식집에서 먹는 것보다 맛있었다.

레시피를 적다 보니 생각나는 음식이 있다. 결혼하고 나서 신림동 신혼집에서 집들이를 여러 차례 했는데 그중 부모님이 올라오셨을 때 꽃게탕을 끓여 드린 적이 있다. 아버지는 그 꽃게탕이 맛있었다는 얘기를 두고두고 여러 번 하셨다. 대단한 음식도 아니었는데 딸이 만들어 준 음식이어서 기억이 강렬하게 남지 않았을까 생각한다.

사회 변화에 적응하기

요즘 중년 또는 장년 세대를 보면 세상이 너무 빠르게 변하고 있어 어떻게 적응하고 있는지 궁금하고 가끔 동년배들에게 연민이 느껴지기도 한다. 내가 속한 세대를 자녀에게 잘하고 부모에게 효도하는 마지막 세대라고들 하지 않는가. 그런데 달라진 것은 부모와 자식 관계만이 아니다.

가장 많이 달라진 것은 물론 남녀관계(또는 성역할)다. 30년 만에 남성성과 여성성이 이렇게 드라마틱하게 달라질 거라고 상상하지 않았다. 요즘 테토남, 에겐남, 테토녀, 에겐녀라는 말을 많이 쓰는데 이 또한 달라진 남성성과 여성성을 반영하는 것이다.

연인이나 배우자를 고를 때 여성의 경제력, 남성의 외모도 중요한 기준이 되었고, 수많은 연애 프로그램에 나온 여성들이 대놓고 "남성의 몸을 본다"는 말을 거침없이 한다. 연애를 몇 번 했다는 말은 남녀 모두에게 훈장이면 훈장이지 숨겨야 할 무엇이 아니다.

결혼할 당시와 비교해 보면 시어머니와 며느리 관계도 많이 변했다.

시어머니가 며느리에게 편하게 밥 차리라고 지시하던 시절이 있었다. 지금도 그런 가정이 없지는 않겠지만 적어도 내 주변에는 그런 관계는 흔치 않다. 가장 크게 달라진 것은 시부모님을 모시고 사는 사람이 없다는 것이다. 오히려 결혼하면 친정 가까이에 집을 구하는 것이 자연스러운 현상이다.

명절 풍습도 달라졌다. 2025년 설 명절을 앞두고 실시한 설문조사에 의하면 설에 차례나 제사를 지낼 예정이라고 응답한 비율은 약 40% 정도였다. 오히려 긴 연휴에 해외로 여행을 가거나 집에서 쉬는 비율이 꾸준히 늘어나고 있다. 제사도 점차 사라져 가는 풍습이다.

또 어느 날부터 요리하는 남자가 섹시하다는 "요섹남"이란 단어가 들리더니 연예인이든 일반인이든 요리하는 남자들이 늘어났다. 정말 반가운 현상이 아닐 수 없다. 30년만 늦게 태어났어도 요리를 잘하는 배우자를 만날 수 있었을 텐데 하는 아쉬움이 남는다.

연령주의 문화도 많이 달라졌다. 나는 여성학을 가르칠 때 대학생들에게 존댓말을 썼고, 10년 동안 박사과정을 다닐 때도 동료들이나 후배에게 존댓말을 썼다. 강의할 때 학생들에게 반말을 쓰는 사람들도 여전히 많다. 후배들에게도 마찬가지로 편하게 반말을 하는 사람이 더 많을 것이다.

나는 존댓말을 하는 것을 내 나름대로 타인을 대하는 원칙으로 삼았다. 어떨 때는 반말을 하면 더 친밀하게 느껴질 텐데 반말로 바꾸어야 하나 고민할 때도 있었지만 말이다.

그런데 강의할 때 대학생들에게 존댓말을 하게 되고 권위주의적이 아닌 민주적인 수업 분위기를 만들다 보면 학기가 뒤로 갈수록 학생들이 나를 대하는 태도가 달라진다. 수평적인 강의자와 학습자 관계에서 "권위"를 확보하는 것이 그만큼 어렵기 때문이다. 강의자가 교수인 경우 "전통적 권위"가 있지만 강사는 그도 부족하다.

직장생활도 마찬가지다. 나는 나이 차이가 많이 나는 동료들에게도 항상 존댓말을 하는데 드라마를 보면 직장 상사들은 대부분 부하 직원에게 반말을 한다. 이 또한 수평적인 조직문화를 바람직한 것으로 생각하고 서로의 의견을 존중하는 분위기를 만들려는 것인데, 가끔 업무 지시가 먹히지 않을 때가 있었다.

휴대폰 없이는 아무것도 할 수 없는 세상, 신용카드와 휴대폰 결제로 현금이 사라지는 세상, 유튜브에서 개인 방송을 할 수 있는 세상, 외국인 이웃과 함께 살아가는 세상, AI가 모든 정보를 찾아 주고 정리해 주는 세상, 1인 가구가 계속 늘어나는 세상이 앞으로 또 우리 삶을 얼마나 바꾸어 놓을지 사회 변화에 적응하기는 죽을 때까지 계속된다.

노후를 위한 준비

노후를 위한 준비라는 말을 들으면 누구나 돈이 먼저 떠오를 거 같다. 돈은 많지는 않지만 굶어 죽지 않을 만큼 있고, 집은 계속 서울 도심에 살게 될지, 도시 외곽으로 가게 될지 아직 잘 모르겠다.

나는 결혼 전에 개인주택에 오래 살았기 때문에 전원주택에 대한 로망은 없지만, 즐겨 보는 EBS의 〈건축탐구 집〉에서 창밖으로 산이나 호수가 보이는 곳에서 채소를 기르며 사는 모습도 좋아 보일 때가 있다. 하지만 겁이 많아 인적이 드문 한적한 곳에 살지는 않을 거 같다.

내가 가장 중요하게 생각하는 노후 준비는 친구들이다. 노후에 외롭지 않으려면 가끔 만나서 편하게 수다 떨 수 있는 친구들이 필요하다.

40대와 50대에 계속 일을 하다 보니 애들 학부모 모임에는 열심히 참여했지만, 엄마들 모임은 아무도 남지 않았다. 큰애 고등학교 학부모 모임이 졸업 후에 2년 정도 지속되었지만 내가 목동에서 마포로 이사 오면서 자연스럽게 멀어졌다. 나만 직장인이다 보니 저녁 시간에 만나자고 하는 것도 눈치가 보였다.

지금도 꾸준히 만나는 친구들은 초등학교, 고등학교, 대학교 친구들이다. 초등학교 친구들 중 여자 동창 모임은 최근 몇 년간 자녀들 결혼식에서 주로 만난다. 그전에는 부모님 장례식장에서 주로 얼굴을 봤는데 달라진 풍경이다. 친구 딸 결혼식을 주로 가다 올해 드디어 친구 아들 결혼식도 처음 가 보았다.

뉴저지에 사는 초등학교 친구들도 세 명 있다. 내가 오리건에 살 때 만나러 갔던 바로 그 친구들이다. 내가 미국에 갈 일이 거의 없으니 그 친구들이 한국에 가끔 다니러 오면 다른 친구들도 연락해서 함께 만나곤 한다.

초등학교 남자 동창들과도 가끔 만난다. 그중 한 명은 나와 오스틴에서 같은 시기에 유학을 했다. 예전에는 연말에 초등학교 송년회를 하면 열 명이 넘게 모였는데 지금은 단출하게 네 명이 자주 만나는 모임도 있다. 대화를 나누기에 네다섯 명이 딱 좋은 거 같다.

고등학교 친구들은 졸업 20주년 행사 후 몇 년간 재경모임을 했지만, 지금은 하지 않는다. 그때도 내가 모임 연락을 했는데 처음에는 스무 명 가까이 나왔는데 점점 사람 수가 줄어 나중에는 5-6명 정도 모임에 나왔다.

누구보다 바쁜 와중에도 정기적으로 모임을 챙겼지만, 점차 참석률이 저조해지면서 더 이상 모임을 유지하기 힘들어졌다. 한번은 광화문에서 만나기로 했는데 나는 약속을 잘 지키다 보니 정시에 가 있었는데 두 번째로 나타난 사람이 50분 지각이었고, 5명이 다 모이는데 두 시간이 걸렸다. 그 이후로 모임을 안 하기로 결심했다.

친목 모임의 특성상 참석에 대한 책임감이 약한 게 문제였다. 분명히 나온다고 말해 놓고 연락도 없이 안 나오는 경우가 많았다. 나 하나쯤 빠져도 되겠지 생각하는 거 같았고, 조금만 다른 일이 생겨도 친구들과 모임은 후순위로 밀렸다.

고등학교 재경모임은 더 이상 하지 않지만 지금은 개별적으로 만나는 친구들이 몇 있다. 한 친구는 캐나다에 살아서 몇 년에 한 번씩 얼굴을 볼 수 있고, 또 인천에 사는 친구도 가끔 만나서 근황을 확인한다. 치과의사를 하는 친구의 치과를 10년 넘게 다니고 있고, 박사과정을 다닐 때 서울대에서 직원으로 근무했던 친구도 가끔 만나 서로의 안부를 챙기고 있다.

2005년은 내가 박사과정을 입학한 해였지만 고교 졸업 20주년이 되는 해이기도 했다. 여고 선생님 한 분이 2004년 봄에 내게 전화하셔서 학교 전통이니 졸업 20주년 행사를 해야 한다고 말씀하셨다. 내가 학생회장이었기 때문에 내 연락처를 찾아서 연락을 주신 거였다.

그 후 1반부터 10반까지 반장들 연락처를 수소문해서 도와달라고 요청했다. 잘 도와주는 친구도 있었고, 한마디로 거절하는 친구도 있었다. 반장 한 지 20년이 지났는데 자신이 아직도 반장이냐고 되물으며 협조를 거절했다.

그렇게 1년을 스트레스를 받으며 행사를 준비했고, 마침내 2005년 5월 말 부산 모교 강당에서 20주년 행사를 개최했다. 행사업체에 연락해 전문 사회자도 섭외하고 음악을 위해 스피커와 앰프도 설치했다. 케이터링 업체에 식사도 주문하고, 행사 기념품도 맞추었다.

그날 졸업생과 선생님들이 합쳐 60여 명이 참석했다. 박사과정 1학기라 수업 준비도 힘들었는데 행사 준비가 겹쳐 정신이 없었고, 행사 당일 현장에서 노사연의 〈만남〉을 합창할 때 그동안 받은 스트레스가 올라오면서 울음을 터트리고 말았다.

한 가지 잊지 못할 에피소드는 행사를 준비하면서 학교 다닐 때 교장선생님을 초대하기 위해 직접 통화를 몇 번 했는데 행사 당일 나를 보시더니 왜 자신에게 직접 연락하지 않았냐고 하서서 당황했었다. 열정이 많은 교장선생님이셨는데 너무 연로해지셔서 놀라고 마음이 아팠다.

대학교 2학년 때부터 몰려다니기 시작한 과 친구 모임도 있다. 나를 포함해서 5명인데 어느덧 40년 지기가 되었다. 지금도 일 년에 몇 번은 만나고 연말에 송년회는 꼭 챙겨서 한다. 환갑 여행을 같이 가기로 하고 3년 가까이 돈을 모으고 있는데 어떤 여행이 될지 기대가 크다. 나이가 들수록 좋은 일도 슬픈 일도 함께 챙기며 서로의 건강을 걱정하는 사이가 되어 가고 있다.

또한 과 선배 두 명과 동기 세 명이 방학 때마다 만나는 모임도 있는데 그 모임도 10년이 넘었다. 만나면 점심을 함께 먹으며 5-6시간 쉬지 않고 신나게 수다를 떠는데 화제는 나이가 들수록 조금씩 변해 가는 게 재미있다.

특이한 모임도 하나 있다. 여대를 다니다 보니 대학교 1학년과 2학년 때 부산에 있는 모 남자 고등학교 출신들과 조인트(joint) 동문회를 만들어서 자주 만났었다. 대학 졸업 후 연락이 끊겼는데 40대 후반에 우연히 연락이 닿아 다시 만나게 되었다. 그 모임은 여대를 함께 다닌 고등학교 친구들과 만나는 정기적인 모임으로도 자리 잡았다.

나이가 들어갈수록 친구들 범위가 넓어지기보다는 줄어드는 느낌이다. 예전에는 자주 연락했는데 이런저런 이유로 연락이 뜸해지는 사람들이 생겨난다. 그 또한 자연스러운 현상으로 받아들이고 있다. 지금 만나는 친구들은 아마도 건강이 허락하는 한 지금처럼 계속 만나면서 서로의 안부를 챙기게 될 것이다.

60년을 돌아보니 스스로 대견한 부분도 많지만, 후회도 없지 않다. 그것은 후회일 수도 있고 미련일 수도 있다. 앞에서도 썼지만 나는 살면서 내 인생이 달라질 수 있는 선택의 순간들이 있었고, 누구에게나 그러한 순간들이 스쳐 지나갔을 것이다.

또한 내가 둘째를 낳고 5개월 후 낙태를 하지 않았다면 세 아이의 엄마로 살았을지도 모른다. 나는 셋째를 임신한 상태에서 아이 둘을 키우며 수업을 듣고 석사논문을 쓸 수 있었을까. 내가 애들에게 아빠를 만나지 않았더라면 어땠을지 가끔 얘기하는데 그때마다 큰애는 "그럼 우리가 없잖아"라고 얘기하곤 한다.

남들에게 내세울 만한 큰 성취는 이루지 못했지만 나는 스스로 부끄럽지 않은 사람이 되기 위해 노력했다. 모르는 사람을 포함해서 주변 사람들에게 친절하려고 노력했고, 친구들과도 좋은 관계를 유지하려고 애썼다. 무엇보다도 자녀들에게 사랑을 듬뿍 주면서 합리적이고 민주적인 좋은 엄마가 되기 위해 노력했다.

하버드대 연구팀에서 책 제목이기도 한 《행복의 조건》을 탐구한 책을 오래전 감명 깊게 읽은 적이 있다. 하버드대 재학생 그룹을 포함해 삶의 조건이 다른 세 그룹을 70년 넘게 추적하면서 그들이 어떤 노후를 보내고 있는지를 조사했다.

연구팀이 찾은 행복의 조건은 어릴 적 좋은 환경도, 좋은 대학 출신이나 직업적 성공도 아니었다. 안정적이고 건강하게 노후를 보내는 사람들은 가족이나 친구, 이웃과의 유대관계가 좋았다. 결국 사람과의 관계가 가장 중요한 행복의 조건이었던 것이다. 나는 예나 지금이나 연구 결과에 전적으로 공감한다.

만 60세는 음력으로 〈육갑〉이라고 한다. 태어난 해의 간지와 같은 간지가 돌아오는데 60년이 걸리므로 만 60세를 환갑 또는 육갑이라 부르는 것이다. 요즘 말로 하면 인생이 한 바퀴를 돌아 다시 리셋되는 시점이다.

백세시대를 맞이하여 만 60세에 새로운 출발을 한다는 것은 여러 면에서 의미가 있다. 사회적으로 정년 연장이 논의되고 있기는 하지만 퇴직 시점이기도 하고, 건강상 몸이 확 달라지는 노화의 변곡점이기도 하다. 지금 시간을 어떻게 보내는지에 따라 여생이 달라진다.

내게는 아직 학생인 두 자녀가 있고, 그들이 한 명의 사회인으로서 제 몫을 할 수 있도록 앞으로도 지원을 아끼지 않을 것이다. 남편은 정년이 아직 몇 년 남았지만, 조만간 정년을 맞이할 것이다.

나는 정년 이후 주어진 많은 시간을 무엇을 하며 살지 아직 결정한 게 없다. 결혼 후 30년을 열심히 달려왔으니 좀 쉬고 싶기도 하고 운동과 취미생활 등 배우고 싶은 것도 많다.

나는 얼마 전 80대 후반에 접어드신 친정엄마의 두 번째 수필집을 만들어 드렸다. 등단한 수필 작가이신 엄마는 2000년에 첫 번째 수필집을 내신 이후로 계속 두 번째 수필집을 내고 싶어 하셨는데 그동안 사는 게 바빠서 크게 신경을 쓰지 못했다. 하지만 내 회고록을 쓰는 시

점이 되자 엄마의 수필집을 먼저 내어 드려야 한다는 생각이 커져 실
행에 옮겼다.

　요즘 주변에서 퇴직 후에 뭘 하고 지낼 건지 물어보는 사람들이 많
다. 머릿속에서 여러 생각들이 교차하고 있지만 결국 마음이 가는 대
로 움직이면 되지 않을까 생각하고 있다.